季羡林自选集·图文版

天竺心影

季羡林 著

外语教学与研究出版社 · 北京

图书在版编目（CIP）数据

天竺心影 / 季羡林著. — 北京：外语教学与研究出版社，2015.8
（季羡林自选集：图文版）
ISBN 978-7-5135-6603-2

I. ①天… II. ①季… III. ①散文集－中国－当代 IV. ①I267

中国版本图书馆CIP数据核字(2015)第213291号

出 版 人　蔡剑峰
项目策划　王　琳
责任编辑　李彩霞　吴晓静
装帧设计　孙莉明
出版发行　外语教学与研究出版社
社　　址　北京市西三环北路19号（100089）
网　　址　http://www.fltrp.com
印　　刷　三河市紫恒印装有限公司
开　　本　889×1194　1/32
印　　张　10
版　　次　2015年10月第1版 2015年10月第1次印刷
书　　号　ISBN 978-7-5135-6603-2
定　　价　49.00元

购书咨询：（010）88819929　电子邮箱：club@fltrp.com
外研书店：http://www.fltrpstore.com
凡印刷、装订质量问题，请联系我社印制部
联系电话：（010）61207896　电子邮箱：zhijian@fltrp.com
凡侵权、盗版书籍线索，请联系我社法律事务部
举报电话：（010）88817519　电子邮箱：banquan@fltrp.com
法律顾问：立方律师事务所　刘旭东律师
　　　　　中咨律师事务所　殷　斌律师
物料号：266030001

1978 年，作者在印度加尔各达

1978 年，作者访问印度时留影

1978 年，作者访问印度时留影

1985 年，作者在印度与尼赫鲁大学教授谭中在一起

1995 年，陆文星、韩素音中印友谊奖成立三十周年，
作者在庆祝大会上发言

1996 年 9 月，韩素音把华丽的印度披肩赠送给作者

出版说明

　　季羡林先生是著名的语言学家、佛学家、印度学家、翻译家，梵文、巴利文、吐火罗文研究专家，作家，在佛经语言、佛教史、中印文化交流史、印度文学和比较文学等众多领域，成果丰硕，著作等身，是国内少数几位被誉为"学术大师"的学者之一。

　　2007年，我社取得了出版《季羡林全集》（以下简称《全集》）的授权。在季老的亲自指导下，2008年开始正式启动《全集》的编辑出版工作。2009年7月11日，就在《全集》前六卷即将付梓之时，我社惊闻季老仙逝的消息。就在两个月前，我社于春迟社长还前往北京301医院拜访季老，专门汇报《全集》的出版进展。为告慰季老的在天之灵，我社在2009年年底前推出了《全集》前十二卷。我们将遵循季老生前的谆谆教诲，兢兢业业，继续做好中外文化学术的交流与传播工作，努力做好《全集》余下的编辑出版任务。

　　同季老的学术成就相比，他在文学创作方面的成就很容易被忽略。其实，季老的文学创作一直伴随着他的学问，是他学问生命的另一种形态。季老的文章，尤其是散文，文笔清新、平实又饱含深情。所以《全集》在分类时，把散文排在前面。《全集》出版后，很多读者来信来电，希望出版社把季老的散文（包括回忆录和部分序跋等）编辑成普通读者方便阅读的单行本。为满足广大读者的要求，并征得季老的儿子季承的同意，我们把季老所有的散文类作品单行本汇集成册，编选了这套"季羡林作品珍藏本"，每册命名大多取自原单行本，以保持季老作品的原貌。

本套丛书共分九册——

《我的小学和中学》，是作者对自己小学和中学生活的回忆，2002年在《文史哲》杂志发表时，被分为两篇，分别冠名为《我的小学和中学》与《我的高中》，现合为一篇，恢复原貌。另加《故乡行》一文，是作者2001年回故乡临清所作。

《清华园日记》，是作者于清华大学学习期间所写的日记，时间跨度为1932年8月22日至1934年8月11日。曾分别出版过影印本与排印本（辽宁美术出版社，2002年），本册以排印本为底本，注释为作者的学生高鸿所加。

《留德十年》，记述了作者1935年至1945年赴德求学的经过，原有若干种不同版本的单行本行世，这次则依据东方出版社1992年初版排定。另加《二战心影》一文，亦为作者对留德岁月的回忆。

《因梦集》，包括《因梦集》和《小山集》两个集子。20世纪30年代，作者曾应约准备编一本散文集，命题《因梦集》，因故未果。后来作者特意将新中国成立前的作品纂为一集，仍以"因梦"冠名。《小山集》收录作者从1991年至1994年所写的散文。

《天竺心影》，包括《天竺心影》和《万泉集》两个集子。《天竺心影》是作者正式印行的第一部散文集，1980年9月由天津百花文艺出版社出版。收作者1978年第三次访问印度后所写的见闻。《万泉集》最早编于1987年12月，收作者1986年、1987年所写散文，因故未能出版，作者后又增补了若干新写散文，于1991年由中国文联出版公司出版单行本。

《牛棚杂忆》，是作者亲历"文化大革命"的纪实文章，本次所收以排印本（中共中央党校出版社，2005年）为底本，核以手稿本（中国言实出版社，2006年）。

《朗润集》，包括《朗润集》和《燕南集》两个集子。《朗润集》1981年3月由上海文艺出版社出版，收新中国成立后所写的部分散文。《燕南集》收《朗润集》出版后至1985年写的散文。有几篇是《朗润集》出版前写的，因为没有入过集，也补收在《燕南集》中。

《新生集》，曾以《病榻杂记》为书名出版，收录作者自2001年特别是自2003年住院后撰写的多篇文章。书中有他的人生各阶段的回忆录，也有一些回忆父母、老师和亲友的文章。

《集外集》，包括《千禧文存》和《新纪元文存》两个集子。原均由新世界出版社出版，收录了作者在2000年和2001年所写的除了《龟兹焉耆佛教史》以外的散文、杂文和序跋。

在丛书编选过程中，得到了各单行本原出版社的大力支持，谨此致谢。

外语教学与研究出版社

2009年12月11日

目录

万泉集

天竺心影

楔　子

我走在罗湖桥上。

这是一座非常普普通通的桥，如果它坐落在其他地方，决不会引起任何人的注意，甚至不会令人感到它的存在。何况我走过这座桥，至少已经有三四次了。因此，当我踏上桥头的时候，我的心情是很平静的，平静得有如古井静水，没有任何涟漪。

然而，却出现了我意想不到的情况。

我猛然一抬头，看到十几米以外，对面桥头上站着一位解放军，草绿色的军帽，草绿色的军衣，整洁朴素，雍容大方，同国内天天见到的成千上万的解放军一样，也没有什么特异之处；而且就在一个月以前我还是天天看到他们的，当时，对他们简直可说是视若无睹。然而，此时此地，军帽上那一颗红星，领子上那两块红色领章，却闪出了异样的光彩，赫然像一团烈火，照亮了我的眼睛，照亮了我的心。我心里猛然一震动，泪水立刻夺眶而出：我最可爱的祖国，我又踏上你的土地了，又走到你的怀抱里来了。我很想俯下身去，吻一吻祖国的土地；但我终于控制住了自己，仍然走上前去。

更令我吃惊的是，在这无比快乐的心潮中，却有一点淡淡的哀愁在。这是什么原因呢？刚分手不久的印度人民、印度朋友的声容笑貌又突然出现在我的眼前，回荡在我的耳边。其中有老人，也有青年；有工人，也有农民；有大学生，也有大学教授；有政府官员，也有全印柯棣华大夫纪念委员会和印中友好协会的领导人。"印中友好万岁"、"印地秦尼巴依巴依"（"印中人民是兄弟"）的喊声我又仿佛能够听到；那种充满了热情的眼神，我又仿佛能够感到；那一双双热乎乎的手，我又仿佛能够握到；老教授朗诵自己作的欢迎诗的声音，年轻的男女大学生致欢迎词的清脆的声音，我又仿佛能够听到，万人大会上人群像汹涌的大海的情景，我又仿佛能够看到。我的脖子上又仿佛感到沉重起来，成串的红色的、黄色的、蓝色的、棕色的花环仿佛又套上我的脖子，花香直刺我的嗅官。

这一切都是说不完道不完的。

然而现在哪里去了呢？

中国古诗上说："马后桃花马前雪，教我哪得不回头？"我想改一下："桥前祖国桥后印，教我前后两为难。"杜甫的诗说："明日隔山岳，世事两茫茫。"我也想改一下："今日隔山岳，世事两茫茫。"印度对我已经有点茫茫了。

我们在印度的时候，经常对印度人民说："我给你们带来了中国人民的友谊，我也将把你们的友谊带回中国去，带给中国人民。"然而友谊究竟应该怎么个带法呢？友谊确确实实是存在的，但却是我看不到摸不着，既无形体，又无气味；既无颜色，又无分量。成包地带，论斤地带，都是毫无办法的。唯一的办法，就是用我们的行动带。对我这样喜欢舞笔弄墨的人来说，行动就是用文字写下来，让广大的中国人民都能读到，他们虽然不能每个人都到印度去，可是他们能在中国通过文字来分享我们的快乐，分享印度人民对中国人民的友情。

一说到舞笔弄墨，我就感到内疚于心。我虽然舞得不好，弄得不好，却确实舞过弄过，而且舞弄了已经几十年了。但是到印度来之前，我却一点想舞想弄的意思都没有，我带来了一个笔记本，上面连一个字也没有写。为什么呢？原因很多，我在这里不去谈它了。总之是什么也不想写。

在印度过了半个多月以后，今天又回到祖国。我现在走在罗湖桥上，一时万感交集，奔突脑海。我深深地感觉到：如果我不把我的经历写下来，那就好像是对印度人民犯了罪，也好像是对中国人民犯了罪；至少也是自私自利的行为。我的内心在催促着我，在驱策着我。不管舞弄得好或坏，我只好舞弄它一下子了。于是过去三十年来积压在心头的东西一下子腾涌起来。我自己也难以说明白，为什么在过去这样长的时间竟基本上什么也没有写。写成的一点点东西，竟也没有拿出去发表——论中印友好的文章，我确实还是写了一些。但是我自己的亲身感受却是没有去碰。这究竟是为什么呢？我说不出。

我现在脑海里乱得很，里面好像在过电影。这些电影片有旧的、有新的。按理说，新的总应该比旧的清晰一些。但是有时候也不尽然。有的旧的比新的还要清晰，还要色彩绚丽。有时候我自己也分不出哪新哪旧。既然这些影片非要转变成文字不可，那就让它们转一转吧。至于是新是旧，那是无关重要的，我也不去伤那个脑筋加以分辨；反正都是发生在印度大地上，发生在我的眼前，反映到我的心中，现在又在我笔下转变成了文字。

《儒林外史》上有一个回目叫："说楔子敷陈大义。"我也在这里敷陈大义。什么是我的大义呢？我的大义就是中印两国人民的传统的、既古老又崭新的友谊。下面的故事和经历，虽然有前有后，而且中间相距将近三十个年头；时移世变，沧海桑田，难免有一些变化；但是哪一个也离不开这个"大义"。而且这个"大义"不但在眼前起作用，在将来也还要起作用，要永远地起作用。这就是我坚定的信念。我相信，这也会是印度人民的坚定的信念。

1979 年 10 月 11 日

初抵德里

机外是茫茫的夜空，从机窗里看出去，什么东西也看不见。黑暗仿佛凝结了起来，凝成了一个顶天立地的黑色的大石块。飞机就以每小时二千多里的速度向前猛冲。

但是，在机下二十多里的黑暗的深处，逐渐闪出了几星火光，稀疏，暗淡，像是寥落的晨星。一转眼间，火光大了起来，多了起来，仿佛寥落的晨星一变而为夏夜的繁星。这一大片繁星像火红的珍珠，有的错落重叠，有的成串成行，有的方方正正，有的又形成了圆圈，像一大串火红的珍珠项链。

我知道，德里到了。

德里到了，我这一次远游的目的地到了。我有点高兴，但又有点紧张，心里像开了锅似的翻腾起来。我自己已经有二十三年的时间没有到印度来了。中间又经历了一段对中印两国人民来说都是不愉快的时期。虽然这一点小小的不愉快在中印文化交流的长河中只能算是一个泡沫；虽然我相信我们的印度朋友决不会为这点小小的不愉快所影响；但是到了此时此刻，当我们乘坐的飞机就要降落到印度土地上的时候，我脑筋里的问号一下子多了起来。印度人民现在究竟想些什么呢？我不知道。他们怎样看待中国人民呢？我不知道。我本来认为非常熟悉的印度，一下子陌生起来了。

这不是我第一次访问印度，我以前已经来过两次了。即使我现在对印度似乎感到陌生，即使我对将要碰到的事情感到有点没有把握；但是我对过去的印度是很熟悉的，对过去已经发生的事情是很有把握的。

我第一次到印度来，已经是二十七年前的事情了。同样乘坐的是飞机；但却不是从巴基斯坦起飞，而是从缅甸；第一站不是新德里，而是加尔各答；不是在夜里，而是在白天。因此，我从飞机上看到的不是黑暗的夜空，而是绿地毯似的原野。当时飞机还不能飞得像现在这样高，机下大地上的一切都历历如在目前。河流交错，树木蓊郁，稻田棋布，小村点点，好一片锦绣山河。有时甚至能看到在田地里劳动的印度农民，虽然只像一个小点，但却清清楚楚，连妇女们穿的红绿沙丽都清晰可见。我虽然还没有踏上印度土地，但却似乎已经熟悉了印度，印度对于我已经不陌生了。

　　不陌生中毕竟还是有点陌生。一下飞机，我就吃了一惊。机场上人山人海，红旗如林。我们伸出去的手握的是一双双温暖的手。我们伸长的脖子戴的是一串串红色、黄色、紫色、绿色的鲜艳的花环。我这一生还是第一次戴上这样多的花环。花环一直戴到遮住我的鼻子和眼睛。各色的花瓣把我的衣服也染成各种颜色。有人又向我的双眉之间、双肩之上，涂上、洒上香油，芬芳扑鼻的香气长时间地在我周围飘拂。花香和油香汇成了一个终生难忘的印象。

　　即使是终生难忘吧，反正是已经过去的事了。我第二次到印度来只参加了一个国际会议，不算是印度人民的客人。停留时间短，访问地区小，同印度人民接触不多，没有多少切身的感受。现在我又来到了印度。时间隔得长，中间又几经沧桑，世局多变。印度对于我就成了一个谜一样的国家。我对于印度曾有过一段从陌生到熟悉的过程，现在又从熟悉转向陌生了。

我就是带着这样一种陌生的感觉走下了飞机。因为我们是先遣队，印度人民不知道我们已经来了，因此不会到机场上来欢迎我们，我们也就无从验证他们对我们的态度。我们在冷冷清清的气氛中随着我们驻印度使馆的同志们住进了那花园般的美丽的大使馆。

我们的大使馆确实非常美丽。庭院宽敞，楼台壮丽，绿草如茵，繁花似锦。我们安闲地住了下来。每天一大早，起来到院子里去跑步或者散步。从院子的一端到另一端恐怕有一两千米。据说此地原是一片密林。林子里有狼，有蛇，有猴子，也有孔雀。最近才砍伐了密林，清除了杂草，准备修路盖房子。有几家修路的印度工人就住在院子的一个角落上。我们散步走到那里，就看到他们在草地上生上炉子，煮着早饭，小孩子就在火旁游戏。此外，还有几家长期甚至几代在中国使馆工作的印度清扫工人，养花护草的工人，见到我们，彼此就互相举手致敬。最使我感兴趣的是一对孔雀。它们原来是住在那一片密林中的。密林清除以后，它们无家可归。夜里不知道住在什么地方。可是每天早晨，还飞回使馆来，或者栖息在高大的开着红花的木棉树上，或者停留在一座小楼的阳台上。见到我们，仿佛吃了一惊，连忙拖着沉重的身体缓慢地飞到楼上，一转眼，就不见了。但是，当我们第二天跑步或散步到那里的时候，又看到它们蹲在小楼的栏杆上了。

日子就这样悠闲地过去。我们的团长在访问了孟加拉国之后终于来到德里。当我到飞机场去迎接他们的时候，我的心情仍然是非常悠闲的，我丝毫也没有就要紧张起来的思想准备。但是，一走近机场，我眼前一下子亮了起来：二十七年前在加尔各答机场的情景又出现在眼前了。二十七年好像只是一刹那，中间那些沧海桑田，那些多变的世局，好像从来没有出现过。我看到的是高举红旗的印度青年，一个劲地高喊"印中是兄弟"的口号。恍惚间，仿佛有什么人施展了仙术，让我一下子返回到二十七年以前去。我心里那些对印度从陌生到熟悉又从熟悉到陌生的感觉顿时涣然冰释。我多少年来向往的印度不正是眼前的这个样子吗？

　　因为飞机误了点，我们在贵宾室里呆的时间就长了起来。这让我非常高兴，我可以有机会同迎接中国代表团的印度朋友们尽兴畅叙。朋友中有旧知，也有新交。对旧知是"有朋自远方来，不亦乐乎"！对新交是"乐莫乐兮新相知"。各有千秋，各极其妙。但是，站在机场外面的印度人民，特别是德里大学和尼赫鲁大学的教师和学生，也不时要求我们出去见面。当然又是戴花环，又是涂香油。一回到贵宾室，印度的新闻记者，日本的新闻记者，还有一些不知道从哪儿来的新闻记者，以及电台录音记者、摄影记者，又一涌而上，相机重重，镁光闪闪，一个个录音喇叭伸向我们嘴前，一团热烈紧张的气氛。刚才在汽车上还保留的那种悠闲自在的心情一下子消逝得无影无踪了。对我来说，这真好像是一场遭遇战；然而这又是多么愉快而兴奋的遭遇战啊！回想几天前从巴基斯坦乘飞机来印度时那种狐疑犹豫的心情，简直觉得非常好笑了。我的精神一下子抖擞起来，投入了十分紧张、十分兴奋、十分动人、十分愉快的对印度的正式访问。

1979 年 10 月

在德里大学和尼赫鲁大学

我一生都在大学中工作，对大学有兴趣，是理所当然的；而别人也认为我是大学里的人；因此，我同大学，不管是国内的，还是国外的，发生联系，就是不可避免的了。

这也就决定了我到德里后一定要同那里的大学发生一些关系。

但我却决没有想到，素昧平生的德里大学和尼赫鲁大学竟然先对我发出了邀请。我当然更不会想到，德里大学和尼赫鲁大学会用这样热情隆重到超出我一切想象的方式来欢迎我这个微不足道的人物。也许是因为我懂一点梵文和巴利文，翻译过几本印度古典文学作品，在印度有不少的朋友，又到过印度几次，因此就有一些人知道我的名字。但是实际上，尽管我对印度人民和印度文化怀有深厚的敬意，我对印度的了解却是非常肤浅的。

二十七年前，当我第一次访问印度的时候，尼赫鲁大学还没有建立，德里大学我曾来过一次。当时来的人很多，又是一个非常正式的场合，所以见的人多，认识的人少。加之停留时间非常短，又相隔了这样许多年，除了记得非常热闹以外，德里大学在我的印象中已颇为模糊了。

这一次旧地重游，到的地方好像是语言学科和社会科学学科所在地。因为怕我对这里不熟悉，拉吉波特·雷易教授特地亲自到我国驻印度大使馆来接我，并陪我参观。在门口欢迎我们的人并不多，我心里感到有点释然。因为事前我只知道，是请我到大学里来参观，没有讲到开会，更没有讲到要演讲，现在似乎证实了。然而一走进会场，却使我吃了一惊，那里完完全全是另一番景象。会场里坐满了人，门外和过道还有许多人站在那里，男、女、老、少都有。里面显然还有不少的外国人，不知道是教员还是学生。佛学研究系的系主任和中文日文系的系主任陪我坐在主席台上。我心里有点打起鼓来。但是，中国古语说，既来之，则安之；既然安排了这样一个环境，也就只好接受下来，不管我事前是怎样想的，到了此刻都无济于事。我的心一下子平静下来。

首先由学生代表致欢迎词。一个女学生用印地语读欢迎词，一个男学生用中文读。欢迎词中说：

在德里大学的历史上，这是我们第一次欢迎北京大学的教授来访问。我们都知道，北京大学是中国的主要的大学之一，也是世界闻名的大学之一。它曾经得到"民主堡垒"的盛名。我们希望通过季羡林教授的访问在北京大学和德里大学之间建立一座友谊的桥梁。我们希望从今以后会有更多的北京大学的学者来访问德里大学。我们也希望能有机会到北京大学去参观、学习。

欢迎词中还说：

> 中国跟印度有两千年的友好往来。印度佛教徒佛图澄、鸠摩罗什·菩提达摩跟成百的其他印度人把印度文化的精华传播到中国。四十年前，印度医生柯棣华、巴苏华跟其他医生，不远千里去到中国抗日战争前线治疗伤病员。柯棣华大夫为中国人民的解放事业贡献出自己的生命。同样，中国的佛教徒法显、玄奘跟义净已经变成印度老幼皆知的名字。他们留下的记载对印度历史的研究作出了卓越的贡献。

这些话使我们在座的中国同志都感到很亲切，使我们很感动。长达几千年的传统的友谊一下子把我们的心灵拉到一起来了。

学生代表致过欢迎词以后，佛学研究系系主任辛格教授又代表教员致词。他首先用英文讲话，表示对我们的欢迎，接着又特地用梵文写了一首欢迎我的诗。在这里，我感觉到，所有这一切都不只是对北京大学的敬意，而是对中国所有大学的敬意，北京大学只不过偶尔作为象征而已。当然更不是对我个人的欢迎，而是对新中国所有大学教员和学员的欢迎，我只不过是偶尔作为他们的象征而已。

然而，当这样一个象征，却也并非易事。主人致过欢迎词以后，按照国际上的不成文法，应该我说话了。我的心情虽然说是平静了下来，但是要说些什么，却是毫无准备。当主人们讲话的时候，我是一方面注意地听，一方面又紧张地想。在这样一个场合，应该说些什么呢？说什么才算是适宜得体呢？我对于中印文化交流的历史曾做过一些研究，积累过一些资料。我也知道，印度朋友最喜欢听的也是这样的历史。我临时心血来潮，决定讲一讲中印文化交流从什么时候开始的问题。这是一个争论颇多的问题。我有我自己的一套看法，我就借这个机会讲了出来。我不同意那种认为中印文化交流开始于佛教的传入的说法，也就是说，中印文化交流始于公元一世纪。我认为要早得多，至少要追溯到公元前三四世纪的屈原时代。在屈原的《天问》中有"顾菟在腹"这样一句话。"顾菟"虽然有人解释为"蟾蜍"，但汉以来的注释都说是兔子。月亮里有兔子的神话在印度极为流行。唐玄奘《大唐西域记》卷第七婆罗疤斯国就有三兽窣堵波的记载：

> 劫初时，于此林野，有狐、兔、猿，异类相悦。时天帝释欲验修菩萨行者，降灵应化为一老夫，谓三兽曰："二三子善安隐乎？无惊惧耶？"曰："涉丰草，游茂林，异类同欢，既安且乐。"老夫曰："闻二三子情厚意密，忘其老弊，故此远寻。今正饥乏，何以馈食？"曰："幸少留此，我躬驰访。"于是同心虚己，分路营求。狐沿水滨，衔一鲜鲤，猿于林树，采异花果，俱来至止，同进老夫。惟兔空还，游跃左右。老

夫谓曰："以吾观之，尔曹未和。猿、狐同志，各能役心，惟兔空还，独无相馈。以此言之，诚可知也。"兔闻讥议，谓狐、猿曰："多聚樵苏，方有所作。"狐、猿竞驰，衔草曳木，既已蕴崇，猛焰将炽。兔曰："仁者：我身卑劣，所求难遂，敢以微躬，充此一餐。"辞毕入火，寻即致死。是时老夫复帝释身，除烬收骸，伤叹良久，谓狐、猿曰："一何至此！吾感其心，不泯其迹，寄之月轮，传乎后世。"故彼咸言，月中之兔，自斯而有。

在汉译佛典里面，这个故事还多次出现。根据种种迹象，这个神话可能就源于印度，然后传入中国，写入屈原的著作中。那么中印文化交流至少已有二千三四百年的历史。如果再说到二十八宿，中印都有这个名称。这个历史还可能提前许多年。总之，我们两国的文化交流源远流长，至今益盛，很值得我们两国人民引为骄傲的了。

我这一番简单的讲话显然引起了听众的兴趣。欢迎会开过之后，我满以为可以参观一下，轻松一下了。然而不然。欢迎会并不是高潮，高潮还在后面。许多教员和学生把我围了起来，热烈地谈论中印文化交流的问题。但是他们提出的问题又不限于中印文化交流。有的人问到四声、反切。有的人问到中国古代有关外国的记载，比如《西洋朝贡典录》之类。有的人甚至问到梵文文学作品的翻译。有的人问到佛经的中译文。有的人甚至问到人民公社，问到当前的中国教育制度，等等，等等。实际上我对这些东西都只是一知半解。可能是由于多年没有往来，今天偶尔碰到我这样一个人，印度朋友们就像找到一本破旧的字典，饥不择食地查问起来了。

但是，印度朋友们也并不光是想查字典。他们还做一些别的事情。有的人递给我一杯奶茶。有的人递给我一碟点心。有的人拿着笔记本，让我签上名字。有的人拿着照相机来照相。可是，实际却茶也喝不成，点心也吃不成，因为很多人同时挤了上来，许多问题从不同的嘴里，同时提了出来。只有一个眼观六路耳听八方的人才能应付裕如，我却决非其人。我简直幻想我能够像《西游记》上的孙悟空那样，从身上拔下许多毫毛，吹一口气，变成许许多多的自己，来同时满足许多印度朋友的不同的五花八门的要求。当然这只是一种幻想。我只是一个肉身的人，不是神仙，我只剩下出汗的本领，只有用满头大汗来应付这种局面了。

但是，我心里是愉快的。印度朋友们渴望了解新中国的劲头，他们对中国来宾招待的热情，所有那一天到德里大学去的中国同志都深深地被感动了。我自己是首当其冲，内心的激动更无法细说。但是，我内心里又有点歉然，觉得自己知道的东西实在太少，完全不能满足热情的印度朋友对我的要求和期望。拉吉波特·雷易教授很有风趣地说："整个校园都变得发了疯似的了！"情况确实是这个样子。整个校园都给浓烈的中印友谊的气氛所笼罩了。

我万万没有想到，在忙碌了一早晨之后到德里大学餐厅去吃午饭的时候，竟然遇到了中国人民的老朋友、印度著名的经济学家吉安·冒德教授。50年代初，我们访问印度的时候，他曾招待过我们。在新德里和加尔各答，都受到他热情的欢迎。后来他又曾访问过中国，好像还会见了毛主席和周总理。他一直从事促进中印友好的工作。但是在过去二十多年的漫长的时间内，我几乎没有听到他的消息。说句不好听的话，我以为像他那样大的年龄，恐怕早已不在世上了。谁知道他竟像印度神话里讲的某一个神灵那样，突然从天上降落到人间，今天站在我的面前了。这意外的会面更提高了我本来已经很高的兴致，也使我很激动。以他这样的高龄，腿脚又已经有点不方便，由一个人搀扶着，竟然还赶到大学里来会见我们这些中国朋友，怎能不令人激动？我握住了他的手，笑着问他高寿，他很有风趣地说："我刚刚才八十六岁。"这话引得旁边的人都大笑起来，他自己也笑了起来，笑得像一个年轻人那样天真，那样有力。我知道，这一位老人并不服老。为了印度人民，为了中印两国人民的友好，他将硬朗地活下去，我们也希望这一位"刚刚才八十六岁"的老而年轻的人活下去，我衷心祝愿他长寿！

隔了一天，我们又应邀到尼赫鲁大学去参观访问。情况同在德里大学差不多，也是先开一个欢迎会，同大家见见面。礼堂里挤了大概有千把人，掌声不断，情绪很高昂。所不同的只是，这里的学生用中文唱了中国歌。在万里之外，竟能听到中国歌，仿佛又回到了祖国，我们当然感到很亲切，兴致一下子就高涨了起来。同我一起坐在主席台上的除了学校领导和教授之外，还有学生会主席，他是一个年纪不到二十岁的男孩子。别人告诉我，他已经是第三次连选连任学生会主席了。这个大孩子，英俊、热情、机敏、和蔼。他似乎是无拘无束地陪我们坐在那里，微笑从来没有离开他的脸。主人们致词以后，又轮到我讲话。然后是赠送礼物，鼓掌散会，进行参观。学校里刚进行过学生会改选工作，我们所到之处，墙上都贴满了标语，传单，上面写着："选某某人！""反对某某人！"看来这里的民主气氛还是比较浓的。我们会见了许多领导人，什么副校长，什么系主任，都是亲切、和蔼、热情、友好。我们参观了许多高楼大厦，许多部门，其中包括图书馆。馆中藏有不少的中文书，给我留下了深刻的印象。他们有不少的微型胶卷。据说全套的《人民日报》和其他一些中国报刊，他们都有。中国古代的典籍他们收藏也很丰富。总之，图书馆的收藏与设备给我们留下了深刻的印象。我们所到之处，也都受到热情友好的招待。大学的几位领导人，一直陪同我们参观。那一位年青的学生会主席也是寸步不离，一直陪同我们。到了将要分手的时候，他悄悄地对我说："我真是非常想到中国去看上一看！"我觉得，这决不是他一个人的愿望，而是广大印度青年的共同愿望。在以后的访问过程中，我在印度许多城市，遇到了无数的印度男女青年，他们都表示了同样的愿望。正如我国的青年也愿意访问印度、了解印度一样，印度青年的这种愿望，我是完全能理解的。我衷心祝愿这位年青的学生会主席的愿望能够早日实现！

又隔了一天，我又应邀到尼赫鲁大学去参加现代中国研究会的成立典礼。

我又万没有想到，在这时竟然遇到了另一位中国人民的老朋友，印中友好协会的主席、已达耄耋高龄的九十四岁的森德拉尔先生。他曾多次访问过中国，受到过毛主席的接见。他把毛主席接见他时合影的照片视若珍宝。回印后翻印了数万张，广为散发。1955 年我第二次访问印度的时候，他那时已届七十高龄，然而仍然拄着拐杖亲自到机场去迎接我们。他一生为促进中印友好而努力。在中印友谊的天空里暂时出现乌云的日子，这一位老人始终没有动摇过。"岁寒然后知松柏之后凋也"，他经受住了考验，他坚信中印友好是人心所向，大势所趋，总有一天会拨开浓雾见青天的。他胜利了。今天我们中国友好代表团又到了印度。当我在尼赫鲁大学见到他的时候，虽然我自己也已经有了一把子年纪，但是同他比起来还要小几乎三十岁。无怪在他的眼中我只能算是一个小孩子。他搂住我的脖子，摸着我的下巴颏儿，竟像一个小孩一般地呜呜地哭起来。我们的团长王炳南同志到他家里去拜望他的时候，他也曾哭过，他说："我今年九十多岁了。但请朋友们相信，在印中两国没有建立完全的友好关系之前，我是决不会死去的！"如果我也像问吉安·昌德教授那样问他的年龄，他大概也会说："我刚刚才九十四岁。"在以后我在德里的日子里，我曾多次遇到这一位老人，他每会必到，每到必发言，每发言必如悬河泻水，滔滔不绝。如果没有人请他休息，他会不停地说下去的。我真不知道，这个个儿不大的小老头心中蕴藏了多少对中国人民的友谊，蕴藏着多少刚毅不屈的精神。他在我眼中真仿佛成了印度人民的化身，中印友好的化身。我也祝愿他长寿，超过一百岁。即使中印完全建立了友好关系，他也不会死去。

总之，我在德里大学和尼赫鲁大学不但遇到了对中国热情友好的年青人，也遇到了对中国友好的多次访问过中国的为中印友好而坚贞不屈的老年人。老年人让我们回忆到过去，回忆起两千多年的历史。年青人让我们看到未来，看到我们的友谊将会持续下去，再来一个两千多年，甚至比两千多年更长的时间。

1979 年 2 月 24 日

琼楼玉宇，高处不胜寒

阿格拉是有名的地方，有名就有在泰姬陵。世界舆论说，泰姬陵是不朽的，它是世界上多少多少奇之一。而印度朋友则说："谁要是来到印度而不去看泰姬陵，那么就等于没有来。"

我前两次访问印度，都到泰姬陵来过，而且两次都在这里过了夜。我曾在朦胧的月色中来探望过泰姬陵。整个陵寝在月光下幻成了一个白色的奇迹。我也曾在朝暾的微光中来探望过泰姬陵，白色大理石的墙壁上成千上万块的红绿宝石闪出万点金光，幻成了一个五光十色的奇迹。总之，我两次都是名副其实地来到了印度。这一次我也决心再来；否则，我的三访印度，在印度朋友心目中就成了两访印度了。

同前两次一样，这一次也是乘汽车来的。车子下午从德里出发，一直到黄昏时分，才到了阿格拉。泰姬陵的白色的圆顶已经混入暮色苍茫之中。我们也就在苍茫的暮色中找到了我们的旅馆。从外面看上去，这旅馆砖墙剥落，宛如年久失修的莫卧儿王朝的废宫。但是里面却是灯光明亮，金碧辉煌，完全是另一番景象。房间都用与莫卧儿王朝有关的一些名字标出，使人一进去，就仿佛到了莫卧儿王朝；使人一睡下，就能够做起莫卧儿的梦来。

我真的做了一夜莫卧儿的梦。第二天一大早，我们就赶到泰姬陵门外。门还没有开。院子里，大树下，弥漫着一团雾气，掺杂着淡淡的花香。夜里下过雨，现在还没有晴开。我心里稍有懊恼之意：泰姬陵的真面目这一次恐怕看不到了。

但是，突然间，雨过天晴云破处，流出来了一缕金色的阳光，照在泰姬陵的圆顶上，只照亮一小块，其余的地方都暗淡无光，独有这一小块却亮得耀眼。我们的眼睛立刻明亮起来：难道这不就是泰姬陵的真面目吗？

我们走了进去，从映着泰姬陵倒影的小水池旁走向泰姬陵，登上了一层楼高的平台，绕着泰姬陵走了一周，到处瞭望了一番。平台的四个角上，各有一座高塔，尖尖地刺入灰暗的天空。四个尖尖的东西，衬托着中间泰姬陵的圆顶那个圆圆的东西，两相对比，给人一种奇特的美。我想不出一个适当的名词来表达这种美，就叫它几何的美吧。后面下临阎牟那河。河里水流平缓，有一个不知什么东西漂在水里面，一群秃鹫和乌鸦趴在上面啄食碎肉。秃鹫们吃饱了就飞上栏杆，成排地蹲在那里休息，傲然四顾，旁若无人。

我们就带着这些斑驳陆离的印象，回头来看泰姬陵本身。我怎样来描述这个白色的奇迹呢？我脑筋里所储存的一切词汇都毫无用处。我从小念的所有的描绘雄伟的陵墓的诗文，也都毫无用处。"碧瓦初寒外，金茎一气旁。山河扶绣户，日月近雕梁。"多么雄伟的诗句呀！然而，到了这里却丝毫也用不上。这里既无绣户，也无雕梁。这陵墓是用一块块白色大理石堆砌起来的。但是，无论从远处看，还是从近处看，却丝毫也看不出堆砌的痕迹，它浑然一体，好像是一块完整的大理石。多少年来，我看过无数的泰姬陵的照片和绘画；但是却没有看到有任何一幅真正的照出、画出泰姬陵的气势来的。只有你到了泰姬陵跟前，站在白色大理石铺的地上，眼里看到的是纯白的大理石，脚下踩的是纯白的大理石；陵墓是纯白的大理石，栏杆是纯白的大理石，四个高塔也是纯白的大理石。你被裹在一片纯白的光辉中，翘首仰望，纯白的大理石墙壁有几十米高，仿佛上达苍穹。在这时候，你会有什么样的感觉，我不知道。

反正我自己仿佛给这个白色的奇迹压住了，给这纯白的光辉网牢了，我想到了苏东坡的词："琼楼玉宇，高处不胜寒。"我自己仿佛已经离开了人间，置身于琼楼玉宇之中。有人主张，世界上只有阴柔之美与阳刚之美。把二者融合起来成为浑然一体的那种美，只应天上有。我眼前看到的就是这种天上的美。我完全沉浸在这种美的享受中，忘记了时间的推移。等到我从这琼楼玉宇中回转来时，已经是我们应该离开的时候了。

从泰姬陵到红堡是一条必由之路，我们也不例外。到了红堡，限于时间我们只匆匆地走了一转。莫卧儿王朝的这一座故宫，完全是用红砂岩筑成的。如果说泰姬陵是白色的奇迹的话，那么这里就是红色的奇迹。但是，我到了这里，最关心的却是一块小小的水晶。据说，下令修建泰姬陵的沙扎汗，晚年被儿子囚了起来。他本来还准备在阎牟那河这一边同河对岸泰姬陵遥遥相对的地方，修建一座完全用黑色大理石砌成的陵墓，如果建成的话，那将是一个不折不扣的黑色的奇迹。然而在这黑色的奇迹出现以前，他就失去了自由，成为自己儿子的阶下囚。他天天坐在红堡的一个走廊上，背对着泰姬陵，凝神潜思，忍忧含悲，目不转睛地注视着镶嵌在一个柱子上的那一块水晶，里面反映出整个泰姬陵的影像。月月如此，天天如此，这位孤独的老皇帝就这样度过了他的残生。

这个故事很有些浪漫气息。几百年来，也打动了千千万万好心人的心弦，滴下了无数的同情之泪。但是，我却是无泪可滴。我上一次来的时候，印度朋友曾告诉过我，就在这走廊下面那一片空地上，莫卧儿皇帝把囚犯弄了来，然后放出老虎，让老虎把人活活地吃掉。他们坐在走廊上怡然欣赏这一幕奇景。这样的人，即使被儿子囚了起来，我难道还能为他流下什么同情之泪吗？这样的人，即使对死去的爱姬有那么一点情意，这种情意还值得几文钱呢？我正在胡思乱想的时候，红堡城墙下长着肥大的绿叶子的树丛中，虎皮鹦鹉又吱吱喳喳叫了起来。这种鸟在中国是会被当作珍禽装在精致的笼子里来养育的。但是在阿格拉，却多得像麻雀。有那么一个皇帝，再加上这些吱吱喳喳的虎皮鹦鹉，我的游兴已经索然了。那些充满了浪漫气氛的故事对于我已经毫无吸引力了。

我走下了天堂，回到了现实。人间和现实是充满了矛盾的，但是它们又确实是美的。就是在阿格拉也并非例外。二十七年前，当我第一次到阿格拉来的时候，我在旅馆中遇到的一件小事，却使我忆念难忘。现在，当我离开了泰姬陵走下天堂的时候，我不由得又回忆起来。

我们在旅馆里看一个贫苦的印度艺人让小黄鸟表演识字的本领。又看另一个艺人让眼镜蛇与獴决斗。两个小动物都拼上命互相搏斗，大战了几十回合，还不分胜负。正在看得入神的时候，我瞥见一个印度青年在外面探头探脑。他的衣着不像一个学生，而像一个学徒工。我没有多加注意，仍然继续观战。又过了不知多少时候，我又一抬头，看到那个青年仍然站在那里，我立刻走出去。那个青年猛跑了几步，紧紧地抓住了我的手，我感觉到他的手有点颤抖。他递给我一个极小的小盒，透过玻璃罩可以看到，里面铺的棉花上有一粒大米。我真有点吃惊了。这一粒大米有什么意义呢？青年打开小盒，把大米送到我眼底下，大米上写着"印中友谊万岁"几个字，只能用放大镜才能看得清楚。他告诉我，他是一个学徒工，最热爱新中国，但却从来没有机会接触一个中国人。听说我们来了，他便带了大米来看我们。从早晨等到现在，中午早已过了。但是几次被人撵走。现在终于见到中国朋友了，他是多么兴奋啊！我接过了小盒，深深地被这个淳朴的青年感动了。我握住了他的手，心里面思绪万千，半天没有说出话来。我一直目送这个青年的背影消失在大街上熙熙攘攘的人群中，才转回身来。

泰姬陵是美的，是不朽的。然而，人们心里的真挚感情不是比泰姬陵更美，更不朽吗？上面说的这件小事，到现在，已经过了二十七年，在人的一生中，二十七年是一段漫长的时间，可是，不管我什么时候想起这件小事，那个学徒工的影像就栩栩如生地浮现在我的眼前。现在他大概都有四五十岁了吧。中间沧海桑田，世间多变。但是我却不相信，他会忘掉我，会忘掉中国，正如我不会忘掉他一样。据我看，这才是真正的美，真正的不朽。是美的、不朽的泰姬陵无法比拟的美，无法比拟的不朽。

1978 年

难忘的一家人

三月初的德里，已经是春末夏初时分。北京此时恐怕还会飘起雪花吧。而在这里，却已是杂花生树，群莺乱飞。月季花、玫瑰花、茉莉花、石竹花，还有其他许多不知名的鲜花，纷红骇绿，开得正猛。木棉那大得像碗口的红花，开在凌云的高枝上，发出了异样的光彩，特别逗引起了我这个异乡人的惊奇。

就正在这繁花似锦的时刻，我会见了将近二十年没有见面的印度老朋友普拉萨德先生。

当时，我刚从巴基斯坦来到德里。午饭后，我站在我们的大使馆楼前的草地上，欣赏那一朵朵肥大的月季花，正在出神，冷不防从对面草地上树荫下飞也似的跳出来了一个人，一下子扑了过来，用力搂住我的脖子，拼命吻我的面颊。他眼里泪水潸潸，眉头痛苦地或者是愉快地皱成了一个疙瘩。他就是普拉萨德。他这出乎意料的举动，使得我惊愕，快乐。但是，我的眼里却没有泪水流出，好像是我还没有来得及把泪水酿出。

这自然就使我回忆起过去在北京大学的一些事情。

普拉萨德是在解放初期由印中友协主席、中国人民始终如一的老朋友森德拉尔先生介绍到北大来任教的。他为人正直，坦荡，老老实实，本本分分，从来不弄什么小动作，不要什么花样。借用德国老百姓的一句口头语：他忠实得像金子一样。在工作方面，他勤勤恳恳，给什么工作，就做什么工作，决不讨价还价。因此，他同中国教师和历届的同学都处得很好，没有人不喜欢他，不尊重他的。他后来回国结了婚，带着夫人普拉巴女士又回到北京。生的第一个男孩，取名就叫做京生。长到三四岁的时候，活泼伶俐，逗人喜爱。每次学校领导宴请外国教员，一个必不可少的节目就是要京生高唱《东方红》。此时宴会厅里，必然是笑声四起，春意盎然，情谊脉脉，喜气融融。

时光就这样流逝过去。他做的事情都是平平常常的事情，过的日子也都是平淡无奇的日子。没有兴奋，没有激动。没有惊人的变化，也没有难忘的伟绩。忘记了是哪一年，他生了肺病，有点紧张。我就想方设法，加以劝慰。我现在已经忘记究竟对他说了些什么话，但是估计像我这样水平低的人，也决不会说出什么精辟的话。他可就信了我的话，情绪逐渐平静了下来。又忘记了是哪一年，他告诉我，想到莫斯科去参加青年联欢节。我通过有关的单位，使他达到了目的。这些都是小事，本来是不足挂齿的。然而他却惦记在心，逢人便说。他还经常说，我是他的长辈，是他的师尊。这很使我感到有点尴尬，觉得受之有愧。

天不会总是晴的，人世间也决不会永远风平浪静。大约是在 1959 年，中印友谊的天空里突然升起了一团乌云。某一些原来对中国友好的印度人，接踵转向。但是，普拉萨德一家人并没有动摇。他们不相信那一些造谣诬蔑，流言蜚语。他们一直坚持到自己的护照有被吊销的危险的时候，才忍痛离开了中国。

接着来的是一段对中印两国人民都不愉快的时光。我自己毕生研究印度的文化和历史，十分关心中印两国人民的传统友谊。在这一团乌云的遮蔽下，我有说不出来的苦恼，心情很沉重。我不时想到普拉萨德，想到他那一家人。当他们还在北京的时候，我实际上并没有这样想过。现在一旦暌违，却竟如此忆念难置。我自己也说不清楚其中的原因。难道我也想到"鸿雁几时到，江湖秋水多"吗？我不知道，普拉萨德一家人在想些什么，他们在干些什么。但是，我对于他那一家人对中国人民的深厚友谊，是从来没有怀疑的。我相信，他同广大的印度朋友一样，既能同中国人民共安乐，也能同我们共忧患。他们既然能渡过丽日和风，也必然能渡过惊涛骇浪。

事实也正是这个样子。等到天空里的乌云逐渐淡下去的时候，从遥远的西天传来了普拉萨德一家的消息。他确实是没有动摇。在那些日子里，他仍然坚持天天到中国驻印度大使馆去上班。当时大使馆门外驻扎着军警。每一个到中国大使馆来的印度人，都要受到盘问。许多印度朋友，不管内心里多么热爱中国，在这种情况下，也只好望而却步。然而普拉萨德却毅然屹然，决不气馁。当他在中国生肺病的时候，我心里曾闪过一个念头，窃以为他太脆弱。现在才知道，我错了。在大是大非面前，他是非常坚强的。我认识到他是这样一个人：在脆弱中有坚强，在简单中有深刻，在淳朴中有繁缛，在平淡中有浓烈。

他的爱人普拉巴是夫唱妇随。有人要她捐献爱国捐，她问为什么，说是为了对付中国，她坚决回答："爱国人人有份。但是捐了金银首饰去打中国，我宁死不干。我决不相信中国会侵略印度！"这一番话义正词严，简直可以说是掷地作金石声。在那黑云翻滚的日子里，敢于说这样的话，是需要有点勇气的。普拉巴平常看起来也像她丈夫一样是朴素而安静的。就在这样一个朴素而安静的印度普通妇女的心中蕴藏着多少对中国兄弟姐妹的爱和信任啊！但是在千千万万印度朋友心中蕴藏着的正是这样的爱和信任。印度古书上有一句话："真理就是要胜利。"她说的话正是真理，因此就必然会胜利的。

难道说普拉萨德一家人不热爱自己的祖国吗？正相反。我知道，他们是非常热爱自己的祖国的。而他们这样的举动也正是真正热爱祖国的表现。

就这样，我们虽然相别十余年，相隔数万里，其间也没有通过信。但是，我们的心是相通的，我们的心是挨得非常近的。

可是我无论如何也没有预料到，我们竟然能够在花团锦簇的暮春时分，在德里又会了面。

看样子，这一次来意外的会面也给普拉萨德带来了极大的愉快。他告诉我，当他听说我要到印度来的时候曾高兴得几夜睡不着觉。我知道，他确实是非常高兴的。那时候，我们的访问非常紧张，一个会接着一个会，忙得不可开交。但是他却利用一切机会同我会面和交谈。有一天晚上，他还带了另一位印度朋友来看我。刚说了几句话，他们俩突然跪到地上摸我的脚。我知道，这是对最尊敬的人行的礼节。我大吃一惊，觉得真是当之有愧。但是面对着这一位忠实得像金子一般的印度朋友，我有什么办法呢？

普拉萨德再三对我讲，他要把他全家都带来同我会面。这正是我的愿望。我是多么想看一看这一家人啊！但是时间却挤不出。最后商定在使馆招待会前半小时会面。到了时候，他们全家果然来了。当年欢蹦乱跳的京生已经长成了稳重憨厚的青年，大学医学院的毕业生。当年在襁褓中的兰兰也已经长成了中学生。我看到这个情景，心里面思绪万千，半天说不出话来。但是，普拉萨德却滔滔不绝地讲了起来。讲他过去十几年的经历。从生活到思想，从个人到全家，不厌其详地讲述。兰兰大概觉得他说话太多了，有点生气似的说道："爸爸！看你老讲个不停，不让别人说半句话。"普拉萨德马上反驳说："不行不行！我非向他汇报不行。我的话三天三夜也讲不完。"说完又讲了起来，大有"词源倒流三峡水"的气概，看样子真要讲上三天三夜了。但是，招待会的时间到了，他们才依依不舍地辞别离去。

我们在德里的最后一个节目是印中友协的欢迎会。散会后，也就是我同普拉萨德全家告别的时候。我自然而然地紧紧地搂住了他的脖子，吻他的面颊。好像也用不着去酿出，我的眼里流满了泪水。同这样一位忠诚淳朴，对中国人民始终如一的印度朋友告别，我难道还能无动于衷吗？

普拉萨德决不是一个个人，而是广大的印度朋友的代表和象征；他也是千千万万善良的印度人的典型。他也决没有把我看成一个个人，而是看成整个中国人民的代表。他对我流露出来的感情，不是对我一个人的，而是对全体中国人民。正如中印友谊万古长青一样，我们之间的友谊也是长存的。即使我们暂时分别了，我相信，我们有一天总还会会面的，在印度，在中国。

我遥望西天，为普拉萨德全家祝福。

1979 年 10 月

孟买，历史的见证

天下事真有出人意料的巧合：我二十七年前访问孟买时住过的旅馆，这一次来竟又住在那里。这一下子就激发起游兴，没有等到把行李安顿好，我就走到旅馆外面去了。

旅馆外面，只隔一条马路，就是海滨。在海滨与马路之间，是一条铺着石头的宽宽的人行道。人行道上落着一群鸽子——看样子是经常在那里游戏的——：红红的眼睛，尖尖的嘴，灰灰的翅膀，细细的腿，在那里拥拥挤挤，熙熙攘攘，啄米粒，拍翅膀，忽然飞上去，忽然又落下来，没有片刻的宁静，却又一点也不令人感到喧哗。马路上车水马龙，人行道上行人摩肩接踵，但却没有人干扰这一小片鸽子的乐园。只是不时地有人停下来买点谷子之类的杂粮，撒到鸽子群中去喂它们。有几个小孩子站在这乐园边上拍手欢跳。卖杂粮的老人坐在旁边，一动也不动，活像一具罗丹雕塑的石像。

从这里再往前走几步，就到了海边。海边巍然耸立着一座极其宏伟壮丽的拱门，这就是英国人建造的著名的印度门。门前是汪洋浩瀚的印度洋，门后是幅员辽阔的印度大地。在这里建这样一座门，是殖民主义者征服印度的象征，是他们耀武扬威的出发点。据说，当年英国派来的总督就都从这里登岸，一过这座门，就算是到了印度。英国的皇太子，所谓威尔士亲王也曾从这里上岸访问印度。当年高车驷马、华盖如云的盛况，依稀还能想象得出。

然而曾几何时，沧海桑田，风云变幻，当年那暴戾恣睢、不可一世的外来侵略者到哪里去了呢？只剩下大海混茫，拱门巍峨，海浪照样拍打着堤岸，涛声依旧震撼着全城。印度人民挺起腰杆走在自己的土地上。群鸽飞鸣，一片生机。这一座印度门就成了历史上兴亡盛衰的见证。

我第一次到孟买来的时候，就曾注意到这一座拱门。我们同殖民主义者相反，不是走进印度门，而是走出印度门。我们从这里乘汽艇到附近的爱里梵陀去看著名的石窟雕刻。石窟并不大，石雕也不多，而且没有任何碑文；但是每一座石雕都是一件珍贵的艺术品，结构谨严，气韵生动，完全可以置于世界名作之林。印度劳动人民的艺术天才留给我们的印象是永世难忘的。

同样使我们难忘的是当年孟买的印度朋友对我们显示

的无比的热情。我们到孟买的时候正逢上印度最大的节日点灯节。记得有一天晚上，孟买的许多著名的文学家、艺术家、音乐家、舞蹈家，邀请我们共同欢度节日。我们走进了一座大院子。曲径两旁，草地边上都点满了灯烛，弯弯曲曲的两排，让我立刻想到沿着孟买弧形海岸的那两排电灯，那叫做"公主项链"的著名的奇景。我小时候在中国的某一些名山古刹的庙会上，在夜间，曾见过这样的奇景。我们就在这"项链"的中间走过去，走进一个大厅，厅内也点满了灯烛。虽然电灯都关闭了，但厅内仍然辉煌有如白日。大家都席地而坐，看和听印度第一流的艺术家表演绝技。首先由一个琵琶国手表演琵琶独奏。弹奏之美妙我简直无法描绘，我只好借用唐代大诗人白居易的几句诗："嘈嘈切切错杂弹，大珠小珠落玉盘。间关莺语花底滑，幽咽流泉水下滩。"弹奏快要结束的时候，余音袅袅，不绝如缕。打一个比喻的话，就好像暮春的游丝，越来越细，谁也听不出是什么时候结束的。接着是著名的舞蹈家表演舞蹈。最后由著名的乌尔都诗人朗诵自己的歌颂印中友谊的诗篇。我不懂乌尔都语，但是他那抑扬顿挫的声调，激昂动人的表情，特别是那些用三合元音组成的尾韵，深深地打动了我的心，我好像是获得了通灵，一下子精通了乌尔都语，完全理解了颂诗的内容。我的心随着他的诵声而跳动，而兴奋。夜已经很深了。我们几次想走；但是，印度朋友却牢牢地抓住我们不放。他们说："我们现在不让你们睡觉。我们要让你们在印度留一天就等于留两天。你们疲倦，回国以后再去睡觉吧。我们相信，我们到了中国，你们也不会让我们睡觉的。"我们还有什么话好说呢？印度朋友到了中国，我们不也会同样不让他们睡觉吗？到现在已经过去了二十七年；但是，当时的情景还历历如在眼前，朗诵声还回荡在我的耳边。印度人民的这种友谊使我们永生难忘。

一讲到人民的友谊，人们立刻就会想到柯棣华大夫。他的故乡就在孟买附近。他哥哥和几个妹妹一直到现在还住在孟买市内。四十年前，日本侵略者百万大军压境，在我们神圣的国土上狼奔豕突，践踏蹂躏。中华民族正处于风雨如磐的危急存亡之秋。当时，柯棣华大夫刚从大学医学院毕业。他像白求恩大夫一样，毅然决定，不远万里来到中国抗日战争的前线，穿上八路军的军服，全心全意为伤病员服务。后来他在中国结了婚，生了孩子。终于积劳成疾，死在离开自己的故乡孟买数万里、中间隔着千山万水的中国。我们不说他病死异乡，因为他并不认为中国是异乡。他是继白求恩之后的另一个伟大的国际主义战士。毛主席亲笔为他写了悼词，每个字都像小盆那样大，气势磅礴，力透纸背。这幅悼词，现在仍然悬挂在孟买他哥哥的家中。二十年前，叶剑英委员长到印度来访问时，曾到过他家，让人把这幅悼词拍了照。我们这一次到孟买来，也到了他家，受到他哥哥和几个妹妹以及所有亲属的极其热烈的款待。我当时坐在那里，注视着墙上毛主席的题词，转眼又看到同样是悬挂在墙上的柯棣华的夭亡了的小孩柯印华的照片，镜框上绕着花环，我真是心潮翻涌，思绪万千，上下古今，浮想联翩。在中印两千多年的友谊史上，无数的硕学高僧、游客、负贩，来往于中印两国之间，共同培育了这万古长青的友谊。但是，像柯棣华这样的人，难道不可以说是空前的吗？毛主席对他作了那样高的评价，真是恰如其分。听说一直到今天，四十年已经过去了，柯棣华生前的许多中国老战友，一提起他来，还禁不住热泪盈眶。什么东西能这样感人至深呢？除了深厚的友谊之外，还能有别的什么呢？我在上面已经说过，孟买的印度门是历史的见证。它告诉我们，腐朽的邪恶的东西必然死亡。柯棣华的例子又告诉我们，新生的正义的东西必然永存。在这个意义上来说，孟买又成了中印人民友谊的历史的见证。

今天孟买人民完全继承了柯棣华的遗愿。他们竭尽全力来促进中印传统友谊的发展。我们从新德里乘"空中公共汽车"来到孟买的时候，已经过了半夜，绝大部分的居民早已进入睡乡。可是机场外面仍然聚集了一千多人，手举红旗，高呼口号。这是什么精神鼓舞着他们呢？马哈拉施特拉邦的邦长会见了我们。孟买市长会见了我们，并且设宴招待。许多知名人士亲自到旅馆来同我们会面。这又是为了什么呢？特别令人难忘的是那个规模极大的群众欢迎大会。举行的地点是在工人区内一个中学的操场上，在操场中间临时搭了一个主席台。参加大会的据说超过一万人，大部分是工人。操场周围高楼上住的也都是工人。他们的家属就站在阳台上往下看，他们也算是大会的参加者。鞭炮齐鸣，红旗高悬。每一个发言者都热烈歌颂印中友谊，会场上洋溢着热情友好的气氛。散会后，印度青年工人臂挽臂形成了两座人墙，让我们从中间走出去。那出色的组织能力和纪律性给我们留下了深刻的印象。当我们乘汽车回到旅馆的时候，天已经完全黑了下来。我们就从"公主项链"下面驶过。那两排电灯，每一盏都像是一颗光辉灿烂的夜明珠，绕着弧形的海岸，亮上去，亮上去，一直亮到遥远的天际。这又让我立刻回想到二十七年前在孟买同印度文学艺术界的朋友共同欢度点灯节时的情景。岁月流逝，而友谊长青。今天我们又到了孟买，受到了同当时一样的甚至是更热烈的款待。我真有点抑制不住自己的兴奋激动了。

孟买是比较年轻的城市，是一座工业城市。比起科钦来，它只能算是小弟弟。我在过去常常有一种偏见：我愿意访问古老的文化遗迹，而对于新兴工业城市则不太感兴趣。我愿意在断壁颓垣下，古塔佛寺旁，发思古之幽情，怀传统之友谊。顾而乐之，往往流连忘返。然而今天我来到孟买，我发现它同样能够成为历史的见证，同样能让我们怀念古老的友谊。在巍峨的拱门下，在熙攘的马路上，在高矗的大厦旁，在鳞比的商肆间，我们不但可以怀念过去，而且可以瞻望未来。在怀念古老的传统的友谊之余，我们看到站起来的印度人民，想到倒下去的老殖民主义者，看到生气勃勃的鸽群，听到混茫的大海的涛声，真禁不住要"问苍茫大地，谁主沉浮？"答案远在天边，近在眼前，作为历史的见证的孟买恰恰就回答了这个问题。

一个抱小孩子的印度人

事情已经过去了二十多年，但是我常常会回忆起一个抱小孩子的印度人。特别是当我第三次踏上印度国土的时候，我更加强烈地想到了他。我现在一看到印度火车，就痴心妄想地希望在熙攘往来的人流中奇迹般地发现他。他仿佛就站在我眼前，慈厚的面孔上浮着淳朴的微笑；衣着也非常朴素。他怀里抱着的那个三四岁小孩子正在对着我伸出了小手，红润的小脸笑成了一朵花……

当时也正是冬天。当祖国的北方正是千里冰封、万里雪飘的时候，我们却在繁花似锦四季皆夏的印度访问。我们乘坐的火车奔驰在印度北方大平原上。到过印度又乘坐过印度火车的人都知道，印度火车的车厢同中国是完全不一样的。我们的车厢每一节前后都有门，即使在火车飞奔的时候，我们仍然可以从一个车厢走到另一个车厢，来去自如，毫无阻碍。但是印度的车厢却完全不同，它两端都没有门，只在旁边有门，上下车都得走这个门；因此，只有当火车进站停驶时才能上下。火车一开，每一个车厢就形成了一个小小的独立王国，想从一个车厢到另一个车厢去，那就决无可能了。

我们乘的是一节专车，挂在一列火车的后面。车里面客厅、卧室、洗手间、餐厅，样样俱全。我们所需要的东西一概不缺。火车行驶时，我们就处在这个小天地里，与外界仿佛完全隔绝。当我们面对面坐着的时候，除了几个陪同我们的印度朋友以外，全是中国人，说的是中国话，谈的有时也是中国问题，只有凭窗外眺时，才能看到印度，看到铁路两旁高耸的山峰，葱郁的树林，潺湲的小溪，汹涌的大河，青青的稻田，盛开的繁花，近处劳动的农民，远处乡村的炊烟。我们也能看到蹲在大树上的孔雀，蹦跳在田间林中的猴子。远处田地里看到似乎有人在耕耘，仔细一看，却全都是猴子。在这时候，只有在这时候，我们才感觉到我们是在印度，我们已经同祖国相隔千山万水了。

我们样样都满足，我们真心实意地感激我们的印度主人。但是我们心里却似乎缺少点什么：我们接触不到印度人民。当然，我们也知道，印度语言特别繁多。我们不可能会所有的语言，即使同印度人民接触，也不一定能够交谈。但是，只要我们看到印度人对我们一点头，一微笑，一握手，一示意，我们就仿佛能够了解彼此的心情，我们就感到无上的满足，简直可以说是赛过千言万语。在这样的时候，语言似乎反而成了累赘，一声不响反而能表达出语言无法表达的东西了。

因此，每到一个车站，不管停车多久，我们总争先恐后地走出车厢，到站台上拥拥挤挤的印度人群中去走上一走，看上一看。我们在这里看到的人当然很多：男的、女的、老的、少的、工人、农民、学生、士兵，还有政府官员模样的，大学教授模样的，面型各不相同，衣服也是五光十色，令人眼花缭乱，目不暇给。但他们看到中国朋友都流露出亲切和蔼的笑容，我们也报以会心的微笑，然后怀着满意的心情走回我们的车厢。有时候，也遇到热烈欢迎的场面。印度人民不知从哪里知道我们要来。他们扛着红旗，拿着鲜花，就在站台上举行起欢迎大会来。他们讲话，我们答谢。有时甚至迫使火车误点。在这样的欢迎会之后，我们走回自己的车厢，往往看到地毯上散乱地堆满了玫瑰花瓣，再加上我们脖子上戴的花环，整个车厢就充满了香气。佛教不是常讲"众香界"吗？这地方我没有去过，现在这个车厢大概也就是众香界了。

我们在车上几天的日子就是这样度过的，确实是非常振奋，非常动人。时间一长，好像也就有点司空见惯之感了。

但是，我逐渐发现了一件不寻常、不司空见惯的事。在过去的一两天中，我们每次到车站下车散步时总看到一个印度中年人，穿着一身印度人常穿的白布衣服，朴素大方。面貌也是一般印度人所具有的那种忠厚聪慧的面貌。看起来像一个工人或者小公务员，或者其他劳动人民。他怀里抱着一个三四岁的孩子，火车一停，就匆匆忙忙地不知道从哪一个车厢里走出来，走到我们车厢附近，杂在拥挤的人流中，对着我们微笑。当火车快开的时候，我们散步后回到自己的车厢，他又把孩子高高地举在手中，透过玻璃窗，向我们车厢内张望，向我们张望，小孩子对着我们伸出了小手，红润的小脸笑成了一朵花……

他第一次这样做的时候，我并没有注意，也不可能注意。因为类似这样的事情，我们在印度已经遇到多次；而且我们满眼都是印度人，他这个人的容貌和衣着丝毫也没有什么引人注目之处。但是，一次这样，两次这样，每到一站都是这样，这就不能不引起我的注意了：他是什么人呢？他要到哪里去呢？他为什么每一站都来看我们呢？他是不是对我们有什么要求呢？一连串的问号在我脑海里翻腾。我决意自己去解开这个谜。

不久，我们就来到一个车站上。现在我已经忘记了车站的名字，在记忆中反正是一个相当大的站，停车时间比较长。车一停，当那位印度朋友又抱着孩子来到我们车厢旁的时候，我立刻下了车，迎面走上前去，向他合十致敬。这一位憨厚的人有点出乎意外，脸上紧张了一刹那，但立刻又恢复了常态，满脸笑容，对我答礼。我先问他要到什么地方去，他腼腼腆腆地不肯直接答复。我又问他是不是对我们有什么要求，他又腼腆地一笑，不肯回答我的问题。经我再三询问，他才告诉我说："我实际上早已到了目的地，早就该下车了。但是我在德里上车以后，发现中国文化代表团就在这一列车上。我从小就听人说到中国，说到中国人，知道中国是印度的老朋友。前几年，又听说中国解放了，中华人民共和国成立了。我觉得很好奇，很想了解一下中国。但是连我自己都从来没有见过中国人，更不用说我的小孩子了。我自己是个小职员，怎么能了解中国和中国人呢？现在中国朋友就在眼前，这个机会无论如何不能放过呀！我的小孩子虽然还不懂事，我也要让他见一见中国人，让他在幼小的心灵里埋下印中友好的种子。我于是就补了车票。自己心里想：到下一站为止吧！但是到了下一站，你们好像吸铁石一样，吸引住了我。我又去买了车票，到下一站为止吧！我心里又这样想。就这样一站一站地补下来。自己家里本来不富，根本没有带多少钱出来，现在钱也快花光了。你们又同我谈了话，我的愿望就算是达到了。我现在就到车站上去买回头的票，回到一个车站去，看我的亲戚去了。希望你们再到印度来，我也希望能到中国去。至少我的小孩子能到中国去。祝你幸福！我们暂时告别吧！”

这些话是非常简单朴素的，但是我听完了以后，心里却热乎乎的。我眼前的这个印度朋友形象忽然一下子高大起来，而且身上洋溢着光辉。我只觉得满眼金光闪闪。连车站附近那些高大的木棉树上碗口大的淡红的花朵都变得异样地大，异样地耀眼。他一下子好像变成了中印友谊的化身。我抓住了他的双手，一时说不出话来。他仍然牢牢地抱住自己的孩子。我用手摸了摸小孩子的脸蛋，他当然还不懂什么是中国人，但他却天真地笑了起来。我祝愿他幸福康宁，祝愿他的小孩子茁壮成长。我对他说，希望能在中国见到他。他似乎也有点激动起来，也祝愿我旅途万福，并再一次希望我再到印度来。开车的时间已到，他匆忙地握了握我的手，便向车站的售票处走去。在熙熙攘攘的人群中，他还不时回头看，他的小孩子又对着我伸出了一双小手，红润的脸笑成了一朵花……

到现在将近三十年过去了。我当然没能在中国看到他。今天我又来到了印度，仍然看不到他和他的孩子；不管我怎样望眼欲穿，也是徒劳。这个小孩子今年也超过三十岁了吧，是一个大人了。我不知道他们父子今天在什么地方，他们在干什么。这小孩子是否还能回忆起自己三四岁时碰到中国叔叔的情景呢？"明日隔山岳，世事两茫茫"，我们古代的诗人这样歌唱过了。我们现在相隔的岂止是山岳？简直是云山茫茫，云天渺渺。恐怕只有出现奇迹我才能再看到他们了。但是世界上能有这样的奇迹吗？

佛教圣迹巡礼

我第二次来到了孟买，想到附近的象岛，由象岛想到阿旃陀，由阿旃陀想到桑其，由桑其想到那烂陀，由那烂陀想到菩提伽耶，一路想了下来，忆想联翩，应接不暇。我的联想和回忆又把我带回到三十年前去了。

那次，我们是乘印度空军的飞机从孟买飞到了一个地方。地名忘记了。然后从那里坐汽车奔波了大约半天整，天已经黑下来了，才到了阿旃陀。我们住在一个颇为古旧的旅馆里，晚饭吃的是印度饭，餐桌上摆着一大盘生辣椒。陪我们来的印度朋友看到我吃印度饼的时候，居然大口大口地吃起辣椒来，他大为吃惊。于是吃辣椒就成了餐桌上闲谈的题目。从吃辣椒谈了开去，又谈到一般的吃饭，印度朋友说，印度人民中间有很多关于中国人民吃东西的传说。他们说，中国人使用筷子已经到了出神入化的境界，用筷子连水都能喝。他们又说，四条腿的东西，除了桌子以外，中国人什么都吃；水里的东西，除了船以外，中国人也什么都吃。这立刻引起我们的哄堂大笑。印度朋友补充说，敢想敢吃并不是一件简单的事情。敢吃才能添加营养，增强体质。印度有一些人却是这也不吃，那也不吃。结果是体质虚弱，寿命不长，反而不如中国人敢想敢吃的好。有关中国人的这些传说虽然有些荒诞不经，但反映出印度老百姓对中国既关心又陌生的情况。于是餐桌上越谈越热烈，有时间杂着大笑。外面是黑暗的寂静的夜，这笑声仿佛震动了外面黑暗的、一点声音都没有的夜空。

我从窗子里看出去，模模糊糊看到一片树的影子，看到一片山陵的影子。在欢笑声中，我又时涉遐想：阿旃陀究竟在什么地方呢？它是在黑暗中哪一个方向呢？我们什么时候才能看到它呢？我真有点望眼欲穿了。

第二天一大早，我们就起身向阿旃陀走去。穿过了许多片树林和山涧，走过一条半山小径，终于到了阿旃陀石窟。一个个的洞子都是在半山上凿成的。山势形成了半圆形，下临深涧，涧中一泓清水。洞子有大有小，有深有浅，有高有低，沿着半山凿过去，一共有二十九个。窟内的壁画、石像，件件精美，因为没有人来破坏，所以保存得都比较完整。印度朋友说，唐朝的中国高僧玄奘曾到这里来过。以后这些石窟就湮没在荒榛丛莽中，久历春秋，几乎没有人知道这里还有这样一些洞子了。一百多年前，有一个什么英国人上山猎虎，偶尔发现了这些洞子，这才引起人们的注意。以后印度政府加以修缮，在洞前凿成了曲曲折折的石径，有点像中国云南昆明的龙门。从此阿旃陀石窟就成了全印度全世界著名的佛教艺术宝库了。

我们走在洞子前窄窄的石径上，边走边谈，边谈边看，注目凝视，潜心遐想。印度朋友告诉我说，深涧对面的山坡上时常有成群成群的孔雀在那里游戏、舞蹈，早晨晚上孔雀出巢归巢时鸣声响彻整个山涧。我随着印度朋友的叙述，心潮腾涌，浮想联翩。我仿佛看到玄奘就踽踽地走在这条石径上，在阴森黑暗的洞子中出出进进，时而跪下拜佛，时而喃喃诵经。对面山坡上的成群的孔雀好像能知人意，对着这位不远万里而来的异国高僧舞蹈致敬。天上落下了一阵阵的花雨，把整个山麓和洞子照耀得光辉闪闪。

"小心！"印度朋友这样喊了一声，我才从梦幻中走了出来。眼前没有了玄奘，也没有了孔雀。盼望玄奘出现，那当然是完全不可能的。但是，盼望对面山坡上出现一群孔雀总是可能的吧。我于是眼巴巴地望着山涧彼岸的山坡，山坡上绿树成荫，杂草丛生，榛莽中一片寂静，郁郁苍苍，却也明露荒寒之意。大概因为不是清晨黄昏，孔雀还没有出巢归巢，所以只是空望了一番而已。我们这样就离开了阿旃陀。石壁上绚丽的壁画，跪拜诵经的玄奘的姿态，对面山坡上跳舞的孔雀的形象，印度朋友的音容笑貌，在我眼前织成一幅迷离恍惚的幻影。

离开阿旃陀，我们怎样又到了桑其的，我现在已经完全记不清楚了。在我的记忆里，这一段经过好像成了一段曝了光的底片。

越过了这一段，我们已经到了一个临时搭成的帐篷里，在吃着什么，或喝着什么。然后是乘坐吉普车沿着看样子是新修补的山路，盘旋驶上山去。走了多久，拐了多少弯，现在也都记不清楚了。总之是到了山顶上，站在举世闻名的桑其大塔的门前。说是塔，实际上同中国的塔是很不一样的。它是一个大冢模样的东西，北海的白塔约略似之。周围绕着石头雕成的栏杆，四面石门上雕着许多佛教的故事。主要是佛本生的故事。大塔的来源据说可以追溯到公元前阿育王时代。无论如何这座塔总是很古很古的了。据说，它是同释迦牟尼的大弟子大目犍连的舍利有联系的。现在印度学者和世界其他国家学者之所以重视它，还是由于它的美术价值。这一点我似乎也能了解一点。我看到石头浮雕上那些仙人、隐士、老虎、猴子、花朵、草叶、大树、丛林，都雕得形象逼真，生动饱满，简简单单的几个人和物就能充分表达出一个完整的故事。内行的人可以指出哪一块浮雕表现的是哪一个故事。艺术概括的手段确实是非常高明的。我完全沉浸在艺术享受中了。

事隔这样许多年，我们在那座小山上呆的时间又非常短，我现在再三努力搅动我的回忆；但是除了那一座圆圆的所谓塔和周围的石雕栏杆以外，什么东西也搅动不出。

山势是什么样子？我说不出。塔的附近是什么样子？我说
不出。那里的山、水、树、木都是什么样子？我也说不出。
现在在我的记忆里，就只剩下一座圆圆的、光秃秃的、周
围绕着石栏杆、栏杆上有着世界著名的石雕的大塔，矗立
在荒烟蔓草之间……

我们怎样到的那烂陀，现在也记不清楚了。对于这个
地方我真是"久仰大名，如雷贯耳"。在长达几百年的时间
内，这地方不仅是佛学的中心，而且是印度学术中心。从
晋代一直到唐代，中国许多高僧如法显、玄奘、义净等都
到过这里，在这里求学。玄奘在《大唐西域记》里面对那
烂陀有生动的描述。《大唐大慈恩寺三藏法师玄奘传》里对
那烂陀的描述更是详尽：

> 六帝相承，各加营造，又以砖垒其外，合为一寺，
> 都建一门。庭序别开，中分八院。宝台星列，琼楼岳
> 峙；观竦烟中，殿飞霞上。生风云于户牖，交日月于
> 轩檐。加以渌水逶迤，青莲菡萏，羯尼花树，晖焕其
> 间。庵没罗林，森疏其外。诸院僧室，皆四重重阁。
> 虬栋虹梁，绿护朱柱，雕楹镂槛，玉础文楹。黉接瑶
> 晖，栋连绳彩。印度伽蓝，数乃万千；壮丽崇高，此
> 为其极。僧徒主客，常有万人。

对于玄奘来到这里的情况，这书中也有详尽生动的叙述：

> 向幼日王院安置于觉贤房第四重阁。七日供养已，
> 更安置上房，在护法菩萨房北，加诸供给。日得瞻步
> 罗果一百二十枚，槟榔子二十颗，豆蔻二十颗，龙脑

香一两，供大人米一升。其米大于乌豆，作饭香鲜，余米不及。唯摩揭陀国有此粳米，余处更无。独供国王及多闻大德，故号为供大人米。月给油三升，酥乳等随日取足，净人一人，婆罗门一人，免诸僧事，行乘象舆。

除了玄奘以外，还有别的一些印度本地的大师。《大唐西域记》里写道：

至如护法、护月，振芳尘于遗教；德慧、坚慧，流雅誉于当时。光友之清论，胜友之高谈，智月则风鉴明敏，戒贤乃至德幽邃。

看了这段描述，我眼前仿佛出现了一座极其壮丽宏伟的寺院兼大学。四层高楼直刺入印度那晴朗悠远的蓝天。周围是碧绿的流水，水里面开满了荷花。和煦的微风把荷香吹入我的鼻中。我仿佛看到了上万人的和尚大学生，不远千里万里而来，聚集在这里，攻读佛教经典和印度传统的科学宗教理论，以及哲学理论。其中有几位名扬国内外的大师，都享受特殊的待遇。这些大师都峨冠博带，姿态肃穆。或登坛授业，或伏案著书。整个那烂陀寺远远超过今天的牛津、剑桥、巴黎、柏林等等著名的大学。梵呗之声逖云霄。檀香木的香烟缭绕檐际。夜间则灯烛辉煌，通宵达旦。节日则帝王驾临，慷慨布施。我眼前是一派堂皇富丽、雍容华贵的景象。

我仿佛看到玄奘也居于这些大师之中，住在崇高的四层楼上，吃着供大人米，出门则乘着大象。我甚至仿佛看到玄奘参加印度当时召开辩论大会的情况。他在辩论中出言锋利，如悬河泻水，使他那辩论的对手无所措手足，终至伏地认输。输掉的一方，甚至抽出宝剑，砍掉自己的脑袋。我仿佛看到玄奘参加戒日王举行的大会，他被奉为首座。原野上毡帐如云，象马如雨，兵卒多如恒河沙数，刀光剑影，上冲云霄。戒日王高踞在宝帐中的宝座上，玄奘就坐在他的身旁……

所有这一些幻象都是非常美妙动人的。但幻象毕竟是幻象，一转瞬间，就消逝了。书上描绘的那种豪华的景象早已荡然无存。我眼前看到的只是一片废墟。连断壁颓垣都没有，只有从地里挖掘出来的一些墙壁的残迹。"庭序别开，中分八院"，约略可以看出来。至于崇楼峻阁，则只能相寻于幻想中。如果借用旧诗词的话，那就是"西风残照，汉家陵阙"。

我们在这一片废墟中徘徊瞻望。抚今追昔，感慨万端。虽然眼前已没有什么东西可看，但是又觉得这地方很亲切，而为之流连忘返。为了弥补我们幻想之不足，我们去参观了旁边的那烂陀展览馆。那是一座不算太大的楼房，里面陈列着一些从那烂陀遗址中挖掘出来的文物。还陈列着一些佛典，记得还有不少是从斯里兰卡送来的东西。所有这一切，似乎也没能给我们留下多么深刻的印象。只有玄奘的影子好像总不肯离开我们。中国唐代的这一位高僧不远万里，九死一生，来到了印度，在那烂陀住了相当长的时间，攻读佛典和印度其他的一些古典。他受到了印度人民和帝王的极其优渥的礼遇。他回国以后完成了名著《大唐西域记》，给当时的印度留下极其翔实的记载。至今被印度学者和全世界学者视为稀世珍宝。在印度人民中，一直到今天，玄奘这名字几乎是家喻户晓，妇孺皆知，我们在印度到处都听到有人提到他。在中国，伟大的文学家鲁迅在他的《中国人失掉自信力了吗？》这篇文章中，列举了埋头苦干的人，拼命硬干的人，为民请命的人，舍身求法的人，明白地说这些人都是："中国的脊梁"。他虽然没有提到玄奘的名字，但在"舍身求法的人"中显然有玄奘在。我们同鲁迅一样，对宗教并不欣赏，也不宣扬，但玄奘却不仅仅是一个宗教家。对于这样一位高僧，我平常也是非常崇敬的。今天来到印度，来到了他长期学习生活过的地方，回想到他不是很自然的吗？他的影子不肯离开我们不也是很容易理解的吗？我们抚今追昔，把当时印度人民对待玄奘的情况，同今天印度人民热情款待我们的情况联想起来，对比起来，看到了中印友谊的源远流长；看到这友谊还会长期存在下去，发展下去，我们心里就会热乎乎的，不也是很自然的吗？我们就是怀着这样的心情依依不舍地离开了那烂陀。回望那些废墟又陡然化成了崇楼峻阁，画栋雕梁，在我们眼里闪出异样的光芒。

我们从巴特那，乘坐印度空军的飞机，飞到菩提伽耶，在一个小小的比较简陋的飞机场上降落，好像没用了多少时间。

这里是佛教史上最著名的圣迹。根据古代佛典的记载，释伽牟尼看破红尘出家以后，曾到处游行，寻求大道。碰了许多钉子，曾一度修过苦行，饿得眼看就要活不了了，于是决定改弦更张，喝了一个村女献给他的粥，身体和精神都恢复了一下。最后来到菩提伽耶这个地方，坐在菩提树下，发下宏愿大誓：如果不成正道，就决不离开这个地方。

这个故事究竟可靠到什么程度，今天的佛教学者哪一个也不敢确说。究竟有没有一个释伽牟尼？释伽牟尼是否真到这里来过呢？这些问题学者们都提起过。我们来到这里参观访问，对这些传说都只能姑妄言之姑妄听之。听一听的话，也会觉得很好玩，很有趣，也可以为之解颐。至于追根究底去研究，那是专门家学者的事，我们眼前没有那个余裕，没有那个兴趣。就让这个地方涂上一些神话的虹彩，又何尝不可呢？眼前的青山、绿水、竹篱、茅舍，比那些宗教祖师爷对我更有内容，更有吸引力。

同在那烂陀寺一样，法显、玄奘和义净等等著名的中国和尚都是到这里来过的。他们留下的记载都很生动、翔实，又很有趣。当然他们都是虔诚的佛教信徒，对这一切神话，他们都是坚信不疑的。我们没有也不可能有那种坚定的信仰。我们只是踏在印度土地上，想看一看印度土地上的一切现实情况，了解一下印度人民的生活情况，如此而已。对于菩提伽耶，我们也不例外。

我们于是就到处游逛，到处参观。现在回想起来，这里的宝塔、寺庙，好像是非常多。详细的情景，现在已经无从回忆起。在我的记忆里，只是横七竖八的矗立着一些巍峨古老的殿堂，大大小小的宝塔，个个都是古色斑斓，说明了它们已久历春秋。其中最突出的一座，就是紧靠金刚座的大塔。我已经不记得有关这座大塔的神话传说，我也不太关心那些东西，我只觉得这座塔非常古朴可爱而已。

紧靠这大塔的后墙，就是那一棵闻名世界的菩提树。玄奘《大唐西域记》卷第八说：

> 金刚座上菩提树者，即毕钵罗之树也。昔佛在世，高数百尺，屡经残伐，犹高四五丈。佛坐其下成等正觉，因而谓之菩提树焉。茎干黄白，枝叶青翠，冬夏不凋，光鲜无变。每至如来涅槃之日，叶皆凋落，顷之复故。是日也，诸国君王，异方法俗，数千万众，不召而集，香水香乳，以溉以洗。于是奏音乐，列香花，灯炬继日，竞修供养。

今天我们看到的菩提树大概也只高四五丈，同玄奘看到的差不多，至多不过有一二百年的寿命。从玄奘到现在，又已经历了一千多年。这一棵菩提树恐怕也已经历了几番的"屡经残伐"了。不过玄奘描绘的"茎干黄白，枝叶青翠，冬夏不凋，光鲜无变"，今天依然如故。在虔诚的佛教徒眼中，这是一棵神树。他们一定会肃然起敬，说不定还要跪下，大磕其头，然而在我眼中，它只不过是一棵枝叶青翠、叶子肥绿的树，觉得它非常可喜可爱而已。

树下就是那有名的金刚座。据佛典上说，这个地方"贤劫初成，与土地俱起，据三千大千之中，下极金轮，上齐地际，金刚所成"，世界动摇，独此地不动，简直说得神乎其神。前几年，唐山地震，波及北京，我脑海里曾有过一闪念：现在如果坐在金刚座上，该多么美呀！这当然只是开开玩笑，我们是决不会相信那神话的。

但是我们也有人，为了纪念，在地上拣起几片掉落下来的叶片，当时给我们驾驶飞机的一位印度空军军官，看到我们对树叶这样感兴趣，出于好心，走上前去，伸手抓住一条树枝，从上面把一串串的小树枝条折了下来，让我们尽情地摘取树叶。他甚至自己摘落一些叶片，硬塞到我们手里。我们虽然知道这棵树的叶片是不能随便摘取的，但是这位军官的厚意难却，我们只好每个人摘取几片，带回国来，做一个很有意义的纪念品了。

同在阿旃陀和那烂陀一样，在这里玄奘的身影又不时浮现到我的眼前。不过在这里，不止是玄奘一个人，还添了法显和义净。我仿佛看到他们穿着黄色的袈裟，跪倒在地上磕头。我仿佛看到他们在这些寺院殿塔之间来往穿行。我仿佛看到他们向那一棵菩提树顶礼膜拜。我仿佛看到他们从金刚座上撮起一小把泥土，小心翼翼地包了起来，准备带回中国。我在这里看到的玄奘似乎同别处不同：他在这里特别虔诚，特别严肃，特别忙碌，特别精进。我小时候阅读《西游记》时已经熟悉了玄奘。当然那是小说家言，不能全信的。现在到了印度，到了菩提伽耶，我对中国这一位舍身求法的高僧，心里不禁油然涌起了无限的敬意。对于增进中印两国人民的友谊，他的作用是不可估量的。在中国人民心目中，在印度人民心目中，他实际上变成了中印友谊的象征。他将长久地活在人民的心中。

我眼前不但有过去的人物的影子，也还有当前的现实的人物。正当我们在参观的时候，好像从地里钻出来一样，突然从远处跑来了一个年老的中国妇女，看样子已经有七十多岁了。她没有削发，却自称是个尼姑。她自己说是湖北人，前清时候来到印度。详细的过程我没有听清楚，也没听清楚她住在什么地方。总之是，她来到了菩提伽耶，朝佛拜祖，在这里带发修行。印度的农民供给她食用之需，待她非常好。看样子她也不懂多少经文，好像连字——不管是中国字还是印度字，也不认识。她缠着小脚，走路一瘸一拐地，却飞也似的冲着我们跑过来，直跑得上气不接下气。恐怕她已经好久没有看到祖国来的人了。今天忽然听说祖国人来，她就不顾一切，拼命跑了过来。她劈头第一句话就是："老爷们的行李下在哪个店里？"我乍听之下，不禁心里一抖：她"不知秦汉，无论魏晋"。我们同她之间的距离已经大到无法想象的程度了，我们好像已经不是同一个世纪的人物了。她对祖国的感情，对祖国来的亲人的感情看样子是非常浓厚的，但是她无法表达。我们对她这样一个桃花源中的人物，也充满了同情。在离开祖国万里之外的异域看到这样一个人物，心里酸甜苦辣，什么滋味都有。我们又是吃惊，又是怜悯，又是同情，又是高兴，但是我们也无法表达。我脑海中翻腾出许许多多的问题：在现在这个世界上，怎么还能有这样的人物呢？在过去漫长的四五十年中，她的生活是怎样过的呀！她不懂印度话，同印度人民是怎样往来呀？她是住在茅庵里，还是大树上呀！她吃饭穿衣是怎样得来的呀？她形单影孤，心里想些什么呀？西天佛祖真能给她以安慰吗？如果我们现在告诉她祖国的情况，她能够理解吗？如此等等，一系列的问号涌上心头。面对着这样一个诚慤朴实又似乎有点痴呆的老年妇女，我们简直不知说些什么好，简直是无所措手足。我们唯一的办法就是给她一些卢比，期望她的余年过得更好一点，此外再也没有什么话可说了。在她那一方面，也似乎有些不知所措。她伸手接过我们给的钱，又激动，又吃惊，又高兴，又悲哀，眼睛里涌出了泪水，说话声音也有些颤抖了。当我们的汽车开动时，她拖着那一双小脚一瘸一拐地跟在我们车后紧跑了一阵。我们从汽车的后窗里看到她的身影，眼睛里也不禁湿润起来……

佛教圣地遍布印度各地，我无法一一回忆。况且事情已经隔了将近三十年，我努力把我的回忆来搅动，目前也只能搅动出这么多来。其余零零碎碎的回忆还多得很，让它们暂且保留在我的记忆中吧！

1979 年 3 月

回到历史中去

一提到科钦，我就浮想联翩，回到悠久的中印两国友谊的历史中去。

中印两国友谊的历史，在印度，我们到处都听人谈到。人们都津津有味地谈到这一篇历史，好像觉得这是一种光荣，一种骄傲。

但是，有什么具体的事例证明这长达两千多年的友谊的历史呢？当然有的。比如唐代的中国和尚玄奘就是一个。无论在哪个集会上，几乎每一位致欢迎词的印度朋友都要提到他的名字，有时候同法显和义净一起提。听说，他的事迹已经写进了印度的小学教科书。在千千万万印度儿童的幼稚的心灵中，也有他这个中国古代高僧的影像。

但是，还有没有活的见证证明我们友谊的历史呢？也当然有的，这就是科钦。而这也就是我同另外一位中国同志冒着酷暑到南印度喀拉拉邦这个滨海城市去访问的缘由。

我原来只想到这个水城本身才是见证。然而，一下飞机，我就知道自己错了。机场门外，红旗如林，迎风招展。大概有上千的人站在那里欢迎我们这两个素昧平生的中国人。"印中友谊万岁"的口号声，此起彼伏，宛如科钦港口外大海中奔腾汹涌的波涛。一双双洋溢着火热的感情的眼睛瞅着我们，一只只温暖的手伸向我们，一个个照相机录音机对准我们，一串串五色缤纷的花环套向我们，科钦市长穿着大礼服站在欢迎群众的前面，同我们热烈握手，把两束极大的紫红色的溢着浓烈的香味的玫瑰花递到我们手中。

难道还能有比这更好的更适当的中国印度两国友谊的活的见证吗？

但这才刚刚是开始。

我们在飞行了一千多公里以后，只到旅馆里把行李稍一安排，立刻就被领到一个滨海的广场上，去参加科钦市的群众欢迎大会。这是多么动人的场面啊！还没有走到入口处，我们就已经听到人声鼎沸，鞭炮齐鸣，大人小孩，乐成一团。最使我们吃惊的是，我们在离开祖国千山万水遥远的异国，居然看到只有节日才能看到的焰火。随着一声声巨响，焰火飞向夜空，幻化出奇花异草，万紫千红。科钦地处热带，一年四季都是夏天。在大地上看到万紫千红的奇花异草，那就是"司空见惯浑闲事"。然而现在那长满了奇花异草的锦绣大地却蓦地飞上天去，谁会不感到吃惊而且狂喜呢？

　　就在这吃惊而且狂喜的气氛中，我们登上了大会的主席台。市长穿着大礼服坐在中间，大学校长和从邦的首府特里凡得琅赶来参加大会的部长坐在他的身旁。我们当然是坐在贵宾的位子上。大会开始了。只见万头攒动，掌声四起，估计至少也有一万人。八名幼女，穿着色彩鲜艳的衣服，手里拿着一些什么东西，迈着细碎而有节奏的步子，在主席台前缓慢地走了过去，像是一朵朵能走路的鲜花。后面紧跟着八名少女，也穿着色彩鲜艳的衣服，手里拿着烛台和灯，迈着细碎而有节奏的步子，在主席台前缓慢地走了过去，也像是一朵朵能走动的鲜花。我眼花缭乱，恍惚看到一团团大花朵跟着一团团小花朵在那里游动，耳朵里却是"时闻杂佩声珊珊"。最后跟着来的是一头大象，一个手撑遮阳伞的汉子踞坐在它的背上。大象浑身上下披挂着彩饰，黄的是金，白的是银，累累垂垂的是珊瑚珍珠，错彩镂金，辉耀夺目，五色相映，光怪陆离。它简直让人看不出是一头大象，只像是一个神奇的庞然大物，只像是一座七宝楼台，只像是一座嵚崎的山岳，在主席台前巍然地走了过去。在印度神话中，我们有时遇到天帝释出游的场面，难道那场面就是这个样子吗？在梵文史诗和其他著作中，我们常常读到描绘宫廷的篇章，难道那宫廷就是这样富丽堂皇吗？印度的大自然红绿交错，花团锦簇，难道这大象就是大自然的化身吗？我脑海里幻想云涌，联想蜂聚，一时排遣不开。但眼睛还要注视着眼前的一切情景，我真有点如入山阴道上应接不暇了。

但是，花环又献了上来，究竟有多少人多少单位送了花环，我看谁也说不清楚。我们都不懂马拉雅兰语。主席用马拉雅兰语朗读着献花单位的名称。于是，干部模样的、农民模样的、学生模样的、教员模样的、男的、女的、老的、少的，一个接一个地走到我们的桌前，往我们脖子上套花环。川流不息，至少有七八十人，或者更多一些。而花环的制作，也都匠心独运。有的长，有的短，有的粗大厚实，有的小巧玲珑；都是用各色各样的鲜花编成：白色的茉莉花和晚香玉，红色的石竹，黄色的月季，紫红色的玫瑰，还有许多不知名的花朵，都是用金线银线穿成了串，编成了团，扎成了球。我简直无法想象，印度朋友在编扎这些花环时用了多少心血，花环里面编织着多少印度人民的深情厚谊。花环套上脖子时，有时浓香扑鼻，有时感到愉快的沉重。在我心里却是思潮翻滚，感动得说不出话来。

然而花环却仍然是套呀，套呀，直套到快遮住了我的眼睛，然后轻轻地拿下来，放在桌子上。又有新的花环套呀，套呀。我成了一个花人，一个花堆，一座花山，一片花海。一位印度朋友笑着对我说："今天晚上套到你们脖子上的花至少有一吨重。"我恨不得像印度神话中的大梵天那样长出四个脑袋，那样就能有四个脖子来承担这些花环，有八只手来接受这些花环。最好是能像《罗摩衍那》中的罗刹王罗波那那样长出十个脑袋，那样脖子就增加到十个，手增加到二十只。这一吨重的花环承担起来也就比较容易了。当然，这些都是幻想。实际上，我们清醒地意识到，这些花环决不是送给我们个人的，送的对象是整个的新中国，全体新中国的人民。我们获得这一份荣誉来接受它们，难道还能有比这更令人欢欣鼓舞的事情吗？

我们就怀着这样的心情，在大会结束后，欣赏了南印度的舞蹈。一直到深夜，才回到旅馆前布置得像阆苑仙境一般的草坪上，参加市长举行的、有四个部长作陪的十分丰盛的晚宴。就这样度过了一个暴风骤雨的夜晚。

我们万没有想到，在第二天，在暴风骤雨之后，又来了一个风和日丽。在极端紧张的访问活动中，主人居然给我们安排了游艇，畅游了科钦港。我们乘一叶游艇，在波平如镜的海面上，慢慢地航行；在错综复杂的渔港中，穿来穿去。我们到处都看到用木架支撑起来的渔网。主人说："本地人管它叫中国网。"我们走到长满椰林的一个小岛旁，主人问："你们看小岛上的房屋是不是像中国建筑？"

我抬眼一看，果然像中国房屋：中国式的山墙，中国式的屋顶，整整齐齐地排列在那里。我的心忽然一动，眼前恍惚看到四五百年前郑和下西洋乘坐的宝船，一艘艘停泊在那小岛旁边。穿着明代服装的中国水手上上下下，忙忙碌碌，从船上搬下成捆的中国的青花瓷器，就堆在椰子树下。欢迎中国水手的印度朋友也是熙熙攘攘地拥挤在那里。我真的回到历史中去了。但是这一刹那的幻影，稍纵即逝。我在历史中游逛了一阵，终于还是回到了游艇上。艇外风静彀纹平，渔舟正纵横。摩托声响彻了渔港，红色的椰子在浓绿丛中闪着星星般的红光。

从历史中回到了现实世界以后，又到两个报馆去参观，受到了极其热烈的欢迎。又举行了一个像兄弟话家常般的别开生面的记者招待会，匆匆赶回旅馆，收拾了一下行李，立刻到了机场，搭乘飞机，飞向班加罗尔。

人虽然已经离开了科钦，但又似乎没有完全离开。科钦的水光椰影，大会的热烈情景，印度主人的一颦一笑，宛然如在眼前，无论如何也从心头拂拭不掉。难道真能成为"明日隔山岳，世事两茫茫"吗？到了今天，我回到祖国已经半个多月了。每当黎明时分，我伏案工作的时候，偶一抬眼，瞥见那一条陈列在书架上的科钦市长赠送的象牙乌木龙舟，我的心就不由地飞了出去，飞过了千山万水，飞向那遥远西天下的水城科钦。

1978 年 4 月 17 日

深夜来访的客人

来到了喀拉拉邦的名城科钦，我不禁想起近在咫尺的喀拉拉邦的首府特里凡得琅，想到喀拉拉邦的海滨胜地科摩林海角，想到将近三十年前在那里遇到的深夜来访的客人。事情虽然已经过了这样长的时间，但是我却一直忆念难忘。

事情也真让人忆念难忘啊！

我们当时正在漫游印度全国。我们从新德里出发，经过瓜廖尔、占西、博帕尔、孟买、科钦、班加罗尔等等著名的城市，参观了许多著名的石窟，游览了许多著名的名胜古迹，终于来到了印度最南端的海滨大城特里凡得琅。

在过去一个多月的时间内，我们走了大半个印度，经历的事情比我过去生活过的四十年似乎还要多。印度的火车、飞机、汽车、汽艇等等，我们都乘坐过了。印度的奇花异木，我们都欣赏过了。印度的珍馐美味，我们都品尝过了。印度各阶层的人士，我们都会见过了。印度人民的情谊把我们每个人的心都填得满满的，简直已经满到要溢出来的程度。我们又是兴奋，又是感动，我们觉得，我们已经认识了印度，认识了印度人民。过多的兴奋，过多的激动已经使我们有点疲惫了。

可是当我们乘坐的飞机飞临特里凡得琅上空的时候，下视飞机场上红旗如林，欢声冲天，我们心中开始抬头的那一点疲惫之感立刻消逝，我们的精神又重新抖擞起来了。

我们就是这样精神抖擞地踏上特里凡得琅的土地。

这一座印度最南端的土城，似乎也是"车挂辖，人驾肩。廛闬扑地，歌吹沸天。孳货盐田，铲利铜山。才力雄富，士马精妍"。可惜我们没有多少余裕，可以从容去街头漫步，巡视观赏。我们只是坐在汽车上匆匆忙忙地驶过大街小巷，领略一下这座南国大城的风光。就是在这样的情况下，只要有印度人民发现了我们，立刻就有亲切的微笑飘了过来。只要汽车一停，立刻就有印度男女青年把温暖的手伸了过来。这飘过来的微笑，伸过来的双手的温暖，在我们眼中，在我们手上，只是极为短暂的，转瞬即逝的。但是，在我们的心中，它却是永恒的、常在的，它温暖着我们的心。

我们首先去拜访当地的大君。他的王宫同印度其他土邦王公的宫阙一样，是非常富丽堂皇的。但是这一位大君却同其他土邦王公不大一样。据说他刚从英国牛津大学留学回来。他很年轻，很英俊；态度潇洒，谈吐温雅，看样子还有不少的新思想。他对中国了解得很多很细，对我们也很和蔼亲切。我想象中的印度土邦王公都是老古董，都是封建气息很浓的人，看来是不对了。可惜到现在已经过了几十年，当时谈话的详细内容已经无从回忆起，残留在我的记忆中的，只是一座宏伟的宫殿、一个年轻和蔼的大君，如此而已。

我们又去访问了一所小学校。小学生们给我们准备了盛大的欢迎，演出了舞蹈和歌唱等节目。我不了解，这些十岁上下的男女小学生对我们究竟了解些什么，对新中国究竟了解些什么。他们可能从父母和老师口中听到一些中国的情况，像听海外奇谈那样感到新奇有趣，遥远难测。估计他们也会像中国小孩子听到《天方夜谭》一样，引起自己一些幼稚天真的幻想。然而今天，一大群中国的叔叔阿姨竟出现在自己眼前。这也许还是他们生平的第一次。所以那一双双又圆又黑又亮的小眼睛都瞪得大大的，闪烁出又惊奇又快乐的光芒。但是他们对待我们都是彬彬有礼的。在老师指导下，他们招待我们，周旋进退，有礼有节。我们都从心眼里爱上了这一群印度的男女小学生。

最让我难忘的是一出舞蹈。一个看样子只有六七岁的小女孩跳蛇舞。她表演蛇的动作真是惟妙惟肖。印度地处热带，蛇很多；在印度南部，就更多。大概小孩子也从小就看惯了这玩意儿，所以跳起蛇舞来，才能这样生动。令人惊奇的是，蛇本来是很可怕的东西，然而舞蹈艺术竟能把可怕几乎转变为可爱，艺术的力量真可谓大矣哉。事情隔了这样长久的时间，那个小女孩跳蛇舞的情景，还不时飘到我的眼前，飘上我的心头。她那双小而圆亮的眼睛里闪出的光芒，她那柔软如杨柳枝条般的身躯，历历如在目前。我的记忆的丝缕不由地就牵回到离别了将近三十年的那座印度南端的大城市里去。

第二天，我们就乘汽车从特里凡得琅出发到印度最南端，也可以说是亚洲最南端的科摩林海角去。一路之上，椰林纵横，一派南国风光。当时正当十二月，在我们祖国，正飘着雪花，然而此地却是炎阳似火，浓荫喜人，"姹紫嫣红开遍"。各种各样的南国佳花异卉，开得纷纷披披，光怪陆离。我们有时候甚至感到像是已经脱离了尘世，身处阆苑仙境之中。这些花草树木，我们几乎都叫不出名字，"看花苦为译秦名"，在极端的快乐中，我们竟似乎感到有点苦恼了。

我们在科摩林海角下了汽车，走进了一座建筑在海滨上的宾馆。我们稍稍安排了一下，立刻就争先恐后地走到海滩上，换上游泳衣，匆匆忙忙地下了海。一个月以来的访问确实非常忙，现在却是"难得浮生半日闲"，大家的兴致一下子高昂起来。我们中间有些人早已胡须满腮，有了一把子年纪，然而现在也像是返老还童，仿佛变成了小孩子。我们沐浴在海水中，会游泳的就游泳，不会的就站在水里浸泡。远望印度洋碧波万顷，如翠琉璃。远处风帆数点，白鸟几行，混混茫茫，无边无际。到此真是心旷神怡，不禁手舞足蹈了。我已经好多年没有见过海了。科钦虽然靠海，但是我们在那里见到的却只是港汊。到了科摩林海角，才算是真正看到浩瀚的大洋。我自然而然地就想到了木华的《海赋》："浟湙潋滟，浮天无岸。浺瀜沆瀁，渺弥漫漫。波如连山，乍合乍散。噏嚊百川，洗涤淮汉。"只有这样的词句才真正能描绘出大海波涛汹涌的景象。也只有看到波涛汹涌的大海才能联想起这样的词句。我们都被这种景象迷住了。但是同时我们也都意识到，我们脚下踏的土地就是亚洲的最南端。再往西南，就是非洲大陆。当时我还没有到过非洲，怅望西南，遐想联翩。同时我们也都意识到，我们离开祖国已经很远很远了。实际上，这地方比《西游记》里的大雷音寺还要辽远。过去相信，只有孙悟空驾起筋斗云才能飞到。然而我们却来到这里了。我们简直像是生活在神话中。

度过了一个非常愉快的下午，我们又走回了宾馆，在灯光辉煌的大厅中晚餐。宾馆离开城市和乡村都非常遥远。现在又是夜间，周围是一片无边无际的黑暗，连海上的渔火和远村的灯光都渺不可见，在寂静中只听到惊涛拍岸的有节奏而又单调的声音。我嘴里不自觉地吟出了一句："波撼科摩林。"当然对句是没有的。我也毫无作诗的意思，只是尽情地享受这半日的清闲。其他的中国同志也都纵声谈笑，畅谈旅行的感受和印度人民对中国人民的浓情厚谊。整个大厅里笑声四起，春意盎然。

然而，正在这个时候，我忽然听到剥啄的叩门声。什么人会在这个时候来到这样一个地方呢？我们都有点吃惊了。门开了，走进来的是一个十六七岁的印度男孩子。满脸稚气，衣着朴素。脸上的表情又是吃惊，又是疲倦，又是快乐，又是羞涩。简直是瞬息数变。我们也都有点惊疑不定地看着他。问他是不是来找我们，他点了点头，但没有说话。我们又问他为什么来找我们，他抬起手来，手里拿着一卷什么东西。打开来看，是一张画，记得画的是印度神话中的一个什么神。究竟是哪一个神灵，我现在记不清了，反正是一张颇为精致的图画。他腼腆腆地说，他的家离开这里有几十里路，他在一所中学里上学，从小就听人说世界上有一个中国，那里的人都很灵巧聪明，同印度人民是好朋友。后来又听到说新中国成立了，但他不知道什么叫新中国。他只是觉得中国人大概是非常可爱的。今天忽然听说中国人来到这里，他就拿了一幅自己画的画，奔波跋涉了几十里路，赶到宾馆里来想见一见我们，把这幅画送给我们，如此而已。他并没有什么别的要求，只要能看上我们一眼，他就高兴了，就可以安心回家了。

这是一个非常平凡的故事。但是难道不是一个非常感人的故事吗？

我们让他坐下，请他喝水，问他吃没吃饭，他一概拒绝。在大厅中站了一会，就告辞走了。我们都赶到门外，向他告别，看着他那幼弱的身影消逝在无边无际的黑暗中，步履声消融在时强时弱的涛声里，渐远渐弱，终于只剩下涛声，在有节奏地拍打着岸边的礁石。

我们的心都好像也被他带走了。我们再回到大厅中，仍然想继续刚才的谈笑，纵谈古今，放眼东西。但是刚才那种勃勃的兴致却似乎受到了干扰。厅堂如旧，灯火依然，然而却似乎缺少了点什么。我们又是兴奋，又是感动，又有点惘然若有所失。就这样度过了一个不平凡的夜晚。我们离开科摩林海角以后，仍继续在印度参观访问，主要是印度东部和北部许多城市，又会见了许多印度朋友，遇到了许多非常动人的事迹。可是我总忘不掉这个在印度最南端深夜来访的小客人。直到今天，我们当然不会再从他那里听到任何消息。我们也不知道他姓甚名谁，家住哪里。但是这样一个印度男孩子的影子却仿佛已经镂刻在我们心中，而且我相信，他的影子将永远镂刻在我的心中。

1979 年 3 月 9 日

海德拉巴

我脑海里有两个海德拉巴：一个是二十七年以前的，一个是今天的。

二十七年前，当我第一次访问印度时，我曾来到这里，而且住了三四天之久。时间相隔既然是这样悠久，我对海德拉巴的记忆，就只剩下了一些断片，破碎支离，不能形成一个清晰的整体。在一团灰色的回忆的迷雾中，时时闪出了巨大的红色的斑点，这是木棉花。我当时曾惊诧于这里木棉树之高、之大，花朵开得像碗口那样大，而且开在参天的巨树上，这对于我这生长在北国的人来说，确实像是一个奇迹，留在脑海里的印象就永生难忘了。

但是，除了木棉花之外，再也不能清晰地回忆起什么东西来。只还记得住在尼扎姆的迎宾馆中，庭院清幽，台殿阒静，绿草如茵，杂花似锦；还有一些爬山虎之类的蔓藤，也都开着五彩斑斓的花，绿叶肥大，花朵绚丽，红彤彤，绿油油，显出一片茂盛热闹的景象。至于室内的情况，房屋的结构，则模糊成一团，几乎完全回忆不起来了。

我们到海德拉巴的第一天晚上，就到一个富丽堂皇的宫殿般的邸宅里去拜会尼扎姆的一位兄弟还是什么亲属，我记不清楚了。印度著名的女诗人奈都夫人好像同他也有什么亲戚关系。奈都夫人的女儿陪我们游遍全印。我们就在这里遇到奈都夫人的弟弟。他对我们非常热情，同我们谈到印度农民的生活情况，他们每年的收入，以及他们养的牛和收成等等，给我留下了深刻的印象。同印度上流社会的人物谈印度农民，这是比较少见的事。从他的言谈中，我体会到，他对印度农民怀有深切的关怀。这当然使我很受感动。他说话的情态，说话时的眼神至今一闭眼仿佛就出现在眼前。我的印象：印度各阶层的人，许多都是希望同中国加强联系，继承和发扬我们两国人民之间的传统友谊。

　　二十七年前的海德拉巴留给我的印象就只剩下了这一点点。如果需要归纳一下的话，我可以归纳为八个字：清新美妙，富丽堂皇。

　　一转瞬间，时间竟过去了二十七年，今天我又来到了海德拉巴。我看到的却完全是另一番景象：拥挤不堪的街道，熙熙攘攘的人群，中间奔驰着横冲直撞纵横交错的各种车辆。20世纪的汽车、摩托车，同公元前的马车、牛车并肩前进，快慢悬殊，而且好像是愿意怎样走就怎样走，愿意在什么地方停，就在什么地方停，这当然更增加了混乱。行人的衣着也是五光十色，同这一些车辆配合在一起形成了一幅色调迷乱但又好像有着内在节奏的图画；奏成了一曲喧声沸腾但又不十分刺耳的大合唱。

这就是我看到的今天的海德拉巴。如果需要归纳一下的话，我也可以归纳为八个字：喧阗吵闹，烟雾迷腾。

我有点迷惘，有点不解：难道这就真是海德拉巴吗？我记忆中的海德拉巴完全不是这个样子的，那一个海德拉巴要美妙得多，幽静得多。但是我眼前看到的却确实就是这个样子。那么究竟哪一个海德拉巴是真实的呢？两个当然都是真实的，但是两个似乎又都不够真实。最真实的只有印度人民对中国人民的深情厚谊。二十七年前是这样，今天仍然是这样。这一点是丝毫也不容怀疑的。

在海德拉巴，同在印度其他大城市一样，我们接触到的人民，对我们都特别友好。我们在这里参加过群众大会，也是人山人海，万头攒动，花环戴得你脖子受不住，眼睛看不见，花香猛冲鼻官，从鼻子一直香到心头。我曾到奥斯玛尼亚大学去参加全校欢迎大会，教授和学生挤满了大礼堂。副校长（在印度实际上就是校长）亲自出面招待，主持大会，并亲自致欢迎词。他在致词中说，希望我讲一讲教育和劳动的问题。我感到这个题目太大，大有不知从何处说起之感，临时决定讲中国唐代研究梵文的情况，讲到玄奘，讲到义净的《梵语千字文》和礼言的《梵语杂名》等等，似乎颇引起听众的兴趣。我知道，在印度，只要讲中印友谊，必然博得热烈的掌声，在海德拉巴也不例外。我们也参加了中印友好协会海德拉巴分会举行的欢迎大会。这次大会开得颇为新颖别致，同时却又生动热烈。大家都盘腿坐在地上，主席台上下完全一样。台上铺着极大的白布垫子，我们都脱掉鞋子坐在上面。照例给中国朋友大戴其花环。黄色花朵组成的花环，倒也罢了。红色玫瑰花组成的花环却引起了一点不安。鲜红的玫瑰花瓣从花环上不停地往下掉落，撒满了坐垫，原来雪白的坐垫，一下子变成了红色花毯。我们就坐在玫瑰花瓣丛中。坐碎了的花瓣染得白布上点点如桃花，芬芳的香气溢满鼻孔，飘拂在空中。我们就在这香气氤氲中倾听着中印两国朋友共颂中印友谊。

所有这一切当然都给我留下难以忘怀的甜蜜的回忆。但是最难以忘怀、最甜蜜的还是对海德拉巴动物园的参观。

印度许多大城市都有动物园。二十七年前我到印度的时候，曾经参观过不少。有的并且规模非常大，比如加尔各答的动物园，在世界上也是颇有一点名气的。印度由于气候的关系，动物繁殖很容易，所以动物的种类很多，数量很大。大象、猴子和蛇，更是名闻世界。海德拉巴的动物园并不特别大，里面动物也不算太多，但是却具有几个其他动物园没有的特色。为了让濒于绝种的狮子能够自由繁殖，人们在这个动物园里特别开辟了一大片山林，把狮子养在里面。一头雄狮可以带多至八个母狮，它们就这样组成了一个狮子家庭，自由自在地生活在荒草密林中，而要参观狮子的人却必须乘坐在带铁笼子的汽车里，开着汽车，到处寻觅狮子。陪我们参观的园主任很有风趣地说："在别的地方是动物被锁在铁笼子里，让人来参观。在这里却是人被锁在铁笼子里，让动物来参观。"我们心惊胆战地坐在车上，在丛莽榛榛的密林中绕了许多圈子，终于在一片树林中发现了狮子家庭。我们的心情立即紧张起来，满以为它们会大声一吼扑上前来。然而不然。狮子家庭怡然傲然躺在地上树荫里，似乎在午睡。听到汽车声，一动也不动。有几只母狮只懒洋洋地把眼睁了睁，又重新闭上，大有不屑一顾之状。我们都有点失望了，没有得到我们心中所期望的那种惊险。我们喊了几声，狮群也是置之不理，我们的汽车停了一会，就又重新开出门禁森严的狮子林。我们都是生平第一次坐在铁笼里被野兽来欣赏。这当然别有风味在心头，我们也就都很满意了。

出了狮子林，又进老虎山。这里的老虎山也别具特色。我们到的时候，老虎还在山中河畔奔跳嬉戏。饲虎人发出了一声怪调，老虎立刻跑回到铁栅栏里，饲虎人乘机把一个铁门放下来，挡住了老虎的退路。老虎只好呆在一个几丈见方的铁栅栏里，来回地绕圈子。这时园主任就亲切地招呼我们把手从铁柱子的缝隙里伸进铁栅栏去摸老虎。我们开头确实有点胆怯，手想伸又缩。中国俗话说"老虎屁股摸不得"，这话早已深入人心，老虎如何能去摸呢？但是园主任却再三敦促解释，说这老虎是在动物园里养大的，人抚摩它，它会感到高兴，吼上两声，是表示它内心的快乐，决无恶意，用不着害怕。他并且还再三示范，亲自把手伸进铁栅栏，抚摩老虎的脖子和屁股。我也就战战兢兢地把手伸了进去，摸了一下老虎的屁股。中国俗话说是摸不得的东西我终于摸了，这难道不是一生中难以忘怀的事情吗？

我们转身又去看一只病豹，它被夹在一个铁笼子里，不能转身，不能乱动，这样医生就可以随意给它扎针注射。我们还去看了一只小老虎。园主任说，这只小老虎从小养在他家里，他的小孩就同它玩，像一只小猫似的。现在，不过才八个月，但已经知道呲牙咧嘴，大有不逊之意，不像小时候那样驯服好玩，只好把它关在笼子里了。

我们就这样参观了海德拉巴的动物园。这一切都可以说是奇遇，都是毕生难忘的。但是，这一切之所以难忘，并不在于猎奇，而在于印度劳动人民对我们自然流露出来的友好情谊。据我了解，在印度饲养狮虎的人大抵都是出身于低级种姓的劳动人民。我们刚进动物园的时候，并没有注意到他们，因为他们好像影子似的，悄悄地走路，悄悄地干活，不发出一点声音。仿佛到了狮子林老虎山，他们才突然出现在我们眼前。狮子林中，老虎山上，饲养员就是他们这一些人。另外还有一个狮子山，里面养着几头狮子，同前面讲的狮子林不是一回事，在这里狮子是圈在一片山林中的，人们站在壕沟旁边来欣赏它们。一个皮肤黝黑的饲养员发出一种类似"来，来"的声音。这当然不是中文的"来"，而好像是狮子的名字。听到呼喊自己的名字，猛然从密林深处响起一片惊雷似的怒吼，一头大雄狮狂奔过来。山洞中怒吼的回声久久不息。我们冷不防吃了一惊，我们下意识地就想躲开，但一看到前面的壕沟，知道狮子是跳不过来的，才安定了心神，以壕沟对面的雄狮为背景，大照其相。

到了此时，我才认真注意到这位饲养员的存在，如果没有他，我们是无论如何也无法把狮子叫过来的。我默默地打量着那位淳朴老实的印度劳动人民，心里油然兴起感激之情。

在上面讲到狮林虎山中，照管狮子老虎的也同样是这些皮肤黝黑的劳动人民。他们大都不会讲英语。连我在二十七年前住在印度总统府中时遇到的那一位服务员也不例外。我们无法同他们攀谈，不管我们的主观愿望是如何地迫切。但是，只要我们一看他们那朴素的外表、诚恳的面容、和蔼的笑貌、老实的行动，就会被他们吸引住。如果再端详一下他们那黧黑的肤色，还有上面那风吹日晒的痕迹，我们就更会感动起来。同我们接触，他们不免有些拘谨，有些紧张，有些腼腆，甚至有些不知所措。但是他们那一摇头、一微笑的神态，却是充满了热情的。此时无言胜有言，这些无言的感受反而似乎胜过千言万语。语言反而成为画蛇添足的东西了。至于他们对新中国是怎样了解的，我说不清楚。恐怕连他们自己也说不清楚。他们可能认为中国是一个很神秘的国家，一个非常辽远的国家，但又是一个很友好的国家。他们可能对中国有一些不切实际的幻想。但是他们对中国有感情，对中国人民有感情，这是一眼就可以看出来的。至于像园主任这样的知识分子，他们都能讲英语，我们交流思想是没有困难的。他们对中国、对中国人的感情可以直接表达出来。此时有言若无言，语言作为表达人民之间的感情也是未可厚非的了。

我现在不再伤脑筋去思索究竟哪一个海德拉巴是真实的了。两者都是真实的，或者两者都不是真实的，这似乎是一个玄学的问题，完全没有回答的必要。勉强回答，反落言筌。不去回答，更得真意。海德拉巴的人民，同印度全国的人民一样，都对中国人民友好。因此，对我来讲，只有一个海德拉巴，这就是对中国友好的海德拉巴。这个海德拉巴是再真实不过的，我将永远怀念这样一个海德拉巴。

1979 年 2 月 21 日

天雨曼陀罗
——记加尔各答

到了加尔各答，我们的访问已经接近尾声。我们已经访问了十一个印度城市，会见过成千上万的印度各阶层的人士。我自己认为，对印度人民的心情已经摸透了；决不会一见到热烈的欢迎场面就感到意外、感到吃惊了。

然而，到了加尔各答，一下飞机，我就又感到意外、感到吃惊起来了。

我们下飞机的时候，已经过了黄昏。在淡淡的昏暗中，对面的人都有点看不清楚。但是，我们还能隐约认出我们的老朋友巴苏大夫，还有印中友协孟加拉邦的负责人黛维夫人等。在看不到脸上笑容的情况下，他们的双手好像更温暖了。一次匆忙的握手，好像就说出了千言万语。在他们背后，站着黑鸦鸦的一大群欢迎我们的印度朋友。他们都热情地同我们握手。照例戴过一通花环之后，我们每个人脖子上、手里都压满了鲜花，就这样走出了机场。

因为欢迎的人实在太多了，在机场前面的广场上，也就是说，在平面上，同欢迎的群众见面已不可能。在这里只好创造发明一下了：我们采用了立体的形式，登上了高楼，在三楼的阳台上，同站在楼下广场上的群众见面。只见楼下红旗招展，万头攒动，宛如波涛汹涌的大海。口号声此起彼伏，惊天动地，这就是大海的涛声。在訇隐汹磕的涛声中隐约听到"印中友谊万岁"的喊声。我们站在楼上拼命摇晃手中的花束。楼下的群众就用更高昂的口号声来响应。楼上楼下，热成一片，这热气好像冲破了黑暗的夜空。

第二天一大早，旅馆楼下的大厅里就挤满了人：招待我们的人、拜访我们的人、为了某种原因想看一看我们的人。其中有白发苍苍的大学教授，有活泼伶俐、满脸稚气的青年学生，有学习中国针灸的男女青年赤脚医生，有柯棣华纪念委员会和印中友好协会的工作人员，也有西孟加拉邦政府派来招待我们的官员。他们都热情、和蔼、亲切、有礼。青年人更是充满了求知欲。他们想了解新中国的政治、经济、文化、教育。他们想了解我们学习印度语言，其中包括梵文和巴利文的情况。他们想了解我们翻译印度文学作品的数量。他们甚至想了解我们对待中外文学遗产的做法。总之，有关中国的事情，他们简直什么都想知道。大概是因为他们知道我是在大学工作的，所以我往往就成了被包围的对象。只要我一走进大厅，立刻就有人围上来，像查百科全书似的问这问那。我看到他们那眼神，深邃像大海，炽热像烈火，灵动像流水，欢悦像阳春，我简直无法抑制住内心的激动了。

在旅馆以外，也有类似的情况。有一天下午，我参加了一个同印度知识界会面的招待会。出席的都是教授、作家、新闻记者等文化人。我被他们团团围住。许多著名的学者把自己的著作送给我们，书里面签上自己的名字。接着就是一连串的问题。我当然也不放过向他们学习的机会。我向他们了解大学的情况，文学界的情况，我也向他们提出了一连串的问题。我们就像分别多年的老友重逢一般相对欢笑着，互相询问着，专心一志，完全忘记了周围发生的事情，忘记了时间和空间。我有时候偶尔一抬头，依稀瞥见台上正有人唱着歌，好像中印两国的朋友都有；隐约听到悠扬的歌声，像是初夏高空云中的雷鸣声。再一转眼，就看到湖中小岛上参天古树的枝头落满了乌鸦，动也不动，像是开在树枝上的黑色的大花朵。

我们曾参观过加尔各答郊区的一个针灸中心。这里的居民一半是农民，一半是工人。同在其他地方一样，我们在这里也受到极其热烈的欢迎。附近工厂里的工人高举红旗，喊着口号，拦路迎接我们。农村的小学生穿上制服，手执乐器，吹奏出愉快的曲调，慢步走在我们前面，走过两旁长满了椰子树的乡间小路，走向针灸中心。农民站在道旁，热情地向我们招手。到了针灸中心，我们参加了村民欢迎大会。加尔各答四季皆夏，此时正当中午，炎阳直晒到我们头上。有七八个身穿盛装的女孩子，手执印度式的扇子，站在我们身后，为我们驱暑。我们实在过意不去，请她们休息。但是她们执意不肯，微笑着说："你们是最尊敬的客人，我们必须尽待客之礼。"尽管我们心里总感到有点不安，但是这样的感情，我们只有接受下来了。

更使我高兴的是，我们在加尔各答看到了真正的农民舞蹈。这一专场舞蹈是西孟加拉邦政府特别为我们安排的。新闻和广播部长亲自陪我们观看演出。在演出的过程中，他告诉我们演员都是农民，是刚从田地里叫来的。说实话，我真有点半信半疑。因为，在舞台上，他们都穿着戏装，戴着面具，我们看到的是珠光宝气，金碧辉煌。而且他们的艺术水平都很高超。难道这些人真正是农民业余演员吗？我真有点难以置信了。但是，演出结束后，他们一卸装，在舞台上排成一队，向我们鼓掌表示欢迎，果然都是面色红黑，粗手粗脚，是地地道道的劳动农民。我心里一阵热乎乎的，望着他们那淳朴憨厚的面孔，久久不想离去。

我们在加尔各答接触的人空前地多，接触面空前地广，给我们留下的印象也同印度其他城市不同。在其他城市，我们最多只能停留一两天；我们虽然也都留有突出的印象，但总是比较单纯的。但是，到了加尔各答，万汇杂陈，眼花缭乱，留给我们的印象之繁复、之深刻，是其他城市无法比拟的。我们在这里既有历史的回忆，又有现实的感受。加尔各答之行好像是我们这一次访问的高潮，好像是一个自然形成的总结。光是我们每天从工人、农民、知识分子手中接过来的花环和花束，就多到无法计算的程度。每一个花环，每一束花，都带着一份印度人民的情谊。每一次我们从外面回来，紫红色的玫瑰花瓣，洁白的茉莉花瓣，黄色的、蓝色的什么花瓣，总是散乱地落满旅馆下面大厅里的地毯，人们走在上面，真仿佛是"步步生莲花"一般。芬芳的暗香飘拂在广阔的大厅中。印度古书上常有天上花雨的说法，"天雨曼陀罗"的境界，我没有经历过。但眼前不就像那样一种境界吗？这花雨把这一座大厅变成了一座花厅、一座香厅。这当然会给清扫工作带来不少的麻烦。我们都感到有点歉意。但是，旅馆的工作人员看来却是高兴的，他们总是笑嘻嘻地看着这一切。就这样，不管加尔各答给我们的印象是多么繁复，多么多样化，但总有一条线贯穿其中，这就是印度人民的友谊。

　　而这种友谊在平常不容易表现的地方也表现了出来。我们在加尔各答参观了有名的植物园，这是我前两次访问印度时没有来过的。园子里古木参天，浓荫匝地，真像我们中国旧小说中常说的，这里有"四时不谢之花，八节长春之草"。给我印象最深的是一株大榕树。据说这是世界上最大的一株榕树。一棵母株派生出来了一千五百棵子树，结果一棵树就形成了一片林子。现在简直连哪棵是母株也无法辨认了。这一片"树林"的周围都用栏杆拦了起来。但是，栏杆可以拦住人，却无法拦住树。已经有几个地方，大榕树的子树，越过了栏杆，越过了马路，在老远的地方又扎了根，长成了大树。陪同我们参观的一位印度朋友很有风趣地说道："这棵大榕树就像是印中友谊，是任何栏杆也拦不住的。"多么淳朴又深刻的话啊！

友谊是任何栏杆也拦不住的。如果疾病也算是一个栏杆的话，我就有一个生动的例子。我在加尔各答遇到了一个长着大胡子、满面病容的青年学生。他最初并没能引起我的注意，但是，他好像分身有术，我们所到之处几乎都能碰到他。刚在一处见了面，一转眼在另一处又见面了。我们在旅馆中见到了他；我们在加尔各答城内见到了他；我们在农村针灸中心见到了他；我们又在植物园里见到了他。他就像是我们的影子一样，紧紧地跟随着我们。我不由自主地想到了印度古代史诗《罗摩衍那》中的神猴哈奴曼，想到了中国长篇小说《西游记》中的孙悟空。难道我自己现在竟进入了那个神话世界中去了吗？然而我眼前看到的决不是什么神话世界，而是活生生的现实。那个满面病容的、长着大胡子的印度青年正站在我们眼前，站在欢迎人群的前面，领着大家喊口号。一堆人高喊："印中友谊——"另外一堆人接声喊："万岁！万岁！"在这两堆人中间，他都是带头人。但是，有一天，我注意到他在呼喊间歇时，忽然拿出了喷雾器，对着自己嘴里直喷。我也知道，他是患着哮喘。我连忙问他喘的情况，他腼腆地笑了一笑，说道："没什么。"第二天看到他没带喷雾器，我很高兴，问他："今天是不是好一点？"他爽朗地笑了起来，连声说："好多了！好多了！"接着又起劲地喊起"印中友谊万岁"来。他那低沉的声音似乎压倒了其他所有人的声音。他那苍白的脸上流下了汗珠。我深深地为这情景所感动。我无法知道，在这样一个满面病容的印度青年的心里蕴藏着多少对中国人民的深情厚谊。一直到现在，一直到我写这篇短文的时候，我还恍惚能看到他的面容，听到他的喊声。亲爱的朋友！可惜我由于疏忽，连你的名字也没有来得及问。但是，名字又有什么意义呢？我想把白居易的诗句改动一下："同是心心相印人，相逢何必问姓名！"年轻的朋友，你是整个印度人民的象征，就让你永远做这样一个无名的象征吧！

1978 年 5 月 14 日

国际大学

我怎样来描绘国际大学留给我的印象呢？这个名字是紧密地同印度大诗人泰戈尔的名字联系在一起的，而我又是在学生时代见到过泰戈尔的一个人。因此谈一谈国际大学，对我来说好像就是责无旁贷、义不容辞了。

1951年，我第一次访问印度，曾在圣地尼克坦国际大学住了两夜，就住在泰戈尔的故居叫做北楼的一座古旧的房子里。第二天一大早，我起来到楼外去散步。楼外是旭日乍升，天光明朗，同楼内形成了鲜明的对比。参天的榕树，低矮的灌木，都葱葱郁郁，绿成一团。里面掺杂着奇花异草，姹紫嫣红。我就在这红绿交映中，到处溜达，到处流连。最引起我的注意的是泰戈尔生前做木匠活的一些工具，如斧头、刨、锯之类。眼前一亮，我瞥见在我身后小水池子里，正开着一朵红而大的水浮莲，好像要同朝阳争鲜比艳。

又过了二十多年。我又带着对那一朵水浮莲的回忆到国际大学来访问了。

在路上，我饱览了西孟加拉的农村景色。马路两旁长着古老的榕树，中间间杂着高大的木棉树。大朵的红花开满枝头，树下落英缤纷，成了红红的一堆。我忽然想起了王渔洋的诗句："好是日斜风定后，半江红树买鲈鱼。"我知道，这里说的红树是指的经霜的枫树，与木棉毫不相干。但是，两者都是名副其实的红树，两者都是我所喜欢的，因而就把它们联想在一起了。我喜欢我心中的红树。

猛然间从路旁的稻田和菜田里惊起了一群海鸥似的白色的鸟，在绿地毯似的稻田上盘旋了几圈以后，一下子翻身飞了上去，排成一列长队，飞向遥远的碧空，越飞越小，最后只剩下几星白点，没入浩渺的云气中。我立刻又想到杜甫的诗句："江湖多白鸟，天地有青蝇。"我并不知道，杜甫所说的白鸟究竟是什么东西。但是，我眼前看到的确实是白鸟，我因而又把它们联想在一起了。我喜欢我心中的白鸟。

快到圣地尼克坦的时候，汽车正要穿过一个十字路口，突然从两旁跑出来了一大群人，人人手持红旗，高呼口号。这是等候着拦路欢迎我们的印度朋友。我们下车，同他们握手、周旋，又上车前进。但是，走了很短一段路，路两旁又跑出来了一大群人。又是人人手执红旗，高呼口号。我们又下车，同他们握手、周旋，然后上车前进。就这样，当我们的旅程快要结束的时候，我突然从大自然回到了人间，感受到印度人民的友情。

圣地尼克坦到了。这时候，大学副校长、教员和学员、中国学院的教员和学员，已经站在炎阳下，列队欢迎我们，据说已经等了很长的时间。接着来的是热情的招待会和茶会，热情的握手和交谈。西孟政府的一位部长特地从加尔各答赶了来，在一个中学里为我们举行了盛大的欢迎会。紧跟着是参观中国学院。我万没有想到，在万里之外，竟会看到我们敬爱的周总理的手迹。我的眼睛突然亮了起来，心里热乎乎的。我们匆匆吃过晚饭，又到大草坪去参加全校的欢迎大会，会后又欣赏印度舞蹈，到副校长家去拜访。总之，整个下午和整个晚上，一刻也没有停，忙得不可开交。

第二天一大早，我就起来到室外散步。我念念不忘，想寻觅那一朵水浮莲。不但水浮莲看不到，连那一个小水池子也无影无踪了。我怅望着参天的榕树和低矮的灌木，心里惘然。我们参观了学生上朝会和在大榕树下面席地上课以后，就去参观泰戈尔展览馆。展览馆是一座新建的漂亮的楼房。有人告诉我，这地址就是以前的北楼，我的心一跳，一下子回到了二十年前去。我仿佛看到老诗人穿着他那身别具风格的长袍，白须飘拂，两眼炯炯有神，慢步走在楼梯上，房间中，草地上，树荫下。他嘴里曼声吟咏着新作成的诗篇。我仿佛听到老诗人在五十多年前访问中国时对中国人民讲的话："印度认为你们是兄弟，她把她的爱情送给了你们。""在亚洲，我们必须团结起来，不是通过机械的组织的办法，而是通过真诚同情的精神。""现在仍然持续着的这个时代，必须被描绘成为人类文明中最黑暗的时代。但是，我并不失望，有如早晨的鸟，甚至当黎明还处在朦胧中时，它就高唱，宣布朝阳的升起，我的心也宣布伟大的未来将要来临，它已经来到我们身旁。我们必须准备去迎接这个新时代。"

老诗人离开我们已经很久很久了。但是他在印度人民心中，特别是在孟加拉人民心中的影响还是存在的。他对中国人民的深情厚谊已经在别人的心中生了根，发了芽。我无论如何也忘不掉我二十多年前第一次访问印度时一位年轻的孟加拉诗人那歌唱新中国的热情奔放的诗句：

　　而现在铃声响了，

　　它为我而响。

　　它把我的热爱之歌响给你们听，

中国，我的中国。

它唱着你那和平幸福的新生活，

中国，我的中国。

它响在人类解放的黎明中，

从许多世纪古老的奴役中解放出来，

中国，我的中国。

而现在这铃声把我的敬礼传给你，

中国，我的中国。

如果我现在就借用这样的诗句来描绘国际大学和泰戈尔给我的印象，难道说不是很恰当的吗？加尔各答是我们这次访问的最后一站，就让这些洋溢着无量热情的诗句永远留在我们的记忆中吧！

别印度

俗话说："千里搭凉棚，没有不散的宴席。"我们要离开印度的日期终于来到了。我的心情不知怎么忽然有点沉重起来。仅仅在十几天前还是完全陌生的面孔，现在却感到十分熟悉、十分亲切，离开他们而无动于衷似乎有点困难了。中国唐代诗人刘皂有一首著名的诗：

客舍并州数十霜，

归心日夜忆咸阳。

无端又渡桑乾水，

却望并州是故乡。

我在印度没有住上几十年，这一次只有十几天，因此，我的心情还没有达到这样的程度。但是，确实有点依恋难舍，这也是事实。我有时甚至有意避开印度朋友们那和蔼可亲的面孔、那充满了热情的眼神，他们心里怎么想，我不知道。从他们的行动和谈话中也略可以看出同样的心情。"悲莫悲兮生别离"，我现在就好像有这样的想法了。

离开加尔各答的前夕，我们观看了印度魔术。最初听到西孟加拉邦政府给我们安排这样一个节目，我们还有点不解。第一次安排，因为别的会太多，把节目冲掉了。到了离别的前一天晚上，又在许多宴会、拜访、辞别等活动的空隙里加上了这个魔术的节目。我们更是有点不解：魔术为什么竟这样重要呢？但客随主便，古有明训。我们整个代表团就在团长率领下，准时到了表演魔术的剧场。主人在那里热情地迎接了我们。

主要演员实际上只有一个人，他表演了所有的节目，其余的人可以说都是配角。这一场独角戏真是绚丽多彩，令人眼花缭乱。主要演员穿着五光十色珠光宝气的彩衣，与强烈的电灯光争辉，只觉得满台金光闪闪，有如彩虹落地，万卉升天。我们如入阆苑仙境中。他有时说英语，有时说孟加拉语，大概逗哏的时候非说本地话不行，有如中国的相声，外国人是根本无法欣赏的，也是无法翻译的。我们都不懂孟加拉语，但不时听到哄堂大笑，足见观众是欣赏他的表演和逗哏的。我们坐在那里，看下去，看下去，原来有这样那样的不理解的中国客人，现在都感到主人真是煞费苦心，在我们离别前安排了这样精彩的节目。我们对印度主人的精心安排都不禁感激起来了。连那几个中间还有别的活动要临时退场的同志，都依依不舍，迟迟不肯离开了。

有一个节目特别引起我们的注意和好奇。主要演员用两块厚厚的白面糊住了自己的眼睛。上面又让人蒙上了两块黑色不透明的呢绒。然后让观众自愿地上台参加表演，果然有几个印度朋友上台去了。两三个爱热闹的小孩子也蹦蹦跳跳地跑上了台。为了对中国贵宾表示特殊的友谊，把我们的一位大夫和一位精通印地语的同志请上了台。主要演员让他们在黑板上写字，你写什么，蒙了眼睛的演员也写什么。而且不论什么文字都行。一个小孩子写了一道算术题，没有答案。主演人用飞快的速度，写上了原题，并且加上了答案。我们的大夫写了一句中文"中印友谊万岁"。主要演员几乎用同样的速度在黑板上写出了"中印友谊万岁"。那位精通印地语的同志用印地语写上了"印地秦尼巴依巴依"，主演人没有写而是高声读了出来。诵声刚落，台下就是一片欢腾，我们心里一片温暖，还加上一点吃惊。

演出结束了。我们正准备退场。但是招待我们的主人和魔术团的负责人，也就是那个主要演员，却走上前来，把我们拉上了舞台。我们走上去，一回头面对群众，下面就一片掌声。所有的演员都走上舞台，整整齐齐地排在那里，连那一匹参加演出的骡子也被牵上舞台，规规矩矩地站在那里，它好像也通人意，要对中国客人表现出有礼貌。我们中国客人被邀请站在中间。印度主人一定要我们对全场的印度朋友讲几句话。我临时讲了几句，感谢主人，感谢印度人民，并说要把印度人民这种深情厚意带回中国去。话刚落音，下面又是一片掌声。然后拉上布幕，男主角和他的爱人，也是一个演员，又重新和我们握手闲谈。他告诉我们，他出生在一个魔术世家，他和他父亲都是走遍全球。在伦敦的演出，曾轰动整个雾城。据说他曾用白面糊上眼再蒙上黑绒骑摩托车在伦敦大街上飞驰。他父亲在日本演出，生病死在那里。其他国家，他都到过了，最感到遗憾的是他还没有到过他最热爱的中国。他深切希望能够到中国去一趟。我们祝愿他的愿望能够实现，就握手告别，每个人心里都是热乎乎的。

我们怀着愉快而兴奋的心情回到了旅馆。在半夜的餐桌上，我们议论纷纷，对刚才在剧场的感受，谈个不休。特别使我们不解的是蒙上眼睛在黑板上写字的那一个节目。我们就像猜一个难猜的谜语一样，猜来猜去。但是无论如何，也得不出自己认为满意的答案：为什么蒙上眼睛他还能瞧得见呢？为什么他根本不懂中文而竟能跟着我们的大夫书写如流呢？一连串的疑问，一阵阵的吃惊。但是大家印象最深的、最受感动的还是印度人民，其中当然也包括这几个演员，对中国人民表示的深情厚谊。我们身在旅馆，我们的心却仿佛还留在那永生难忘的剧场里了。

我们谈呀谈呀，几乎忘记了睡觉。到了深夜，我们才各自走回自己的房间去。也许是由于过度的兴奋，我躺在床上无论如何也睡不着。就这样过了一个不眠之夜，但却又是一个十分愉快的一夜。十几天在印度的经历，一幕幕奔来心头。各种影像，纷至沓来，一齐在我眼前飞动：德里的高塔、德里的比尔拉庙、德里和阿格拉的红堡、阿格拉的泰姬陵、孟买的印度门、科钦的海港、海德拉巴的老虎、圣地尼克坦的泰戈尔故居、加尔各答的大榕树，等等，等等，一齐飞到我的眼前来，中间还间杂着到处能飞的虎皮鹦鹉，活蹦乱跳的猴子，简直是五光十色，光怪陆离。刚才看过的魔术当然更在其中占有显著的地位。我眼前金光闪闪，有如彩虹落地，万卉升天，我又如入阆苑仙境中。

第二天一清早我们准时到了机场。英国航空公司的班机晚了点。一位印度朋友对我说："以前如果飞机晚了点，我最憎恨。但是这一次晚点，我却最欢迎，因为这样，我们可以同中国朋友们在一起呆更长的时间。"简单一句话，里面含着多少深厚的感情啊！

机场贵宾室里挤满了来送行的人，其中有西孟加拉邦政府的官员，有陪我们游遍全程的柯棣华委员会副会长汪夫人，秘书长拉蒂菲先生，还有许许多多只见过面来不及问名字的加尔各答的男女大学生、男女赤脚医生。我被一群青年团团围住，在最后一分钟仍然有提不尽的问题。在谈话的间歇的一瞬间，我抬眼可以瞥见我们的团长正同围住他的印度朋友们热情地谈着话。印度著名歌手、中国人民的老朋友比斯瓦斯这时引吭高歌《印中友好歌》。我一方面说话，一方面还只是用一个耳朵听到了他的歌声。我清晰地听到那热爱中国的歌手高唱着：

> 友好的歌声四处起，
>
> 印中人民是兄弟。
>
> 黎明降临到大地，
>
> 朝霞泛起在天际。
>
> 友好的歌声四处起，
>
> 印中人民是兄弟。
>
> 印中人民一定要突破旧世界的锁链。
>
> 告诉我吧！
>
> 谁能把我们的英雄们扰击。

这歌声发自内心深处，往复回荡，动人心魄，整个候机室里，响彻了这歌声。印度朋友说："这样的歌，好久好久没有听到了，今天听了特别觉得高兴。"这真是说出了我们心里的话，我们何尝没有同样的想法呢？

但是，可惜得很，飞机误点不能永久地误下去，虽然我们下意识中希望它永久误下去。终于播出了通知，要旅客们上飞机了。这时中印两国的朋友们都不禁露出了惜别的神色。我们每个人又被赠送了成包成串的紫色的玫瑰花。我们就抱着这些浓香扑鼻的玫瑰花，走向飞机旁边。从贵宾室到飞机旁这一段短短的路程，双腿走起来好像有千钧重。大家仿佛有千言万语，但是不知道从何处说起，热烈的握手，相对的凝视，一切尽在不言中了。在最后的一刹那，一位印度朋友紧握住了我的双手深情地说："埃及的朋友说:'谁喝了尼罗河的水,他总要再回埃及来的。'我现在改一句:'谁喝了恒河的水,他总要再回印度来的。'"

是的,我现在虽然离开印度,但我相信,这只是暂时的别离。我总要再回印度去的。

再见吧,可爱的印度!

1979 年 10 月

万泉集

自　序

万万没有想到，五十多年来的散文结集《季羡林散文集》还没有算是完全出版，自己写的散文一类的东西又有了二三十篇，七八万字，可以结成一个集子了。

这是不是表示自己又焕发了青春活力，创作力又旺盛起来了呢？我想，也不是的。我多次声明，自己不是什么文学家，也不想做文学家，只是积习难除，每有所感，便不禁技痒，拿起笔来。所以我写东西，被动的时候居多，主动的时候较少。现在之所以能在比较短的时间内写了这样多的东西，完全不是出自事前的计划，而是临时机遇凑巧，心血来潮。借用一个现成的说法，我的所谓文章不是挤出来的，而是流出来的。

所谓机遇凑巧，本集的第一篇文章《悼念朱光潜先生》，就是一个最有力的例证。写这篇文章，事前完全没有想到。我决不能像诸葛亮那样掐指一算，算就了孟实先生何年何月何日何时离开人间，于是潜心构思，一旦预见实现，立刻就写出一篇情文并茂的文章来。这是完全不能想象的。事实上，孟实先生逝世十分突然。他刚一逝世，《文汇报》的记者就找上门来，要我写一篇悼念文章。紧接着北大有关部门又受外面有关部门的委托，要我写同样的文章。限定的时间只有一两天。就是在这一两天内，我也不能摒除一切杂事，坐下来，专心一志地写文章。结果是，我忍着悲痛，连半点构思的余裕都没有，拿起笔来，就写了下去。什么章法布局，修辞炼句，完全没有去想。总共用了不到两个小时，就写成了。文章是自己的好，我没有这么狂妄。完全出我意料，很多朋友非常欣赏这篇东西，还立刻被选进一种什么教材里去了。

从内容上来看，本集的文章约略可以分为三类：一类是悼念、怀旧；一类是国内旅游；一类是出国访问。悼念和怀旧之作是容易理解的。是不是人年老了就容易怀念过去的人和事呢？可能是的。但是，对我来说，并不完全是。我虽然久已年逾古稀，但是承认自己老了，还是最近的事。我自己觉得，身体和精神两个方面都没有老相。骑自行车的速度还能让家人和朋友为我担心。我向前看的时候远远地超过了向后看，我心中暮气并不多。

但是，自然规律是无法抗御。师友中离开人世者年年都有，最近好像更多了起来。小学的老友中无一存者。中学同学前几年生存者还不少，还能形成一个小小的队伍。

不知怎么一来，这个队伍却日渐疏稀，宛如深秋的荷塘，秋风屡起，花叶飘零，原来是"接天莲叶无穷碧"，而今只是"留得残荷听雨声"了。再下上几场瑞雪，渐渐地连残叶都一扫而光，荷花的魂魄只能蜷缩在淤泥中做春天的梦了。在这样的情况下，人非木石，孰能无情！我的怀旧的文章就越来越多起来了。

国内旅游，完全出于偶然的机缘。去年暑假，我到庐山去避暑，参观了一些名胜，认识了一些人，抚今追昔，顿有所感，一阵阵心血来潮，就在庐山当地，在松涛声中，白云堆里，写了几篇短文。

至于出国访问，当然也是出于偶然的机缘。我去年一年，出国三次，两次到日本，一次到尼泊尔。日本我以前访问过，去尼泊尔却是第一次，因而印象特别深刻。在短短的五六天内，在繁忙的访问、宴会、招待会之余，每天黎明即起，执笔为文。窗外弥漫天地的浓雾，浓雾中传来的犬吠声和鸽子的咕咕声，都仿佛能助我文思。我心旷神怡，逸兴遄飞，不知不觉就写成了随笔十一篇。这是我一生最多产的时期。

有人提醒我，是否能把最近一年多写的散文收集一下，出一本小集子。这个想法是颇有一些诱惑力的。我自己有点吃惊，最近对自己写的东西逐渐喜欢起来了。难道这也是一个衰老的征象吗？不管怎样，我立即着手来考虑想收的文章。董其事者仍然是李铮同志。搜集的范围是近一年多以来写成的散文，共二十八篇；有的已发表，有的还没有发表。

既然要出一个集子，就必然要有一个名字，而起名字又往往是非常麻烦的事情。我过去曾使用过一个懒办法：用地名做集名，比如说《朗润集》，指的是住了二十多年的朗润园；《燕南集》指的是我一度想搬去而终于没搬成的燕南园。我现在想袭用这个懒办法。我住的楼后仅一墙之隔有一条万泉河，河并不宽，流水也不急。我傍它居住了将近三十年，我很喜欢"万泉"这个名字，现在就用以名吾集。泉水象征清洁，象征生命，一泉已能令人怡悦，何况是万泉！试想万泉喷涌，珍珠如练，碧波千顷，清澈见底，这是何等美妙的景象！虽然与我的集子没有多少直接的联系，但是有了近三十年的睦邻高谊，冒昧借用它的名字，想它也会不以为忤吧！是为序。

1987 年 12 月 18 日

自序续

稿子整理好了，编排好了，自序写完了，交到出版社了，等了三年多了；然而书没有出来。原因是众所周知的。"家家有一本难念的经"，用不着责怪任何出版社。

在这样的情况下，真好像是"柳暗花明又一村"，中国文联出版公司的曹利群同志，居然征得了领导的同意，接受了这一部稿子。我以十分感激的心情，称之为"绝处逢生"，难道还能算是夸大吗？我自己的心情怎样，一切尽在不言中了。

凡事有一失必有一得。时间拖了几年，当然算是一失。可是，就因为拖了几年，我又在梵文和吐火罗文的夹缝里，写了一些散文，计算起来，已有四五万字了。我现在不想再把这些文章另行收集，另起集名，干脆收在这一部已经命名的集子中，增加了分量，壮大了声势，岂不猗欤盛哉！很有意思的，我认为是用今年元旦那一天写成的《八十述怀》作为殿军，好像是要借八十诞辰这个机会给我六十年的散文创作来一个小结。但是，我并不是想从此搁笔，一点这样的想法也没有。我自谓，精神和身体都还未到老态龙钟的程度，今后只要有真实的感触，我还是要拿起笔来的。

为了保存历史原貌，原来的《自序》，一字不改，仍然让它作为扩大了的《万泉集》的序，印在这里。但是，情况毕竟变了，应该有一点说明之类的东西，所以写了这一篇《自序续》。

编排整理工作都出自李铮同志之手。

1991 年 1 月 4 日

他实现了生命的价值
——悼念朱光潜先生

听到孟实先生逝世的消息，我的心情立刻沉重起来。这消息对我并不突然，因为他毕竟是快九十岁的人了，而且近几年来，身体一直不好。但是，如果他能再活上若干年，对我国的学术界，对我自己，不是更有好处吗？

现在，在北京大学内外，还颇有一些老先生可以算做我的师辈。因为，我当学生的时候，他们已经是教授了。但是，我真正听过课的老师，却只剩下孟实先生一人。按旧日的习惯，我应该称他为业师。在今天的新社会中，师生关系内容和意义都有了一些改变。但是，尊师重道仍然是我们要大力提倡的。我对于我这一位业师，一向怀有深深的敬意。而今而后，这敬意的接受者就少掉重要的一个了。

五十多年前，我在清华大学西洋文学系念书。我那时是二十岁上下。孟实先生是北京大学的教授，在清华大学兼课，年龄大概三十四五岁吧。他只教一门文艺心理学，实际上就是美学，这是一门选修课。我选了这一门课，认真地听了一年。当时我就感觉到，这一门课非同凡响，是我最满意的一门课，比那些英、美、法、德等国来的外籍教授所开的课好到不能比的程度。朱先生不是那种口若悬河的人，他的口才并不好，讲一口带安徽味的蓝青官话，听起来并不"美"。看来他不是一个演说家，讲课从来不看学生，两只眼向上翻，看的好像是天花板上或者窗户上的某一块地方。然而却没有废话，每一句话都清清楚楚。他介绍西方各国流行的文艺理论，有时候举一些中国旧诗词作例子，并不牵强附会，我们一听就懂。对那些古里古怪的理论，他确实能讲出一个道理来，我听起来津津有味。

我觉得，他是一个有学问的人，一个在学术上诚实的人，他不哗众取宠，他不用连自己都不懂的"洋玩意儿"去欺骗、吓唬年轻的中国学生。因此，在开课以后不久，我就爱上了这一门课，每周盼望上课，成为我的乐趣了。

孟实先生在课堂上介绍了许多欧洲心理学家和文艺理论家的新理论，比如李普斯的感情移入说，还有什么人的距离说等等。他们从心理学方面，甚至从生理学方面来解释关于美的问题。其中有不少理论我觉得是有道理的，一直到今天我仍然记忆不忘。要说里面没有唯心主义成分，那是不能想象的。但是资产阶级的科学家，只要是一个有良心、不存心骗人的人，他总是会在不同程度上正视客观实际的，他的学说总会有合理成分的。我们倒洗澡水不应该连婴儿一起倒掉。达尔文和爱因斯坦难道不是资产阶级的科学家吗？但是，你能说，他们的学说完全不正确吗？我们过去有一些人习惯于用贴标签的办法来处理学术问题，把极其复杂的学术问题过分地简单化了。这不利于学术的发展。这种倾向到了"十年浩劫"期间，在"四人帮"的煽动下，达到了骇人听闻的荒谬的程度。"四人帮"竟号召对相对论一窍不通的人来批判爱因斯坦，成为千古笑谈。孟实先生完全不属于这一类人。他老老实实，本本分分，自己认识到什么程度，就讲到什么程度，一步一个脚印，无形中影响了学生。

离开清华以后，我出国一住就是十年。在这期间，国内正在奋起抗日，国际上则是第二次世界大战。"烽火连八年，家书抵亿金"。在一段相当长的时间内，我完全同祖国隔离，什么情况也不知道，1946 年回国，立即来北大工作。那时孟实先生也转来北大。他正编一个杂志，邀我写文章。我写了一篇介绍《五卷书》的文章，发表在那个杂志上。他住的地方离我的住处不远。他的办公室（他当时是西方语言文学系主任，我是东方语言文学系主任）和我的办公室相隔也不远。但是我无论如何也回忆不起来，我曾拜访过他。说起来似乎是件怪事，然而却是事实。现在恐怕有很多人认为我是什么"社会活动家"。其实我的性格毋宁说是属于孤僻一类，最怕见人。我的老师和老同学很多，我几乎是谁都不拜访。天性如此，无可奈何，而今就是想去拜访孟实先生，也完全不可能了。

我因为没有在重庆或者昆明呆过，对于抗战时期那里的情况完全不了解。对于朱先生当时的情况也完全不清楚。到了北平以后，听了三言两语，我有时候也同几个清华的老同学窃窃私议过。到了 1949 年北平解放前夕，按朱先生的地位，他完全有资格乘南京派来的专机离开中国大陆的。然而他没有这样做，他毅然留了下来，等待北平的解放。其中过程细节，我完全不清楚。然而这件事却给我留下了深刻的印象：朱先生毕竟是经受住了考验，选择了一条唯一正确的道路。

我常常想，在解放前，中国的知识分子大概分为三类：先知先觉的、后知后觉的、不知不觉的。第一类是少数，第三类也是少数。孟实先生（还有我自己），在政治上不是先知先觉；但又决非不知不觉。爱国无分少长，革命难免先后，这恐怕是一条规律。孟实先生同一大批旧社会来的知识分子一样，经过了几十年的观察与考验、前进和停滞，既走过阳关大道，也走过独木小桥，最终还是认识了真理，认为共产党指出的道路是唯一正确的，因而坚定不移地在这一条路上走下去。孟实先生有一些情况我原来并不清楚。只是到了前几年，我读到他在抗战期间从重庆给周扬同志写的一封信，我才知道，他对国民党并不满意，他也向往延安。我心中暗自谴责：我没有能全面了解孟实先生。总之，我认为，孟实先生一生是大节不亏的。他走的道路是一切正直的中国知识分子都应该走的道路。

这一条道路当然也决不会是平坦的。三十多年来，风风雨雨，几乎所有的老知识分子都在风雨中经受磨炼。最突出的例子当然是"十年浩劫"。孟实先生被关进了牛棚。我是自己"跳"出来的，一跳也就跳进了牛棚。想不到几十年前的师生现在成了"同棚"。牛棚生活不是三言两语所能说清。在这里暂且不谈。孟实先生在棚里的一件小事，我却始终忘记不了。他锻炼身体有一套方术，大概是东西均备，佛道沟通。在那种阴森森的生活环境中，他居然还在锻炼身体，我实在非常吃惊，而且替他捏一把汗。晚上睡下以后，我发现他在被窝里胡折腾，不知道搞一些什么名堂。早晨他还偷跑到一个角落里去打太极拳一类的东西。有一次被"监改人员"发现了，大大地挨了一通批。在这些"大老爷"眼中，我们锻炼身体是罪大恶极的。这是一件微不足道的小事，然而它的意义却不小。从中可以看出，孟实先生对自己的前途没有绝望，对我们的事业也没有绝望，他执著于生命，坚决要活下去。否则的话，他尽可以像一些别的难兄难弟一样，破罐子破摔算了。说老实话，我在当时的态度实在比不上他。这一件事，我从来没有同他谈起过，只是暗暗地记在心中。

"四人帮"垮台以后，天日重明，孟实先生以古稀之年，重又精神抖擞，从事科研、教学和社会活动。他的生活异常地有规律。每天早晨，人们总会看到一个瘦小的老头在大图书馆前漫步。在工作方面，他抓得非常紧，他确实达到了壮心不已的程度。他译完了黑格尔的美学，又翻译维柯的著作。这些著作内容深奥，号称难治，能承担这种翻译工作的，并世没有第二人，孟实先生以他渊博的学识和湛深的外语水平，兢兢业业，勤勤恳恳，争分夺秒，锲而不舍，"焚膏油以继晷，恒兀兀以穷年"，终于完成了这项艰巨的工作，给我们留下了宝贵的财富，得到了学术界普遍的赞扬。

孟实先生学风谨严，一丝不苟，谦虚礼让，不耻下问。他曾多次问到我关于古代印度宗教的问题。他对中外文学都有精湛的研究，这是学术界公认的。他的文笔又流利畅达，这也是学者中间少有的。思想改造运动时，有人告诉我说是喜欢读朱先生写的自我批评的文章。我当时觉得非常可笑：这是什么时候呀，你居然还有闲情逸致来欣赏文章！然而这却是事实，可见朱先生文章感人之深。他研究中外文艺理论，态度同样严肃认真。他翻译外国名著，也是句斟字酌，不轻易下笔。严复说："一名之立，旬月踟蹰。"我在朱先生身上也发现了这种认真负责的态度。解放后，他努力学习辩证唯物主义和历史唯物主义，并以此指导自己的研究工作，给我们树立了榜样。

现在，孟实先生离开了我们。他一生执著追求，没有偷懒。将近九十年的漫长的道路，走过来并不容易。峰回路转，柳暗花明，他都碰到过。顺利与挫折，他都经受过。但是，他在千辛万苦之后，毕竟找到了真理，热爱祖国，热爱社会主义，找到了一个中国知识分子的最好的归宿。现在人们常谈生命的价值；我认为，孟实先生是实现了生命的价值的。

听到孟实先生逝世的消息时，我并没有流泪，但是在写这篇短文时，却几次泪如泉涌。生生死死，自然规律，任何人也改变不了。古人说："大块劳我以生，息我以死。"孟实先生，安息吧！你的形象将永远留在你这一个年迈而不龙钟的学生的心中。

1986 年 3 月

我和外国文学

要想谈我和外国文学，简直像"一部十七史，不知从何处谈起"。

我从小学时期起开始学习英文，年龄大概只有十岁吧。

当时我还不大懂什么是文学，只朦朦胧胧地觉得外国文很好玩而已。记得当时学英文是课余的，时间是在晚上。现在留在我的记忆里的只是在夜课后，在黑暗中，走过一片种满了芍药花的花畦，紫色的芍药花同绿色的叶子化成了一个颜色，清香似乎扑入鼻官。从那以后，在几十年的漫长的岁月中，学习英文总同美丽的芍药花联在一起，成为美丽的回忆。

到了初中，英文继续学习。学校环境异常优美，紧靠大明湖，一条清溪流经校舍。到了夏天，杨柳参天，蝉声满园。后面又是百亩苇绿，十里荷香，简直是人间仙境。我们的英文教员水平很高，我们写的作文，他很少改动，而是一笔勾销，自己重写一遍。用力之勤，可以想见。从那以后，我学习英文又同美丽的校园和一位古怪的老师联在一起，也算是美丽的回忆吧。

到了高中，自己已经十五六岁了，仍然继续学英文，又开始学了点德文。到了此时，才开始对外国文学发生兴趣。但是这个启发不是来自英文教员，而是来自国文教员。高中前两年，我上的是山东大学附设高中。国文教员王崑玉先生是桐城派古文作家，自己有文集。后来到山东大学做了讲师。我们学生写作文，当然都用文言文，而且尽量模仿桐城派的调子。不知怎么一来，我的作文竟受到他的垂青。什么"亦简劲，亦畅达"之类的评语常常见到，这对于我是极大的鼓励。高中最后一年，我上的是山东济南省立高中。经过了五卅惨案，学校地址变了，空气也变了，国文老师换成了董秋芳（冬芬）、夏莱蒂、胡也频等等，都是有名的作家。胡也频先生只教了几个月，就被国民党通缉，逃到上海，不久就壮烈牺牲。以后是董秋芳先生教我们。他是北大英文系毕业，曾翻译过一本短篇小说集《争自由的波浪》，鲁迅写了序言。他同鲁迅通过信，通信全文都收在《鲁迅全集》中。他虽然教国文，却是外国文学出身，在教学中自然会讲到外国文学的。我此时写作文都改用白话，不知怎么一来，我的作文又受到董老师的垂青。他对我大加赞誉，在一次作文的评语中，他写道，我同另一个同级王峻岭（后来入北大数学系）是全班、全校之冠。这对一个十七八岁的青年来说，更是极大的鼓励。从那以后，虽然我思想还有过波动，也只能算是小插曲。我学习文学，其中当然也有外国文学的决心，就算是确定下来了。

在这时期，我曾从日本东京丸善书店订购过几本外国文学的书。其中一本是英国作者吉卜林的短篇小说。我曾着手翻译过其中的一篇，似乎没有译完。当时一本洋书值几块大洋，够我一个月的饭钱。我节衣缩食，存下几块钱，写信到日本去订书，书到了，又要跋涉十几里路到商埠去"代金引换"。看到新书，有如贾宝玉得到通灵宝玉，心中的愉快，无法形容。总之，我的兴趣已经确定，这也就确定了我以后学习和研究的方向。

考上清华以后，在选择系科的时候，不知是由于什么原因，我曾经一阵心血来潮，想改学数学或者经济。要知道我高中读的是文科，几乎没有学过数学。入学考试数学分数不到十分。这样的成绩想学数学岂非滑天下之大稽！

愿望当然落空。一度冲动之后，我的心情立即平静下来：还是老老实实，安分守己，学外国文学吧。

清华大学西洋文学系，实际上是以英国文学为主，教授，不管是哪一国人，都用英语讲授。但是又有一个古怪的规定：学习英、德、法三种语言中任何一种，从一年级学到四年级，就叫什么语的专门化。德文和法文从字母学起，而大一的英文一上来就念 J. 奥斯丁的《傲慢与偏见》，可见英文的专门化同法文和德文的专门化，完全是不可同日而语的。四年的课程有文艺复兴文学、中世纪文学、现代长篇小说、莎士比亚、欧洲文学史、中西诗之比较、英国浪漫诗人、中古英文、文学批评等等。教大一英文的是叶公超，后来当了国民党的外交部长。教大二的是毕莲(Miss Bille)，教现代长篇小说的是吴可读（英国人），教东西诗之比较的是吴宓，教中世纪文学的是吴可读，教文艺复兴文学的是温特（Winter），教欧洲文学史的是翟孟生(Jameson)，教法文的是 Holland 小姐，教德文的是杨丙辰、艾克（Ecke）、石坦安（Von den Steinen）。这些外国教授的水平都不怎么样，看来都不是正途出身，有点野狐谈禅的味道。费了四年的时间，收获甚微。我还选了一些其他的课，像朱光潜的文艺心理学，陈寅恪的佛经翻译文学，朱自清的陶渊明诗等等，也曾旁听过郑振铎和谢冰心的课。这些课程水平都高，至今让我忆念难忘的还是这一些课程，而不是上面提到的那一些“正课”。

从上面的选课中可以看出，我在清华大学四年，兴趣是相当广的，语言、文学、历史、宗教几乎都涉及到了。我是德文专门化的学生，从大一德文，一直念到大四德文，最后写论文还是用英文，题目是 *The Early Poems of Hölderlin*，指导教师是艾克。内容已经记不清楚，大概水平是不高的。在这期间，除了写作散文以外，我还翻译了德莱塞的《旧世纪还在新的时候》，屠格涅夫的《玫瑰是多么美丽，多么新鲜呵……》，史密斯（Smith）的《蔷薇》，杰克逊（H. Jackson）的《代替一篇春歌》，马奎斯（D. Marquis）的《守财奴自传序》，索洛古勃（Sologub）的一些作品，荷尔德林的一些诗，其中《玫瑰是多么美丽，多么新鲜呵……》、《代替一篇春歌》、《蔷薇》等几篇发表了，其余的大概都没有刊出，连稿子现在都没有了。

此时我的兴趣集中在西方的所谓"纯诗"上。但是也有分歧。纯诗主张废弃韵律，我则主张诗歌必须有韵律，否则叫任何什么名称都行，只是不必叫诗。泰戈尔是主张废除韵律的，他的道理并没有能说服我。我最喜欢的诗人是法国的魏尔兰、马拉梅和比利时的维尔哈伦等。魏尔兰主张：首先是音乐，其次是明朗与朦胧相结合。这符合我的口味。但是我反对现在的所谓"朦胧诗"。我总怀疑这是"英雄欺人"，以艰深文浅陋。文学艺术都必须要人了解，如果只有作者一个人了解（其实他自己也不见得就了解），那何必要文学艺术呢？此外，我还喜欢英国的所谓"形而上学诗"。在中国，我喜欢的是六朝骈文，唐代的李义山、李贺，宋代的姜白石、吴文英，都是唯美的，讲求词藻华丽的。这个嗜好至今仍在。

在这四年期间，我同吴雨僧（宓）先生接触比较多。他主编天津《大公报》的一个副刊，我有时候写点书评之类的文章给他发表。我曾到燕京大学夜访郑振铎先生，同叶公超先生也有接触，他教我们英文，喜欢英国散文，正投我所好。我写散文，也翻译散文。曾有一篇《年》发表在与叶有关的《学文》上，受到他的鼓励，也碰过他的钉子。我常常同几个同班访问雨僧先生的藤影荷声之馆。有名的水木清华之匾就挂在工字厅后面。我也曾在月夜绕过工字厅走到学校西部的荷塘小径上散步，亲自领略朱自清先生《荷塘月色》描绘的那种如梦如幻的仙境。

我在清华时就已开始对梵文发生兴趣。旁听陈寅恪先生的佛经翻译文学更加深了我的兴趣。但由于当时没有人教梵文，所以空有这个愿望而不能实现。1935年深秋，我到了德国哥廷根，才开始从瓦尔德施密特（Waldschmidt）教授学习梵文和巴利文。后又从西克（E. Sieg）教授学习吠陀和吐火罗文。梵文文学作品只在授课时作为语言教材来学习。二次世界大战爆发，瓦尔德施密特被征从军，西克以耄耋之年出来代他授课。这位年老的老师亲切和蔼，恨不能把自己的一切学问和盘托出来，交给我这个异域的青年。他先后教了我吠陀、《大疏》，吐火罗语。在文学方面，他教了我比较困难的檀丁的《十王子传》。这一部用艺术诗写成的小说实在非常古怪。开头一个复合词长达三行，把一个需要一章来描写的场面细致地描绘出来了。我回国

103

以后之所以翻译《十王子传》，基因就是这样形成的。当时我主要是研究混合梵文，没有余暇来搞梵文文学，好像是也没有兴趣。在德国十年，没有翻译过一篇梵文文学著作，也没有写过一篇论梵文文学的文章。现在回想起来，也似乎从来没有想到要研究梵文文学。我的兴趣完完全全转移到语言方面，转移到吐火罗文方面去了。

　　1946年回国，我到北大来工作。我兴趣最大、用力最勤的佛教梵文和吐火罗文的研究，由于缺少起码的资料，已无法进行。我当时有一句口号，叫做："有多大碗，吃多少饭。"意思是说，国内有什么资料，我就做什么研究工作。巧妇难为无米之炊。不管我多么不甘心，也只能这样了。我就是在这种情况下来翻译文学作品的。解放初期，我翻译了德国女小说家安娜·西格斯的短篇小说。西格斯的小说，我非常喜欢。她以女性特有的异常细致的笔触，描绘反法西斯的斗争，实在是优秀的短篇小说家。以后我又翻译了迦梨陀娑的《沙恭达罗》和《优哩婆湿》，翻译了《五卷书》和一些零零碎碎的《佛本生故事》等。直至此时，我还并没有立志专门研究外国文学。我用力最勤的还是中印文化关系史和印度佛教史。我努力看书，积累资料。50年代，我曾想写一部《唐代中印关系史》，提纲都已写成，可惜因循未果。"十年浩劫"中，资料被抄，丢了一些，还留下了一些，我已兴趣索然了。在浩劫之后，我自忖已被打倒在地，命运是永世不得翻身。但我又不甘心无所事事，白白浪费人民的小米，想找一件能占住自己的身心而又能旷日持久的翻译工作，从来也没想到出版问题。我选择的结果就是印度大史诗《罗摩衍那》。大概从1973年开始，在看门房、守电话之余，着手翻译。我一定要译文押韵。但有时候找一个适当的韵脚又异常困难，我就坐在门房里，看着外面来来往往的人，大半都不认识，只见眼前人影历乱，我脑筋里却想的是韵脚。下班时要走四十分钟才能到家，路上我仍搜索枯肠，寻求韵脚，以此自乐，实不足为外人道也。

上面我谈了六十年来我和外国文学打交道的经过。原来不知从何处谈起，可是一谈，竟然也谈出了不少的东西。记得什么人说过，只要塞给你一支笔，几张纸，出上一个题目，你必然能写出东西来。我现在竟成了佐证。可是要说写得好，那可就不见得了。

究竟怎样评价我这六十年中对外国文学的兴趣和所表现出来的成绩呢？我现在谈一谈别人的评价。1980年，我访问联邦德国，同分别了将近四十年的老师瓦尔德施密特教授会面，心中的喜悦之情可以想见。那时期，我翻译的《罗摩衍那》才出了一本。我就带了去送给老师。我万没有想到，他板起脸来，很严肃地说："我们是搞佛教研究的，你怎么弄起这个来了！"我了解老师的心情，他是希望我在佛教研究方面能多做出些成绩。但是他哪里能了解我的处境呢？我一无情报，二无资料，我是不得已而为之的。只是到了最近五六年，我两次访问联邦德国，两次访问日本，同外国的渠道逐渐打通，同外国同行通信、互赠著作，才有了一些条件，从事我那有关原始佛教语言的研究，然而人已垂垂老矣。

前几天，我刚从日本回来。在东京时，以东京大学名誉教授中村元博士为首的一些日本学者为我布置了一次演讲会。我讲的题目是《和平和文化》。在致开幕词时，中村元把我送给他的八大本汉译《罗摩衍那》提到会上，向大家展示。他大肆吹嘘了一通，说什么世界名著《罗摩衍那》外文译本完整的，在过去一百多年内只有英文，汉文译本是第二个全译本，有重要意义。日本、美国、苏联等国都有人在翻译，汉译本对日本译本会有极大的鼓励作用和参考作用。

中村元教授同瓦尔德施密特教授的评价完全相反。但是我决不由于瓦尔德施密特的评价而沮丧，也决不由于中村元的评价而发昏。我认识到翻译这本书的价值，也认识到自己工作的不足。由于别的研究工作过多，今后这样大规模的翻译工作大概不会再干了。难道我和外国文学的缘分就从此终结了吗？决不是的。我目前考虑的有两件工作：一是翻译一点《梨俱吠陀》的抒情诗，这方面的介绍还很不够。二是读一点古代印度文艺理论的书。我深知外国文学在我们国家精神文明建设中的重要性，也深知我们研究的深度和广度都有待于大大地提高。不管我其他工作多么多，我的兴趣多么杂，我决不会离开外国文学这一块阵地的，永远也不会离开。

1986 年 5 月 31 日

槐 花

　　自从移家朗润园，每年在春夏之交的时候，我一出门向西走，总是清香飘拂，溢满鼻官。抬眼一看，在流满了绿水的荷塘岸边，在高高低低的土山上面，就能看到成片的洋槐，满树繁花，闪着银光；花朵缀满高树枝头，开上去，开上去，一直开到高空，让我立刻想到新疆天池上看到的白皑皑的万古雪峰。

　　这种槐树在北方是非常习见的树种。我虽然也陶醉于氤氲的香气中，但却从来没有认真注意过这种花树——惯了。

　　有一年，也是在这样春夏之交的时候，我陪一位印度朋友参观北大校园。走到槐花树下，他猛然用鼻子吸了吸气，抬头看了看，眼睛瞪得又大又圆。我从前曾看到一幅印度人画的人像，为了夸大印度人眼睛之大，他把眼睛画得扩张到脸庞的外面。这一回我真仿佛看到这一位印度朋友瞪大了的眼睛扩张到面孔以外来了。

　　"真好看呀！这真是奇迹！"

　　"什么奇迹呀？"

　　"你们这样的花树。"

　　"这有什么了不起呢？我们这里多得很。"

　　"多得很就不了不起了吗？"

　　我无言以对，看来辩论下去已经毫无意义了。可是他的话却对我起了作用：我认真注意槐花了，我仿佛第一次见到它，非常陌生，又似曾相识。我在它身上发现了许多新的以前从来没有发现的东西。

在沉思之余，我忽然想到，自己在印度也曾有过类似的情景。我在海德拉巴看到耸入云天的木棉树时，也曾大为惊诧。碗口大的红花挂满枝头，殷红如朝阳，灿烂似晚霞，我不禁大为慨叹：

"真好看呀！简直神奇极了！"

"什么神奇？"

"这木棉花。"

"这有什么神奇呢？我们这里到处都有。"

陪伴我们的印度朋友满脸迷惑不解的神气。我的眼睛瞪得多大，我自己看不到。现在到了中国，在洋槐树下，轮到印度朋友（当然不是同一个人）瞪大眼睛了。

在我们的日常生活中，我们都有这样一个经验：越是看惯了的东西，便越是习焉不察，美丑都难看出。这种现象在心理学上是容易解释的：一定要同客观存在的东西保持一定的距离，才能客观地去观察。难道我们就不能有意识地去改变这种习惯吗？难道我们就不能永远用新的眼光去看待一切事物吗？

我想自己先试一试看，果然有了神奇的效果。我现在再走过荷塘看到槐花，努力在自己的心中制造出第一次见到的幻想，我不再熟视无睹，而是尽情地欣赏。槐花也仿佛是得到了知己，大大小小、高高低低的洋槐，似乎在喃喃自语，又对我讲话。周围的山石树木，仿佛一下子活了起来，一片生机，融融氤氲。荷塘里的绿水仿佛更绿了；槐树上的白花仿佛更白了；人家篱笆里开的红花仿佛更红了。风吹，鸟鸣，都洋溢着无限生气。一切眼前的东西联在一起，汇成了宇宙的大欢畅。

1986 年 6 月 3 日

我的童年

回忆起自己的童年来，眼前没有红，没有绿，是一片灰黄。

七十多年前的中国，刚刚推翻了清代的统治，神州大地，一片混乱，一片黑暗。我最早的关于政治的回忆，就是"朝廷"二字。当时的乡下人管当皇帝叫坐朝廷，于是"朝廷"二字就成了皇帝的别名。我总以为朝廷这种东西似乎不是人，而是有极大权力的玩意。乡下人一提到它，好像都肃然起敬。我当然更是如此。总之，当时皇威犹在，旧习未除，是大清帝国的继续，毫无万象更新之象。

我就是在这新旧交替的时刻，于 1911 年 8 月 6 日，生于山东省清平县（现改临清市）的一个小村庄——官庄。当时全中国的经济形势是南方富而山东（也包括北方其他省份）穷。专就山东论，是东部富而西部穷。我们县在山东西部又是最穷的县，我们村在穷县中是最穷的村，而我们家在全村中又是最穷的家。

我们家据说并不是一向如此。在我诞生前似乎也曾有过比较好的日子。可是我降生时祖父、祖母都已去世。我父亲的亲兄弟共有三人，最小的一个（大排行是第十一，我们把他叫一叔）送给了别人，改了姓。我父亲同另外的一个弟弟（九叔）孤苦伶仃，相依为命。房无一间，地无一垄，两个无父无母的孤儿，活下去是什么滋味，活着是多么困难，概可想见。他们的堂伯父是一个举人，是方圆几十里最有学问的人物，做官做到一个什么县的教谕，也算是最大的官。他曾养育过我父亲和叔父，据说待他们很不错。可是家庭大，人多是非多。他们俩有几次饿得到枣林里去拣落到地上的干枣充饥。最后还是被迫弃家（其实已经没了家）出走，兄弟俩逃到济南去谋生。"文化大革命"中我自己"跳出来"反对那一位臭名昭著的"第一张马列主义大字报"的作者，惹得她大发雌威，两次派人到我老家官庄去调查，一心一意要把我"打成"地主。老家的人告诉那几个"革命"小将，说如果开诉苦大会，季羡林是官庄的第一名诉苦者，他连贫农都不够。

我父亲和叔父到了济南以后，人地生疏，拉过洋车，扛过大件，当过警察，卖过苦力。叔父最终站住了脚。于是兄弟俩一商量，让我父亲回老家，叔父一个人留在济南挣钱，寄钱回家，供我的父亲过日子。

我出生以后，家境仍然是异常艰苦。一年吃白面的次数有限，平常只能吃红高粱面饼子；没有钱买盐，把盐碱地上的土扫起来，在锅里煮水，腌咸菜，什么香油，根本见不到。一年到底，就吃这种咸菜。举人的太太，我管她叫奶奶，她很喜欢我。我三四岁的时候，每天一睁眼，抬腿就往村里跑（我们家在村外），跑到奶奶跟前，只见她把手一卷，卷到肥大的袖子里面，手再伸出来的时候，就会有半个白面馒头拿在手中，递给我。我吃起来，仿佛是龙胆凤髓一般，我不知道天下还有比白面馒头更好吃的东西。这白面馒头是她的两个儿子（每家有几十亩地）特别孝敬她的。她喜欢我这个孙子，每天总省下半个，留给我吃。在长达几年的时间内，这是我每天最高的享受，最大的愉快。

大概到了四五岁的时候，对门住的宁大婶和宁大姑，每到夏秋收割庄稼的时候，总带我走出去老远到别人割过的地里去拾麦子或者豆子、谷子。一天辛勤之余，可以拣到一小篮麦穗或者谷穗。晚上回家，把篮子递给母亲，看样子她是非常欢喜的。有一年夏天，大概我拾的麦子比较多，她把麦粒磨成面粉，贴了一锅死面饼子。我大概是吃出味道来了，吃完了饭以后，我又偷了一块吃，让母亲看到了，赶着我要打。我当时是赤条条浑身一丝不挂，我逃到房后，往水坑里一跳。母亲没有法子下来捉我，我就站在水中把剩下的白面饼子尽情地享受了。

现在写这些事情还有什么意义呢？这些芝麻绿豆般的小事是不折不扣的身边琐事，使我终生受用不尽。它有时候能激励我前进，有时候能鼓舞我振作。我一直到今天对日常生活要求不高，对吃喝从不计较，难道同我小时候的这一些经历没有关系吗？我看到一些独生子女的父母那样溺爱子女，也颇不以为然。儿童是祖国的花朵，花朵当然要爱护；但爱护要得法，否则无异是坑害子女。

不记得是从什么时候起我开始学着认字，大概也总在四岁到六岁之间。我的老师是马景功先生。现在我无论如何也记不起有什么类似私塾之类的场所，也记不起有什么《百家姓》、《千字文》之类的书籍。我那一个家徒四壁的家就没有一本书，连带字的什么纸条子也没有见过。反正我总是认了几个字，否则哪里来的老师呢？马景功先生的存在是不能怀疑的。

虽然没有私塾，但是小伙伴是有的。我记得最清楚的有两个：一个叫杨狗，我前几年回家，才知道他的大名，他现在还活着，一字不识；另一个叫哑巴小（意思是哑巴的儿子），我到现在也没有弄清楚他姓甚名谁。我们三个天天在一起玩，洑水，打枣，捉知了，摸虾，不见不散，一天也不间断。后来听说哑巴小当了山大王，练就了一身蹿房越脊的惊人本领，能用手指抓住大庙的橼子，浑身悬空，围绕大殿走一周。有一次被捉住，是十冬腊月，赤身露体，浇上凉水，被捆起来，倒挂一夜，仍然能活着。据说他从来不到官庄来作案，"兔子不吃窝边草"，这是绿林英雄的义气。后来终于被捉杀掉。我每次想到这样一个光着屁股游玩的小伙伴竟成为这样一个"英雄"，就颇有骄傲之意。

我在故乡只呆了六年，我能回忆起来的事情还多得很，但是我不想再写下去了。已经到了同我那一个一片灰黄的故乡告别的时候了。

我六岁那一年，是在春节前夕，公历可能已经是1917年，我离开父母，离开故乡，是叔父把我接到济南去的。叔父此时大概日子已经可以了，他兄弟俩只有我一个男孩子，想把我培养成人，将来能光大门楣，只有到济南去一条路。这可以说是我一生中最关键的一个转折点，否则我今天仍然会在故乡种地（如果我能活着的话），这当然算是一件好事。但是好事也会有成为坏事的时候。"文化大革命"中间，我曾有几次想到：如果我叔父不把我从故乡接到济南的话，我总能过一个浑浑噩噩但却舒舒服服的日子，哪能被"革命家"打倒在地，身上踏上一千只脚还要永世不得翻身呢？呜呼，世事多变，人生易老，真叫做没有法子！

到了济南以后，过了一段难过的日子。一个六七岁的孩子离开母亲，他心里会是什么滋味，非有亲身经历者，实难体会。我曾有几次从梦里哭着醒来。尽管此时不但能吃上白面馒头，而且还能吃上肉；但是我宁愿再啃红高粱饼子就苦咸菜。这种愿望当然只是一个幻想。我毫无办法，久而久之，也就习以为常了。

叔父望子成龙，对我的教育十分关心。先安排我在一个私塾里学习。老师是一个白胡子老头，面色严峻，令人见而生畏。每天入学，先向孔子牌位行礼，然后才是"赵钱孙李"。大约就在同时，叔父又把我送到一师附小去念书。这个地方在旧城墙里面，街名叫升官街，看上去很堂皇，实际上"官"者"棺"也，整条街都是做棺材的。此时"五四"运动大概已经起来了。校长是一师校长兼任，他是山东得风气之先的人物，在一个小学生眼里，他是一个大人物，轻易见不到面。想不到在十几年以后，我大学毕业到济南高中去教书的时候，我们俩竟成了同事，他是历史教员。我执弟子礼甚恭，他则再三逊谢。我当时觉得，人生真是变幻莫测啊！

因为校长是维新人物，我们的国文教材就改用了白话。教科书里面有一段课文，叫做《阿拉伯的骆驼》。故事是大家熟知的。但当时对我却是陌生而又新鲜，我读起来感到非常有趣味，简直是爱不释手。然而这篇文章却惹了祸。有一天，叔父翻看我的课本，我只看到他蓦地勃然变色。"骆驼怎么能说人话呢？"他愤愤然了，"这个学校不能念下去了，要转学！"

于是我转了学。转学手续比现在要简单得多，只经过一次口试就行了。而且口试也非常简单，只出了几个字叫我们认。我记得字中间有一个"骡"字。我认出来了，于是定为高一。一个比我大两岁的亲戚没有认出来，于是定为初三。为了一个字，我沾了一年的便宜，这也算是轶事吧。

这个学校靠近南圩子墙，校园很空阔，树木很多。花草茂密，景色算是秀丽的。在用木架子支撑起来的一座柴门上面，悬着一块木匾，上面刻着四个大字："循规蹈矩"。我当时并不懂这四个字的涵义，只觉得笔画多得好玩而已。

我就天天从这个木匾下出出进进，上学，游戏。当时立匾者的用心到了后来我才了解，无非是想让小学生规规矩矩做好孩子而已。但是用了四个古怪的字，小孩子谁也不懂，结果形同虚设，多此一举。

我"循规蹈矩"了没有呢？大概是没有。我们有一个珠算教员，眼睛长得凸了出来，我们给他起了一个绰号，叫做 shao qianr（济南话，意思是知了）。他对待学生特别蛮横。打算盘，错一个数，打一板子。打算盘错上十个八个数，甚至上百数，是很难避免的。我们都挨了不少的板子。不知是谁一嘀咕："我们架（小学生的行话，意思是赶走）他！"立刻得到大家的同意。我们这一群十岁左右的小孩子也要"造反"了。大家商定：他上课时，我们把教桌弄翻，然后一起离开教室，躲在假山背后。我们自己认为这个锦囊妙计实在非常高明；如果成功了，这位教员将无颜见人，非卷铺盖回家不可。然而我们班上出了"叛徒"，虽然只有几个人，他们想拍老师的马屁，没有离开教室。这一来，大大长了老师的气焰，他知道自己还有"群众"，于是威风大振，把我们这一群不知天高地厚的"叛逆者"狠狠地用大竹板打手心打了一阵，我们每个人的手都肿得像发面馒头。然而没有一个人掉泪。我以后每次想到这一件事，觉得很可以写进我的"优胜纪略"中去。"革命无罪，造反有理"，如果当时就有那么一位伟大的"革命家"创造了这两句口号，那该有多么好呀！

谈到学习，我记得在三年之内，我曾考过两个甲等第三（只有三名甲等），两个乙等第一；总起来看，属于上等，但是并不拔尖。实际上，我当时并不用功，玩的时候多，念书的时候少。我们班上考甲等第一的叫李玉和，年年都是第一。他比我大五六岁，好像已经很成熟了，死记硬背，刻苦努力，天天皱着眉头，不见笑容，也不同我们打闹。我从来就是少无大志，一点也不想争那个状元。但是我对我这一位老学长并无敬意，还有点瞧不起的意思，觉得他是非我族类。

我虽然对正课不感兴趣，但是也有我非常感兴趣的东西，那就是看小说。我叔父是古板人，把小说叫做"闲书"，闲书是不许我看的。在家里的时候，我书桌下面有一个盛白面的大缸，上面盖着一个用高粱杆编成的"盖垫"（济南话）。我坐在桌旁，桌上摆着《四书》，我看的却是《彭公案》、《济公传》、《西游记》、《三国志演义》等等旧小说。《红楼梦》大概太深，我看不懂其中的奥妙，黛玉整天价哭哭啼啼，为我所不喜，因此看不下去。其余的书都是看得津津有味。冷不防叔父走了进来，我就连忙掀起盖垫，把闲书往里一丢，嘴巴里念起"子曰"、"诗云"来。

到了学校里，用不着防备什么，一放学，就是我的天下。我往往躲到假山背后，或者一个盖房子的工地上，拿出闲书，狼吞虎咽似的大看起来。常常是忘记了时间，忘记了吃饭，有时候到了天黑，才摸回家去。我对小说中的绿林好汉非常熟悉，他们的姓名背得滚瓜烂熟，连他们用的兵器也如数家珍，比教科书熟悉多了。自己当然也希望成为那样的英雄。有一回，一个小朋友告诉我，把右手五个指头往大米缸里猛戳，一而再，再而三，一直到几百次，上千次。练上一段时间以后，再换上砂粒，用手猛戳，最终可以练成铁砂掌，五指一戳，能够戳断树木。我颇想有一个铁砂掌，信以为真，猛练起来，结果把指头戳破了，鲜血直流。知道自己与铁砂掌无缘，遂停止不练。

学习英文，也是从这个小学开始的。当时对我来说，外语是一种非常神奇的东西。我认为，方块字是天经地义，不用方块字，只弯弯曲曲像蚯蚓爬过的痕迹一样，居然能发出音来，还能有意思，简直是不可思议。越是神秘的东西，便越有吸引力。英文对于我就有极大的吸引力。我万没有想到望之如海市蜃楼般的可望而不可及的东西竟然唾手可得了。我现在已经记不清楚，学习的机会是怎么来的。大概是有一位教员会一点英文，他答应晚上教一点，可能还要收点学费。总之，一个业余英文学习班很快就组成了，参加的大概有十几个孩子。究竟学了多久，我已经记不清楚，时候好像不太长，学的东西也不太多，二十六个字母以后，学了一些单词。我当时有一个非常伤脑筋的问题：为什么"是"和"有"算是动词，它们一点也不动嘛？当时老师答不上来；到了中学，英文老师也答不上来。当年用"动词"来译英文的 verb 的人，大概不会想到他这个译名惹下的祸根吧。

每次回忆学习英文的情景时，我眼前总有一团零乱的花影，是绛紫色的芍药花。原来在校长办公室前的院子里有几个花畦，春天一到，芍药盛开，都是绛紫色的花朵。白天走过那里，紫花绿叶，极为分明。到了晚上，英文课结束后，再走过那个院子，紫花与绿叶化成一个颜色，朦朦胧胧的一堆一团，因为有白天的印象，所以还知道它们的颜色。但夜晚眼前却只能看到花影，鼻子似乎有点花香而已。这一幅情景伴随了我一生，只要是一想起学习英文，这一幅美妙无比的情景就浮现到眼前来，带给我无量的幸福与快乐。

然而时光像流水一般飞逝，转瞬三年已过：我小学该毕业了，我要告别这一个美丽的校园了。我十三岁那一年，考上了城里的正谊中学。我本来是想考鼎鼎大名的第一中学的。但是我左衡量，右衡量，总觉得自己这一块料分量不够，还是考与"烂育英"齐名的"破正谊"吧。我上面说到我幼无大志，这又是一个证明。正谊虽"破"，风景却美。背靠大明湖，万顷苇绿，十里荷香，不啻人间乐园。然而到了这里，我算是已经越过了童年，不管正谊的学习生活多么美妙，我也只好搁笔，且听下回分解了。

综观我的童年，从一片灰黄开始，到了正谊算是到达了一片浓绿的境界——我进步了。但这只是从表面上来看，从生活的内容上来看，依然是一片灰黄。即使到了济南，我的生活也难找出什么有声有色的东西。我从来没有什么玩具，自己把细铁条弄成一个圈，再弄个钩一推，就能跑起来，自己就非常高兴了。贫困、单调、死板、固执，是我当时生活的写照。接受外面信息，仅凭五官。什么电视机、收录机，连影都没有。我小时连电影也没有看过，其余概可想见了。

今天的儿童有福了。他们有多少花样翻新的玩具呀！他们有多少儿童乐园、儿童活动中心呀！他们饿了吃面包，渴了喝这可乐、那可乐，还有牛奶、冰激凌。电影看厌了，看电视。广播听厌了，听收录机。信息从天空、海外，越过高山大川，纷纷蜂拥而来。他们才真是"儿童不出门，便知天下事"。可是他们偏偏不知道旧社会。就拿我来说，如果不认真回忆，我对旧社会的情景也逐渐淡漠，有时竟淡如云烟了。

今天我把自己的童年尽可能真实地描绘出来，不管还多么不全面，不管怎样挂一漏万，也不管我的笔墨多么拙笨，就是上面写出来的那一些，我们今天的儿童读了，不是也可以从中得到一点启发、从中悟出一些有用的东西来吗？

1986 年 6 月 6 日

日本人之心

今年五月，我应邀访问日本，曾在早稻田大学讲演过一次。题目是日本主人出的，叫做"东洋之心"。由于自己水平低，又是临时抱佛脚，从理论上来看，讲演内容确实是卑之无甚高论。但是，在参观日本名胜古迹过程中，也

119

就是说，在实践方面，我深有体会，好像是摸到了日本人之心。下面就写两件小事。

诗仙堂

我从来没有听说过诗仙堂的名字，我们的日程安排上也没有。我们从京都到岚山的路上，汽车忽然在一座园子门前停了下来，主人说，这里是有名的诗仙堂。

大门是用竹竿编成的，门旁立着一块石碑，上面镌着三个汉字：诗仙堂。门上有匾，横书三个汉字：小有洞。我们一下子仿佛回到了祖国，在江南苏州一带访问一座名园。我们到日本以后，从来没有置身异域的感觉。今天来到这里，心理距离更消泯得无影无踪了。

进门是石阶，阶尽处是木头结构的房子，同日本其他地方的房子差不多。整个园子并不大，但是房屋整洁，结构紧凑；庭院中有小桥流水，通幽曲径，枝头繁花，水中涟漪，林中鸟鸣，幽篁蝉声，一下子把我们带进了一个清幽的仙境。

小园中的一切更加深了我们在门前所得的印象：整个园子泛溢着浓烈的中国风味。我们到处看到汉字匾额，堂名、轩名、楼名，无一不是汉字，什么啸月楼，什么残月轩，什么跃渊轩，什么老梅关，对我们说来，无一不亲切、熟悉，心中油然升起故园之情。

园子的创建人是四百多年前天正十一年，公历 1583 年诞生的石川丈山。他是著名的文人和书法家，受过很深的中国文化的熏陶，能写汉诗。这是他晚年隐居的地方。根据宽永二十年、公历 1643 年林罗山所撰的《诗仙堂记》，石川早岁入仕，五十六岁时，辞官建诗仙堂，"而后丈人不出，而善仕老母以养之，游事艺阳者有年矣。至于杯圈口泽之气存焉，抛毛义之檄，乃来洛阳，相攸于台麓一乘寺边，伐恶木，剃奥草，决疏沮洳，搜剔山脚，新肯堂，揭中华诗人三十六辈之小影于壁上，写其诗各一首于侧，号曰诗仙堂"。这就是诗仙堂的来源。三十六诗人以宋代陈与义为首，其下是宋黄庭坚、宋欧阳修、宋梅尧臣、宋林逋、唐寒山、唐杜牧、唐李贺、唐刘禹锡、唐韩愈、唐韦应物、唐储光羲、唐高适、唐王维、唐李白、唐杜审言、晋谢灵运、汉苏武、晋陶潜、宋鲍照、唐陈子昂、唐杜甫、唐孟浩然、唐岑参、唐王昌龄、唐刘长卿、唐柳宗元、唐白居易、唐卢仝、唐李商隐、唐灵徹、宋邵雍、宋苏舜钦、宋苏轼、宋陈师道、宋曾几。选择的标准看来并不明确，其中有隐逸诗，有僧人诗，有儒家诗，有官吏诗，花样颇多，总的倾向是符合石川那种隐逸的心情的。三十六诗仙都是中国著名的诗人，可见中国诗歌对他影响之大，也可见他沉浸于中国文化之深。在诗仙堂中其他的轩堂里，还可以看到石川手书的《朱子家训》、"福禄寿"三个大字，还有"既饱"两个大汉字。石川深通汉诗，酷爱中国儒家思想。从诗仙堂整个气氛中，可以看出他对中国文化了解之深、热爱之切。我相信，今天来这里参观的中国人，谁都会萌发亲切温暖之感，自然而然地想到中日两国文化关系之源远流长，两国人民友谊之既深且厚。回天无方，缩地有术，诗仙堂仿佛一下子把我带回了祖国，不禁发思古之幽情了。

但是，一转瞬间，我却发现，不管诗仙堂怎样触动了我的心，真正震动我的灵魂的还不是诗仙堂本身，而是一群年纪不过十四五岁的女中学生，她们都穿着整整齐齐的中学生制服，朴素大方，神态自若。我不大了解日本中学生的情况。据说一放暑假，男女中小学生都一律外出旅行。到祖国各地参观，认识祖国。我这次访日，大概正值放暑假，我在所有我经过的车站上，都看到成群结队小学生，坐在地上，或者站在那里，等候火车，活泼而不喧闹，整齐而不死板，给人留下深刻的印象。在诗仙堂里，我们也遇到了他们。因为看惯了，最初我并没有怎么介意。但是，我一抬头，却看到一个女孩子对着我们微笑。我也报之以微笑。没想到，她竟走上前来，同我握手。我不懂日本话；我猜想，日本中学生都学习英语，便用英语试探着同她搭话：

"Do you speak English?"

"Yes，I do."

"How do you do?"

"Well，thank you!"

"What are you doing here?"

"We are travelling during summer vacation."

"May I ask，what is your name?"

"My name is——"

她说了一个日本名字，我没有听清楚，也没有再去追问。因为，我觉得，人之相知，贵相知心，区区姓名是无所谓的。只要我知道，我眼前站着的是一个日本少女，这也就足够足够了。

我们站在那里交谈了几句，这一个小女孩，还有她的那一群小伙伴，个个笑容满面，无拘无束，眼睛里流露出一缕天真无邪的光辉，仿佛一无恐惧，二无疑虑，大大方方，坦坦荡荡，似乎眼前站的不是一个异域之人，而是自己的亲人。我们仿佛早就熟识了，这一次是久别重逢。我相信，这一群小女孩中没有哪一个曾来过中国，她们为什么对中国不感到陌生呢？难道说这一所到处洋溢着中国文化芳香的诗仙堂在无形中，在潜移默化中起了作用，让中日两国人民之心更容易接近吗？我无法回答。按年龄来说，我比她们大好几倍，而且交流思想用的还是第三国的语言。但是，所有这一切都没能成为我们互相理解的障碍。到了现在，我才仿佛真正触摸到了日本人之心，比我在早稻田大学讲演时对东洋之心了解得深刻多了，具体多了。我感到无比的欣慰。"同是东洋地上人，相逢何必曾相识？"连今后能不能再会面，我也没有很去关心。日本的少女成千上万，哪一个都能代表日本人之心，又何必刻舟求剑，一定要记住这一个少女呢？

箱　根

箱根算是我的旧游之地。上一次来到这里，只住了一夜，因而对箱根只留下了一个朦胧的印象；虽然朦胧，却是非常美的；也可以说，唯其朦胧，所以才美。

我们到达饭店的时候，天已经晚下来了。我们会见了主人室伏佑厚的夫人千津子，他的大女儿厚子和外孙女朋子。我抱起了小朋子，这一位刚会说话的小女孩偎依在我的怀里，并不认生。室伏先生早就对我说，要我为朋子祝福，现在算是祝福了。室伏先生说，朋子这个名字来源于"我们的朋友遍天下"这一句话。这一家人对中国感情之深厚概可想见了。他们想在小孩子心中也埋下友谊的种子。室伏先生自己访问中国已达数十次，女婿三友量顺博士和二女儿法子也常奔波于两国之间，在学术界和经济界缩紧友谊的纽带。同这样一家人在一起，我们感到异常地温暖，不是很自然的吗？

晚饭以后，我们走出旅馆，到外面湖滨上散步。此时万籁俱寂，月色迷濛。缕缕的白云像柳絮一般缓缓飘来，仿佛伸手就能抓到一把。路旁的绿草和绿色灌木，头顶上的绿树，在白天，一定是汇成了弥漫天地的绿色；此时，在月光和电灯光下，在白云的障蔽中，绿色转黑，只能感到是绿色，眼睛却看不出绿来了，只闪出一片黑油油的青光。茫茫的芦湖变成了一团暗影，湖上和岸边，什么东西都看不清楚。就因为不清楚，我的幻想反而更有了驰骋的余地。我可以幻想这里是人间仙境，我可以幻想这里是蓬莱三山。我可以幻想这，我可以幻想那，越幻想越美妙，越美妙越幻想，到了最后，我自己也糊涂起来：我是在人间吗？不，不！这里决非人间；我是在天堂乐园吗？不，不！这里也决非天堂乐园。人间天上都不能如此美妙绝伦。我现在所在的地方成了一个地地道道的人间仙境了。

夜里我做了一个仙境的梦。第二天，我们没能看到芦湖的真面目，就匆匆离开。只有这一个仙境的梦伴随着我，一转眼就是几年。

现在我又来到了箱根。

邀请我的还是同一个主人：室伏佑厚先生。他同法子小姐和女婿三友量顺先生亲自陪我们乘汽车来到这里。上一次同来的日本东京大学名誉教授中村元博士也赶来聚会。室伏夫人和长女厚子、外孙女朋子都来了。朋子长大了几岁，反而有点腼腆起来；她又有了一个小妹妹，活泼可爱，满脸淘气的神气。我们在王子饭店里热热闹闹地吃了一顿十分丰盛的晚餐，很晚才回到卧室。这一夜，我又做了一个仙境的梦。

第二天，一大早晨，我就一个人走出了旅馆的圆厅，走到芦湖岸边，想看一看上一次没能看到的芦湖真面目。我脑海中的那一个在迷濛月色下的人间仙境一般的芦湖不见了——那一个芦湖是十分美妙绝伦的。现在展现在我眼前的芦湖，山清水秀，空翠弥天；失掉了那朦胧迷幻的美，却增添了真实澄澈的美——这一个芦湖同样是十分美妙绝伦的。哪一个芦湖更美呢？我说不出，也用不着说出，我强烈地爱上了两个芦湖。

又过了一天的早晨，我又到芦湖岸边散步，这一次不是我孤身一人，主人室伏佑厚先生、法子小姐和三友量顺先生都陪来了。以前我没能真正认识芦湖，"不识芦湖真面目，只缘身在此湖中"。今天，我站在湖边上，仿佛是脱离开了芦湖，我想仔仔细细地认识一番。但是湖上云烟缭绕，真面目仍然无法辨认。我且同主人父女在湖边草地上漫步吧！

我们边走边谈，芦湖似乎存在，又似乎不存在。散策绿草地，悠然见芦湖。我好几次都有陶渊明悠然见南山的感觉。我们走过两棵松树，样子非常像黄山的迎客松。我告诉主人，我想为它取名迎客松。主人微笑首肯，认为这是一个好名字。他望着茫茫的湖水，告诉我说，在黄昏时分，湖上会落满了野鸭子。现在是早晨，鸭子都飞到山林里面去了，我们一只也看不到。话音未落，湖上云气转淡，在伸入水中的木桥头上，落着一只野鸭子。此时晨风微拂，寂无人声，仿佛在整个宇宙这一只野鸭子是唯一活着的东西。我们都大喜过望，轻手轻脚地走上木桥。从远处看到野鸭子屁股下面有一个白白的东西。我们一走近，野鸭子展翅飞走，白白的东西就拿在我们手中，原来是一个圆圆的鸭蛋。我们都非常兴奋，回看那一只野鸭已经飞入白云中，绕了几个圈子，落到湖对岸的绿树林里，从此就无影无踪了。

当我们从浮桥上走回岸边的时候，有四个老年的日本妇女正踏上浮桥。我们打一个招呼，就各走各的路了。此时，湖水依然茫茫渺渺，白云依然忽浓忽淡。大概因为时间还很早，湖上一只船都没有。岸边绿草如茵，花木扶疏，我心头不禁涌现出来了一句诗："宫花寂寞红。"这里的花也有类似的情况：园花寂寞红。除了湖水拍岸的声音之外，什么声音也没有。我们几个人好像成了主宰宇宙沉浮的主人。我心里有说不出来的一种滋味，有点失神落魄了。猛回头，才发现室伏先生没有跟上我们，他站在浮桥上，正同那几个老妇人聊天。过了一会儿，他终于同那四个妇女一齐朝我们走来。室伏先生把她们一一介绍给我。原来她们都是退休的女教师，现在来箱根旅游。她们每个人都拿出了小本本，让我写几个字。我自然而然地想到那两句著名的古诗：

海内存知己

天涯若比邻

于是我就把这两句诗写在每人的小本本上，合拍了一张照片，又客套了几句，就分手了。

我原以为这不过是萍水相逢，虽然感人，但却短暂，没有十分去留意。但是，我回国以后不久就接到一封日本来信，署名的就是那四位日本退休女教师。又过了不久，一盒装潢十分雅致漂亮的日本横滨名产小点心寄到我手中。我真正感动极了，这真是大大地出我意料。我现在把她们的信抄在下面，以志雪泥鸿爪：

季羡林先生：

前些日子有幸在箱根王子饭店见到您，并承先生赐字，一起合影留念，不胜感激。我将万分珍视这次意想不到的初次会面。

从室伏那儿得知先生在贵国担任着重要的工作。望多多保重身体，并祝先生取得更大的成绩。

昨天我给先生寄去了横滨传统的点心——喜乐煎饼，请先生和各位品尝，如能合先生口味，将不胜欣慰。

请向担任翻译的女士问候。

四年前我曾去贵国做过一次愉快的旅行，在北京住了三天，在大同住了三天。

我思念中国，怀念平易近人的先生，并期待着能与先生再次见面。怀此心情给您写了这封信。

归山绫子

6 月 28 日

（李强译）

信写得朴素无华，却充满了感情。我立刻写了封回信：

归山绫子女士并其他诸位女士：

大札奉悉，赐寄横滨名产喜乐煎饼，也已收到，感荷无量。

箱根邂逅诸位女士，给我留下了深刻的印象，将永远忆念难忘。从你们身上可以看到中日人民之间的友谊确实是根深蒂固，源远流长。我们两国人民一定能世世代代永远友好下去。

敬请

暑安

季羡林

1986 年 7 月 12 日

这确实是一件小事，前后不过半个小时。在人生的长河中，这不过是一个涟漪，一个小水泡。然而它显然深深地印在四位日本普通妇女的记忆中；通过她们的来信也深深地印在我的记忆中。借用佛家的说法，这叫做缘分。缘分一词似乎有点迷信。如果我们换一个词儿，叫做偶然性，似乎就非常妥当了。缘分也罢，偶然性也罢，其背后都有其必然性，这就是中日两国人民之间的深情厚谊，这是几千年中形成的一种情谊，不会因个别小事而被抹掉。

呜呼，吾老矣！但自认还是老而不朽。在过去半个多世纪中，我对日本没有什么研究，又由于过去的个人经历，对日本决没有什么好感。经过最近几年同日本朋友的来往，又两度访问日本，我彻底改变了看法，而且也逐渐改变了感情。通过同室伏佑厚先生一家人的交往，又邂逅了这样四位日本妇女，我现在真仿佛看到了日本人之心。我希望，而且相信，中日两国人民都能互相看到对方的心，世世代代永远友好下去这一句大家熟悉的话将不仅仅是一句口号了。我馨香祝之。

1986 年 7 月 28 日晨于庐山

写作《春归燕园》的前前后后

自己也是一个喜欢舞笔弄墨的人，常常写点所谓散文。古人说："文章是自己的好。"我也并不能例外。但是有一点差堪自慰的是，我多少有点自知之明，我并不认为自己所有的文章都好。大概估算起来，我喜欢的只不过有十分之一左右而已。为什么有的喜欢有的不喜欢呢？是好是坏自己什么时候才知道呢？自己喜欢的同读者喜欢的是否完全一致呢？这是每一个写文章的人都会碰到的问题。

为了解答这些问题，我举一篇散文《春归燕园》来说明一下。

这是一篇自己比较喜欢的东西，是在1978年秋末冬初写成的。为了说明问题，必须回到十六年前去。在这一年春天，我写了一篇《春满燕园》。这一篇短文刊出后，获得了意料之中又似乎出乎意料的好评和强烈的反应。我的学生写信给我，称赞这一篇东西。许多中学和大学课本中选了它当教材。以后有几年的时间，每年秋天招待新生入学时，好多学生告诉我，他们在中学里读过这篇东西。

这一篇东西是在什么心情支配下写成的呢？

这就必须了解当时的政治环境。从1957年所谓反右开始，极"左"的思潮支配一切，而且是越来越"左"。在那以后两年内，拔白旗、反右倾，搞得乌烟瘴气，一塌糊涂。同时浮夸风大肆猖獗。关于粮食产量，夸大到惊人的程度，而且还号召大家迎接共产主义的来临。接着来的是无情的惩罚：三年饥馑。我不愿意用"自然灾害"这个常用的词，明明绝大部分是人为的浮夸风造成的灾害，完全推到自然身上，是不公正的。到了1962年，人们的头脑似乎清醒了一点，政策改变了一点，对知识分子的政策也开始有点落实。广州会议，周总理和陈毅副总理脱帽加冕的讲话像是一阵和煦的春风，吹到了知识分子心坎里，知识分子仿佛久旱逢甘霖，仿佛是在狂风暴雨之后雨过天晴，心里感到异常的喜悦，觉得我们国家前途光明，个个如处春风化雨之中。

我算是知识分子之一，这种春风化雨之感也深深地抓住了我，在我的灵魂深处萌动、扩散，让我感到空前的温暖。这一年春天我招待外宾的任务特别繁重，每隔几天，总要到北大临湖轩去一趟。当时大厅的墙上挂着一张水墨印的郑板桥的竹子，上面题着一首诗：

日日红桥斗酒卮

家家桃李艳芳姿

闭门只是栽兰竹

留得春光过四时

我非常喜欢这最后两句诗，我有时到早了，外宾还没有来，我坐在客厅的沙发上细味诗意，悠然神往，觉得真是春色满寰宇，和风吹万里。而且这个春光还不是转瞬即逝的，而是常在的。我又想到天天早晨在校园里看到学生读书的情景，结果情与景会，有动于衷，就写成了那一篇《春满燕园》。这是我比较喜欢的一篇东西，一写出来，我就知道，我个人感觉，它的优点就在一个"真"字。

但是，还没有等我的喜悦之情消逝，社会上又开始折腾起来了。极"左"的东西又开始抬头。到了1966年就出现了人类历史上独一无二、空前绝后的悲剧：所谓"文化大革命"。有不少的一部分人，人类的理智丧尽了，荒谬绝伦的思想方式和逻辑推理主宰了一切，中国历史上最糟糕的糟粕：深文周纳、断章取义、造谣污蔑、罗织诬罔的刀笔吏习气成了正统。古人说"黄钟毁弃，瓦釜雷鸣"，大概就是这种情况吧！不知道是哪一个"天才"（更确切地说是绝大的蠢才）发明了，只要是"春"字就代表的是资本主义。春天是万物萌生的时期，喜欢而且歌颂春天是人类正常的感情，现在却视"春天"为蛇蝎，可见这一场"革命"违背人情、扰乱天理到了什么程度！谁要是歌颂春天，谁就是歌颂资本主义。谁要是希望春光常在，谁就是想搞资本主义复辟。我不但歌颂了春天，而且还要"春满燕园"，还要春光永在，这简直是大逆不道，胆大包天，胡作非为，十恶不赦。1966年6月4日我从"四清"的基地奉召回到北大参加"革命"。第一张批判我的大字报，就是批判《春满燕园》的，内容是我上面说的这一些。我当时的政治觉悟是非常低的，我是拥护"文化大革命"的。即使是这样，当我看到这一份大字报的时候，我心里真是觉得十分别扭，仿佛吃了一肚子苍蝇似的，直想作呕。为什么最美好的季节春天竟成了资本主义的象征呢？我那一篇短文的"罪状"还不仅仅是这一点。我里面提到学生的晨读。在"英雄们"的词汇中，这叫做"业务挂帅"、"智育第一"，这是地地道道的"修正主义"。我也完全不能理解，学校之所以要开办，就是让人们来念书，来研究，在学校里为什么一提倡念书就成了"修正主义"呢？我站在那里看大字报，百思不得其解，不由地"哼"了一声。然而就是这发生在十分之一秒钟内的一"哼"，也没有逃过"革命小将"的注意，他们给我记下了一笔账，把这一"哼"转变为继续批判我的弹药。我这个人属于"死不改悔"那一类。等到我自己跳出来反对那一位臭名昭著的"第一张马列主义大字报"的作者的时候，我的罪名就更多了。所有的"文化大革命"使用的帽子，几乎都给我戴上。从那以后，经过了上百次的批斗，我的罪名多如牛毛，但是宣传资本主义复辟和业务挂帅成了药中的甘草，哪一次批斗也缺不了它。

以后是漫长的黑暗的十年。在这期间，我饱经忧患，深深地体会到古人所谓世态炎凉的情况，我几乎成了一个印度式的"不可接触者"。我在牛棚里住过八个月，放出来后，扫过厕所，淘过大粪，看过电话，当过门房，生活介于人与非人之间，革命与反革命之间，党员与非党员之间，人民与非人民之间，我成了一个地地道道的"中间人物"，这样的人物我还没有在任何文学作品中读到过（印度神话中的陀哩商古也只能算是有近似之处），他是我们"史无前例的"什么"革命"制造成的，是我们的"发明创造"，对我们伟大的民族来说，是并不光彩的。这种滋味没有亲身尝过的是无论如何也不能理解的。我亲身尝过了，而且尝了几年之久，我总算是"不虚此生"了。我希望有朝一日能有一个伟大的作家能写上一部百万字的长篇小说，把"中间人物"这个典型，描绘出来，这必然会大大地丰富世界文学。

我是不是完全绝望了呢？也不是的。有一度曾经绝望过，但不久就改变了主意。我只是迷惑不解，为什么有那么一些人，当然不是全体，竟然疯狂卑劣到比禽兽还要低的水平呢？

　　我说没有完全绝望，是针对全国而言的。对于我自己，我的希望已经不多。我常常想：我这一生算是玩完了。将来到农村里一个什么地方去劳动改造，以了此一生。但是对于我们国家，我眼前还有点光明，我痴心妄想，觉得这样一个民族决不会就这样堕落下去。在极端困难的时候，我嘴里往往低声念着雪莱的诗：

　　　既然冬天到了，

　　　春天还会远吗？

我为了歌颂春天，吃够了苦头，但是我是一个"死不改悔"的"死硬派"，即使我处在"中间状态"，我想到的仍然是春天，不管多少"人"讨厌它，它总是每年一度来临大地，决不迟到，更不请假。我仍然相信雪莱的话，我仍然相信，春天是会来到的。

　　到了1976年，晴天一声霹雳，"四人帮"垮台了。这一群人中败类终于成为人民的阶下囚，昔日炙手可热的威风一扫而尽。有道是人民大众开心之日，就是反革命分子难受之时。男女老少拍手称快，买酒相庆。当时正是深秋时分，据说城里面卖螃蟹的人，把四个螃蟹用草绳拴在一起，三公一母。北京全城的酒，不管好坏，抢购一空。人人喜形于色，个个兴致勃勃。我深深体会到，人心向背，是任何人也改变不了的。

解放以后，中国人民有过不少乐事，但像"四人帮"倒台时的快乐，我还没有经历过。我们的人民不一定都知道"四人帮"的内幕，但是他们那种倒行逆施、荒谬绝伦的行径，人民是看在眼里的。当时社会上流传着许多谣言、流言或者传说，不一定都是事实，但是其中肯定是有一部分是真实的。即使不真实，也反映了人民的真实情绪。有一条古今中外普遍能应用的真理：人民不可侮。可惜，"四人帮"同一切反动分子一样，是决不可能理解这个真理的。古今中外一切反动派都难免最后的悲剧，其根源就在这里。

至于我自己，"四人帮"垮台的时候，我那种中间状态逐渐有所改变，但是没有哪一个领导人曾对我说明"文化大革命"究竟是怎么一回事，我只能从整个社会的气氛上，从人们对我的态度上，从人们逐渐有的笑容上，我感觉到我自己的地位有点变了，或者正在改变中。

从1976年一直到1978年，是我国从不安定团结慢慢到安定团结的过程。对我自己来说，还不可能一下子改变，还有一些障碍需要清除。我正处在从反革命到革命，从非党员到党员，从非人民到人民，从非人到人的非常缓慢转变的过程中，一句话，是我摆脱中间状态的过程。"文化大革命"流行着一句话，叫做"重新做人"，意思是一个反革命分子、黑帮分子、资产阶级反动学术权威等等，等等，同旧我决裂变成新我，也可以说是从坏人向好人转变，也可以叫做迷途知返吧。我现在感到自己确实是重新做人了，但并不是"文化大革命"中的含义，而是我自己理解的含义。从不可接触者转变为可以接触者，从非人转变为一个人，我觉察到，一切都在急剧地变化着，过去的作威作福者下了台，过去的受压者抬起了头，人们对我的态度也从凉到炎。但也有过去打砸抢的所谓"革命小将"，摇身一变，成了革命的接班人，我暗暗捏一把汗。

不管怎样，一切都变了，让我最高兴的是，我又有了恣意歌颂春天的权利，歌颂学生学习的权利，歌颂一切美好的东西的权利，总之一句话，一个正常人的权利。

这个权利我无论如何也不能舍弃，我那内心激荡的情绪也不允许我舍弃，我终于写成了《春归燕园》。

《春归燕园》是1978年深秋写成的。此时，十一届三中全会还没有召开，但是全国的气氛已经有了更大的改变。凭我的直觉，我感到春天真正来临了。

可是眼前真正的季节却是深秋。姹紫嫣红的景象早已绝迹，连"接天莲叶无穷碧"的夏天都已经过去，眼里看到的是黄叶满山，身上感到的是西风劲吹，耳朵里听到的是长空雁唳。但是我心中却溢满了春意，我无论如何也抑制不住自己。我有意再走一遍写《春满燕园》时走过的道路。我绕未名湖走了一周，看到男女大孩子们在黄叶林中，湖水岸边，认真地读着书，又能听到琅琅的读书声在湖光塔影中往复回荡。当年连湖光塔影也被贴上了荒谬绝伦的"修正主义"的标签，今天也恢复了名誉，显得更加美丽动人。我想到"四人帮"其性与人殊，凡是人间美好的东西，比如鲜花等等，他们都憎恨，有的简直令人难解。此时这一群丑类垮台了，人间又恢复了美好的面目。此时我心旷神怡，不但想到中国，而且想到世界；不但想到今天，而且想到未来。我走呀，走呀，大有"春风得意马蹄疾，一日看遍长安花"之慨。我眼前的秋天一下子变为春天，"霜叶红于二月花"，大地春意盎然。我抑制不住，我要歌唱，我要高呼，我要跳跃，我要尽情地歌颂春天了。

我自己感觉到，写《春归燕园》时的激情要大大地超过写《春满燕园》时。其中道理是非常简单明了的。写《春满燕园》时，虽然已经尝了一点点苦头，但是总起来说，是微不足道的，快乐大大超过苦恼。到了写《春归燕园》时，我可以说是已经饱经忧患，九死余生，突然又看到光明，看到阳关大道，其激情之昂扬，不是很自然的吗？

我在本文开始时，提出来的那几个问题，现在通过十几年我的两篇短文的命运，都完全得到了答复。我们喜欢写点东西的人大概都有这样一个经验：在酝酿阶段，自己大概都觉得文章一定会很好，左思右想，梦寐求之，心里思潮腾涌，越想越觉得美妙无穷，于是拿起笔来，把心里酝酿的东西写在纸上。在写的过程中，有的顺利，有的不顺利，有的甚至临时灵感一来，想到许多以前从没有想到的东西，所谓神来之笔，大概指的就是这个吧。有的却正相反，原来想得很好，写起来却疙里疙瘩，文思涩滞。这样的文章写完了以后，自己决不会喜欢。在大多数的情况下，刚写完的文章，往往都觉得不错，有意放上几天之后，再拿出来一看，有的仍然觉得好，有的就觉得不怎么样。以上两篇文章都是属于当时自己觉得好的那一类。要问什么时候知道，我的答复是，一写出来就知道。写文章的人大概也都有这样的经验：自己认为好的，读者也会认为是好的。换句话说，作者和读者的评价是完全一致的。古人说："文章千古事，得失寸心知。"根据我的经验，恐怕不完全是这个样子。寸心之外，还有广大的人民之心，他们了解得更深刻，更细致，更客观，更可靠。

上面我虽然写了这样多，但我决不是认为这两篇东西都是什么了不起的好文章。不说别人，就拿我自己来说，我心里有一个文章的标准。我追求了一辈子这个标准，到现在还是没有达到。比如山色，远处看着很美妙，到了跟前，却仍然是平淡无奇。我虽已年过古稀，但追求的心不敢或弛。我希望我将来有朝一日能写出自己比较满意的文章。

1986 年 7 月 29 日于庐山

一个影子似的孩子

有道是老马识途，又说姜是老的辣。意思无非是说，人老了，识多见广，没有没见过的东西。如今我已年逾古稀，足迹遍三大洲，见到的人无虑上千，上万，甚至上亿。

但是我却从来没有见过这样一个影子似的孩子。

　　什么叫影子似的孩子呢？我来到庐山，在食堂里，坐定了以后，正在大嚼之际，蓦抬头，邻桌上已经坐着一个十几岁的西藏男孩，长着两只充满智慧的机灵的大眼睛，满脸秀气，坐在那里吃饭。我根本没有注意到他是什么时候进来的，没有一点声息，没有一点骚动。我正在心里纳闷，然而，一转眼间，邻桌上已经空无一人，没有一点声息，没有一点骚动，来去飘忽，活像一个影子。

　　最初几天，我们乘车出游，他同父母一样，从来不参加的。我心里奇怪：这样一个十几岁的男孩子，不知道闷在屋里干些什么？他难道就不寂寞吗？一直到了前几天，我们去游览花径、锦绣谷和仙人洞时，谁也没有注意到，车子上忽然多了一个人，他就是那个小男孩。他一句话也不说，没有一点声息，没有一点骚动，沉静地坐在那里，脸上浮现着甜蜜温顺的笑意，仍然像是一个影子。

　　从花径到仙人洞是有名的锦绣谷，长约一公里，左边崇山峻岭，右边幽谷深涧，岚翠欲滴，下临无地，目光所到之处，浓绿连天，是庐山的最胜处。道狭人多，拥挤不堪，我们这一队人马根本无法走在一起。小男孩同谁也不结伴，一个人踽踽独行。有时候，我想找他，但是万头攒动，宛如汹涌的人海，到哪里去找呢？但是，一转瞬间，他忽然出现在我们身旁。两只俊秀的大眼睛饱含笑意，一句话也不说，一点声息也没有。可是，又一转瞬，他又不知消逝到何方了。瞻之在前，忽然在后，飘忽浮动，让人猜也猜不透。等到我们在仙人洞外上车的时候，他又飘然而至，不声不响，活像是我们自己的影子。

又一次，我们游览龙宫洞，小男孩也去了。进了洞以后，光怪陆离，气象万千。我们走在半明半暗的洞穴里，目不暇接。忽然抬头，他就站在我身旁。可是一转眼又不见了。等我们游完了龙宫，乘坐过龙船以后，我想到这小男孩又不知道跑到哪里去了。但是，正要走出洞门，却见他一个人早已坐在石桌旁边，静静地在等候我们，满脸含笑，不声不响，又活像是我们的影子。

我有时候自己心里琢磨：这小男孩心里想些什么呢？前两天，我们正在吃饭的时候，忽然下了一阵庐山式的暴雨，白云就在门窗间飘出飘进，转瞬院子里积满了水，形成了小小的瀑布。我们的餐厅同寝室是分开来的。在大雨滂沱中，谁也回不了寝室，都站在那里着急，谁也没有注意到，这小男孩已经走出餐厅，回到寝室，抱来了许多把雨伞，还有几件雨衣，一句话也不说，递给别人，两只大眼睛满含笑意，默默无声，像是我们的影子。我心中和眼前豁然开朗：在这个不声不响影子似的孩子的心中，原来竟然蕴藏着这样令人感动的善良与温顺。我不禁对这个平淡无奇的孩子充满了敬意了。

我从来不敢倚老卖老，但在下意识中却隐约以见过大世面而自豪。不意在垂暮之年，竟又开了一次眼界，遇到了这样一个以前自己连做梦都不会想到的影子似的孩子。他并没有什么惊人之举，衣饰举动都淳朴得出奇，是一个非常平凡的小男孩。然而，从他身上，我们不是都可以学习到一些十分可贵的东西吗！

1986 年 8 月 3 日于庐山

游石钟山记

幼时读苏东坡《石钟山记》，爱其文章奇诡，绘声绘色，大为钦佩，爱不释手，往复诵读，至今犹能背诵，只字不遗。但是，我从来也没有敢梦想，自己能够亲履其地。今天竟能于无意中来到这里，真正像做梦一般，用金圣叹的笔调来表达，就是"岂不快哉"！

石钟山海拔只有五十多米，摆在巍峨的庐山旁边，实在是小巫见大巫。但是，山上建筑却很有特点，在非常有限的地面上，"五步一楼，十步一阁，廊腰缦回，檐牙高啄，各抱地势，勾心斗角"。今天又修饰得金碧辉煌，美轮美奂。从山下向上爬，显得十分复杂。从怀苏亭起，步步高升，层楼重阁，小院回廊，花圃清池，佛殿明堂，绿树奇花，翠竹修篁，通幽曲径，花木禅房，处处逸致可掬，令人难忘。

这里的碑刻特别多，几乎所有的石头上都镌刻着大小不同字体不同的字。苏轼、黄庭坚、郑板桥、彭玉麟等等，还有不知多少书法家或非名家都在这里留下手迹。名人的题咏更是多得惊人：从南北朝至清代，名人咏石钟山之诗多达七百多首。从陶渊明、谢灵运起直至孟浩然、李白、钱起、白居易、王安石、苏轼、黄庭坚、文天祥、朱元璋、刘基、王守仁、王渔洋、袁子才、蒋士铨、彭玉麟等等都有题咏。到了此地，回忆起将近二千年来的文人学士，在此流连忘返，流风余韵，真想发思古之幽情。

此地据鄱阳湖与长江的汇流处，历代兵家必争之地，在中国历史上几次激烈鏖兵。一晃眼，仿佛就能看到舳舻蔽天，烟尘匝地的情景。然而如今战火久熄，只余下山色湖光辉耀祖国大地了。

我站在临水的绝壁上，下临不测，碧波茫茫。抬眼能够看到赣、皖、鄂三个省份，云山迷，一片锦绣山河。低头能够看到江湖汇流，扬子江之黄与鄱阳湖之绿，泾渭分明，界线清晰，并肩齐流，一泻无余，各自保持着自己的颜色，决不相混，长达数十里。"楚江万顷庭阶下，庐阜诸峰几席间"，难道不能算是宇宙奇迹？我于此时此地极目楚天，心旷神怡，仿佛能与天地共长久，与宇宙共呼吸。不由得心潮澎湃，浮想不已。我想到自己的祖国，想到自己的民族。我们的祖先在这里勤奋劳动，繁殖生息，如今创造了这样的锦绣山河万里。不管我们目前还有多少困难与问题，终究会一一解决，这一点我深信不疑。我真有点手舞足蹈，不知老之将至了。这一段经历我将永远记忆。

我游石钟山时，根本没想写什么东西。有东坡传流千古的名篇在，我是何人，敢在江边卖水、圣人门前卖字！但是在游览过程中，心情激动，不能自已，必欲一吐为快，就顺手写了这一篇东西。如果说还有什么遗憾的话，那就是我没有能在这里住上一夜，像苏东坡那样，在月明之际，亲乘一叶扁舟，到万丈绝壁下，亲眼看一看"如猛兽奇鬼，森然欲搏人"的大石，亲耳听一听"噌吰如钟鼓不绝"的声音。我就是抱着这种遗憾的心情，一步三回首，离开了石钟山。我嘴里低低地念着不知道是什么时候在我心中吟成的两句诗"待到耄耋日，再来拜名山"，我看到石钟山的影子渐小渐淡，终于隐没在江湖混茫的雾气中。

1986 年 8 月 6 日七十五周岁生日，

写于庐山九奇峰下

登庐山

苍松翠柏，层层叠叠，从山麓向上猛奔，气势磅礴，压山欲倒，整个宇宙仿佛沉浸在一片浓绿之中。原来这就是庐山啊！

汽车沿着盘山公路，在万绿丛中盘旋而上。我一边仿佛为这神奇的绿色所制服，一边嘴里哼着苏东坡那一首脍炙人口的诗：

横看成岭侧成峰，

远近高低各不同。

不识庐山真面目，

只缘身在此山中。

我很后悔，在年轻读中小学的时候，学习马虎，对岭与峰的细微区别没有弄清楚。到了此时，悔之晚矣。无论横看，还是侧看，我都弄不明白苏东坡用意之所在。我只觉得，苏东坡没有搔着痒处，没有真正抓住庐山的神韵，没有抓住庐山的灵魂，空留下这一首传诵古今的名篇。

到了我们的住处以后，天色已经黄昏。窗外松涛澎湃，山风猎猎，鸟鸣在耳，蝉声响彻，九奇峰朦胧耸立，天上有一弯新月。我耳朵里听到的是松声，眼睛仿佛看到了绿色。我在庐山的第一夜，做了一个绿色的梦。

中国的名山胜境，我游得不多。五十年前，我在大学毕业后，改行当了高中的国文教员。虽然为人师表，却只有二十三岁。在学生眼中，我大概只能算是一个大孩子。有一个学生含笑对我说："我比你还大五岁哩！老师！"这有什么办法呢？我当时童心未泯，颇好游玩。曾同几个同事登泰山，没费吹灰之力就登上了南天门。在一个鸡毛小店里住了一夜，第二天凌晨攀登玉皇顶，想看日出。适逢浮云蔽天，等看到太阳时，它已经升得老高了。我们从后山黑龙潭下山，一路饱览山色，颇有一点"一览众山小"的情趣。泰山给我留下了非常深刻的印象。从审美的角度上来评断，我想用两个字来概括泰山，这就是：雄伟。

六年以前，我游了黄山。从前山温泉向上攀，经过了许多名胜古迹，什么一线天、蓬莱三岛等，下午三时到了玉屏楼。回望天都峰鲫鱼背，如悬天半。在玉屏楼住了一夜，第二天再向北海前进。一路上又饱览了数不清的名胜古迹。在北海住了两夜，看到了著名的黄山云海和奇峰怪石。世之论者认为黄山以古松胜，以云海胜，以奇峰胜，以怪石胜。古人说："五岳归来不看山，黄山归来不看岳。"这是非常有见地的话。从审美的角度来评断，我也想用两个字来概括黄山，这就是：诡奇。

那一次陪我游黄山的是小泓，我们祖孙二人始终走在一起。他很善于记黄山那一些稀奇古怪的名胜的名字，我则老朽昏庸，转眼就忘，时时需要他的提醒和纠正。当时日子过得似乎平平常常，并没有觉得有什么奇妙之处，有什么值得怀念之处。但是，前几年我到安徽合肥去开会，又有游黄山的机会，我原本想再去黄山的。可是，我忽然怀念起小泓来，他已在千山万水浩渺大洋之外了。我顿时觉得，那一次游黄山，日子过得不细致，有点马马虎虎，颇有一点身在福中不知福的味道。如今回忆起来，情景历历如在眼前。哪怕是极小的生活细节，也无一不温馨可爱，到了今天，宛如一梦，那些情景永远永远不会再回来了。我觉得，再游黄山，谁也代替不了小泓。经过了反复地考虑，我决意不再到黄山去了。

今天我来到了庐山，陪我来的是二泓。在离开北京的时候，我曾下定决心，在庐山，日子一定要仔仔细细地过，认真在意地过，把每一个细微末节，每一分钟，每一秒钟，都要仔细玩味，决不能马马虎虎，免得再像游黄山那样，日后追悔不及。我也确实这样做了。正像小泓一样，二泓也是跟我形影不离。几天以来，我们几乎游遍整个庐山。

茂林修竹，大陵深涧，岩洞石穴，飞瀑名泉。他扶着我，有时候简直是扛着我，到处游观。我觉得，这一次确实是仔仔细细地过日子了，一点也没有敢疏忽大意。对一草一木，一山一石，变幻莫测的白云，流动不息的飞瀑，我都全心全意地把整个灵魂都放在上面。我只希望，到得庐山之游成为回忆时，我不再追悔。是否真正能做到这一步，我眼前还不敢夸下海口，只有等将来的事实来验证了。

庐山千姿百态，很难用一个字或几个字来概括。但是，总起来说，庐山给我的印象同泰山和黄山迥乎不同。在这里，不管是远山，还是近岭，无不长满了松柏。杉树更是特别郁郁葱葱，尖尖的树顶直刺云天。目光所到之处，总是绿，绿，绿，几乎看不到任何别的颜色，是一片浓绿的天地，一片浓绿的大洋。从审美的角度来看，我也想用两个字来概括庐山，这就是：秀润。

我觉得，绿是庐山的精神，绿是庐山的灵魂，没有绿就没有庐山。绿是有层次的。有时候蓦地白云从谷中升起，把苍松翠柏都笼罩起来，笼罩得迷濛一片，此时浓绿就转成了青色，更给人以秀润之感，可惜东坡翁当年没能抓住庐山这个特点，因而没有能认识庐山的真面目，成为千古憾事。我曾在含鄱口远眺时信口写一七绝：

近浓远淡绿重重，

峰横岭斜青濛濛。

识得庐山真面目，

只缘身在此山中。

我自谓抓住了庐山的精神，抓住了庐山的灵魂。庐山有灵，不知以为然否？

1986 年 8 月 6 日于庐山

尼泊尔随笔

飞越珠穆朗玛峰

我们的专机从北京起飞，云天万里，浩浩茫茫，大约三个多小时以后，机上的服务人员说，下面是西藏的拉萨。我们赶快转向机窗，瞪大了眼睛向下看：雪峰林立，有如大海怒涛，在看上去是一个小山沟沟里，错错落落，有几处房舍，有名的布达拉宫，白白的一片，清清楚楚地映入我们的眼帘。

一转瞬间，下面的景象完全变了。雅鲁藏布江像一条深绿色的带子蜿蜒于万山丛中。中国古代谢朓的诗说："澄江净如练。"我们现在看到的却不是一条白练，而是一条绿玉带。

又过了不久，机上的服务人员又告诉我们说，下面是珠穆朗玛峰。我们又赶快凭窗向下张望。但是万山耸立，个个都戴着一顶雪白的帽子，都是千古雪峰，太阳照在上面，发出刺眼的白光，真可以说是宇宙奇观。可是究竟哪一个是珠峰呢？机组人员中形成了两个"学派"：一个是机右说，一个是机左说。我们都是外行，听起来，公说公有理，婆说婆有理，也没有法子请出一个权威来加以评断。难道能请珠峰天女自己来向我们举手报告吗？

此时一秒值千金，我无暇来参加两个学派的研讨，我费上最大的力量，把眼睛瞪大到最大可能的限度，下望万峰千岭。有时候我觉得这一座山峰像是珠峰，但是一转瞬间，另一座雪峰突兀峥嵘，同我想象中的珠峰相似。我似乎看到了峰顶插着的五星红旗在迎风招展，给皑皑的白雪涂上了胭脂似的鲜红。我顾而乐之，陶醉在自己的想象中。

但是飞机只是不停地飞，下面的山峦也在不停地变幻，我脑海里的想法跟着不停地变化。说时迟，那时快，飞机已经飞越雪峰的海洋。我没有别的办法，只有这样来安慰自己：不管哪一座雪峰是珠峰，既然我望眼欲穿地看了那么多的山峰，其中必有一个是真正的珠峰，我总算看到这个大千奇迹世界最高峰了。我心里感到安慰，感到高兴。这种感觉一直陪伴我到了尼泊尔的首都加德满都。

1986 年 11 月 25 日凌晨于加德满都苏尔提宾馆

加德满都的狗

我小时候住在农村里，终日与狗为伍，一点也没有感觉到狗这种东西有什么稀奇的地方。但是狗却给我留下了极其深刻的印象。我母亲逝世以后，故乡的家中已经空无一人。她养的一条狗——连它的颜色我现在都回忆不清楚了——却仍然日日夜夜卧在我们门口，守着不走。女主人已经离开人世，再没有人喂它了。它好像已经意识到这一点。但是它却坚决宁愿忍饥挨饿，也决不离开我们那破烂的家门口。黄昏时分，我形单影只从村内走回家来，屋子里摆着母亲的棺材，门口卧着这一只失去了主人的狗，泪眼汪汪地望着我这个失去了慈母的孩子，有气无力地摇摆着尾巴，嗅我的脚。茫茫宇宙，好像只剩下这只狗和我。此情此景，我连泪都流不出来了，我流的是血，而这血还是流向我自己的心中。我本来应该同这只狗相依为命，互相安慰。但是，我必须离开故乡，我又无法把它带走。离别时，我流着泪紧紧地搂住了它，我遗弃了它，真正受到良心的谴责。几十年来，我经常想到这一只狗，直到今天，我一想到它，还会不自主地流下眼泪。我相信，我离开家以后，它也决不会离开我们的门口。它的结局我简直不忍想下去了。母亲有灵，会从这一只狗身上得到我这个儿子无法给她的慰藉吧。

从此，我爱天下一切狗。

但是我迁居大城市以后，看到了狗渐渐少起来了。最近多少年以来，北京根本不许养狗，狗简直成了稀有动物，只有到动物园里才能欣赏了。

我万万没有想到，我到了加德满都以后，一下飞机，在机场受到热情友好的接待，汽车一驶离机场，驶入市内，在不算太宽敞的马路两旁就看到了大狗、小狗、黑狗、黄狗，在一群衣履比较随便的小孩子们中间，摇尾乞食，低头觅食。

这是一件小事，却使我喜出望外：久未晤面的亲爱的狗竟在万里之外的异域会面了。

狗们大概完全不理解我的心情，它们大概连辨别本国人和外国人的本领还没有学到。我这里一往情深，它们却漠然无动于衷，只是在那里摇尾低头，到处嗅着，想找到点什么东西吃吃。

晚上，我们从中国大使馆回旅馆的时候，天已经完全黑了。加德满都的大街上，电灯不算太多，霓虹灯的数目更少一些。我在阴影中又隐隐约约地看到了大狗、小狗、黑狗、黄狗，在那里到处嗅着。回到旅馆，在沐浴后上床的时候，从远处的黑暗中传来了阵阵的犬吠声。古人说，深夜犬吠若豹。我现在听到的不是吠声若豹，而是吠声若犬。这事当然并不稀奇。可这并不稀奇的若犬的犬吠声却给我带来了无尽的甜蜜的回忆。这甜蜜的犬吠声一直把我送入我在加德满都过的第一夜的梦中。

1986 年 11 月 25 日凌晨于苏尔提宾馆

乌鸦和鸽子

傍晚，我们来到了清凉宫。正当我全神贯注地欣赏绿玉似的草地和珊瑚似的小红花的时候，忽然听到天空里一阵哇哇的叫声。啊！是乌鸦。一片黑影遮蔽了半个天空。想不到暮鸦归巢的情景竟在这里看到了。

这使我立即想起了三十多年以前我第一次缅甸之行。

我首先到了仰光，那种堆绿叠翠的热带风光牢牢地吸引住了我。但是，更吸引住了我、使我感到无限惊异的是那里的乌鸦之多。我敢说，在世界的任何地方都不会有这么多的乌鸦。据说，缅甸人虔信佛教，佛教禁止杀生到了可笑的地步。乌鸦就乘此机会大大地繁殖起来，其势猛烈，大有将三千大千世界都化为乌鸦王国的劲头。

我曾在距离仰光不太远的伊洛瓦底江口看到我生平第一次见到的最大的乌鸦群，恐怕有几万只。停泊在江边的大小船上的桅杆上、船舱上、船边上，到处都落满了乌鸦，漆黑一大片。在空中盘旋飞翔的，数目还要超过几倍。简直成了乌鸦的世界，乌鸦的天堂，乌鸦的乐园，乌鸦的这个，乌鸦的那个，我理屈辞穷，我说不出究竟是乌鸦的什么了。

今天早晨，也就是到清凉宫去的第二天的早晨，我参观哈奴曼多卡古王宫时，我又第二次看到了我生平见到的最大的乌鸦群之一，大概有上千只吧。它们忽然一下子从王宫高塔的背面飞了出来，嗯哨一声，其势惊天动地，在王宫天井上盘旋了一阵，又嗯哨一声，飞到不知道什么地方去了。

乌鸦在中国古代不被认为是吉祥的动物，名声不佳。人们听到它们的鸣声，往往起厌恶之感。可是这些年以来，在北京，甚至在树木葱笼的燕园里面，除了麻雀以外，别的鸟很少见到了。连令人讨厌的乌鸦也逐渐变得不那么讨厌了。它们那种决不能算是美妙的叫声，现在听起来大有日趋美妙之势了。

我在加德满都不但见到了乌鸦，而且也见到了鸽子。

鸽子在北京现在还是能够见到的，都是人家养的，从来没有听说过野鸽子。记得我去年春天到印度新德里去参加《罗摩衍那》的作者蚁垤国际诗歌节，住在一所所谓五星旅馆的第十九层楼上。有一天，我出去开会，忘记了关窗子。回来一开门，听到鸽子咕噜咕噜的叫声。原来有两位长着翅膀的不速之客，乘我不在的时候，到我房间里来了。两只鸽子就躲在我的沙发下面亲热起来，谈情说爱，卿卿我我，正搞得火热。看到我进来，它俩坦然无动于衷，丝毫没有想逃避的意思，也看不出一点内疚之意。倒是我对于这种"突然袭击"感到有点局促不安了。原来印度人决不伤害任何动物。鸽子们大概从它们的鼻祖起就对人不怀戒心，它们习惯于同人们和平共处了。反观我们自己的国家，情况有很大的不同。专就北京来说，鸟类的数目越来越少。每当我在燕园内绿树成荫的地方，或者在清香四溢的荷花池边，看到年轻人手持猎枪、横眉竖目，在寻觅枝头小鸟的时候，我简直内疚于心，说不出话来。难道在这些地方我们不应该向印度等国家学习吗？

我不是哲学家，也不喜欢，更不擅长去哲学地思考。但是古今中外都有不少的哲人，主张人与大自然应该浑然一体，人与鸟兽（有害于人类的适当除外）应该和睦相处，相向无猜，谁也离不开谁，谁都在大自然中有生存的权利。我是衷心地赞成这些主张的。即使到了人类大同的地步，除了人与人之间的关系应该同过去完全不同之外，人与大自然的关系，其中也包括人与鸟兽的关系，也应该大大地改进。我不相信任何宗教，我也不是素食主义者。人类赖以为生的动植物，非吃不行的，当然还要吃。只是那些不必要的、损动物而不利己的杀害行为，应该断然制止。写到这里，我忽然想到一件不大不小的事：过去有一段时间，竟然把种草养花视为修正主义。我百思不得其解。有这种主张的人有何理由？是何居心？真使我惊诧不置。世界一切美好的东西，不管是人类，还是鸟兽虫鱼，花草树木，我们都应该会欣赏，有权利去欣赏。我认为，这是天经地义的真理。难道在僵化死板的气氛中生活下去才算得上唯一正确吗？

　　写到这里，正是黎明时分。窗外加德满都的大雾又升起来了。从弥漫天地的一片白色浓雾的深处传来了咕咕的鸽子声，我的心情立刻为之一振，心旷神怡，好像饮了尼泊尔和印度神话中的甘露。

1986 年 11 月 26 日凌晨

雾

　　浓雾又升起来了。

　　近几天以来，我早晨起床后第一件事就是推开窗子，欣赏外面的大雾。

　　我从来没有喜欢过雾。为什么现在忽然喜欢起来了呢？这其中有一点因缘。前天在飞机上，当飞临西藏上空时，机组人员说，加德满都现在正弥漫着浓雾，能见度只有一百米，飞机降落怕有困难。加德满都方面让我们飞得慢一点。我当时一方面有点担心，害怕如果浓雾不消，我们将降落何方？另一方面，我还有点好奇：加德满都也会有浓雾吗？但是，浓雾还是消了，我们的飞机按时降落在尼泊尔首都机场，机场上阳光普照。

因此，我就对雾产生了好奇心和兴趣。

抵达加德满都的第二天凌晨，我一起床，推开窗子：外面是大雾弥天。昨天下午我们从加德满都的大街上看到城北面崇山峻岭，层峦叠嶂，个个都戴着一顶顶的白帽子，这些都是万古雪峰，在阳光下闪出了耀眼的银光。这是我生平第一次看到这种景象，我简直像小孩子一般地喜悦。现在大雾遮蔽了一切，连那些万古雪峰也隐没不见，一点影子也不给留下。旅馆后面的那几棵参天古树，在平常时候，高枝直刺入晴空，现在只留下淡淡的黑影，衬着白色的大雾，宛如一张中国古代的画。昨天抵达旅馆下车时，我看到一个尼泊尔妇女背着一筐红砖，倒在一大堆砖上。现在我看到一个男子，手里拿着一堆红红的东西。我以为他拿的也是红砖。但是当他走得近了一点时，我才发现那一堆红红的东西簌簌抖动，原来是一束束红色的鲜花。我不禁自己笑了起来。

正当我失神落魄地自己暗笑的时候，忽然听到不知从哪里传来了咕咕的叫声。浓雾虽然遮蔽了形象，但是却遮蔽不住声音。我知道，这是鸽子的声音。当我倾耳细听时，又不知从哪里传来了阵阵的犬吠声。这都是我意想不到的情景。我万万没有想到，我在加德满都学会了喜欢的两种动物：鸽子和狗，竟同时都在浓雾中出现了。难道浓雾竟成了我在这个美丽的山城里学会欣赏的第三件东西吗？

世界上，喜欢雾的人似乎是并不多的。英国伦敦的大雾是颇有一点名气的。有一些作家写散文、写小说来描绘伦敦的雾，我们读起来觉得韵味无穷。对于尼泊尔文学我所知甚少，我不知道，是否也有尼泊尔作家专门写加德满都的雾。但是，不管是在伦敦，还是在加德满都，明目张胆大声赞美浓雾的人，恐怕是不会多的，其中原因我不甚了了，我也没有那种闲情逸致去钻研探讨。我现在在这高山王国的首都来对浓雾大唱赞歌，也颇出自己的意料。过去我不但没有赞美过雾，而且也没有认真去观察过雾。我眼前是由赞美而达到观察，由观察而加深了赞美。雾能把一切东西：美的、丑的、可爱的、不可爱的，一塌括子都给罩上一层或厚或薄的轻纱，让清楚的东西模糊起来，从而带来了另外一种美，一种在光天化日之下看不到的美，一种朦胧的美，一种模糊的美。

一些时候以前，当我第一次听到模糊数学这个名词的时候，我曾说过几句怪话：数学比任何科学都更要求清晰，要求准确，怎么还能有什么模糊数学呢？后来我读了一些介绍文章，逐渐了解了模糊数学的内容。我一反从前的想法，觉得模糊数学真是一个了不起的发现。在人类社会中，

155

在日常生活中，在社会科学和自然科学中，有着大量模糊的东西。无论如何也无法否认这些东西的模糊性。承认这个事实，对研究学术和制定政策等等都是有好处的。

在大自然中怎样呢？在大自然中模糊不清的东西更多。连审美观念也不例外。有很多东西，在很多时候，朦胧模糊的东西反而更显得美。月下观景，雾中看花，不是别有一番情趣在心头吗？在这里，观赏者有更多的自由，自己让自己的幻想插上翅膀，上天下地，纵横六合，神驰于无何有之乡，情注于自己制造的幻象之中；你想它是什么样子，它立刻就成了什么样子，比那些一清见底、纤毫不遗的东西要好得多，而且绝对一清见底、纤毫不遗的东西，在大自然中是根本不存在的。

我的幻想飞腾，忽然想到了这一切。我自诧是神来之笔，我简直陶醉在这些幻象中了。这时窗外的雾仍然稠密厚重，它似乎了解了我的心情，感激我对它的赞扬。它无法说话，只是呈现出更加美妙更加神秘的面貌，弥漫于天地之间。

1986 年 11 月 26 日

神　牛

我又和我的老朋友神牛在加德满都见面了。这是我意料中但又似乎有点出乎意料的事情。

过去，我曾在印度的加尔各答和新德里等大城市的街头见到过神牛。三十多年以前我第一次访问印度的时候，在加尔各答那些繁华的大街上第一次见到神牛。在全世界上似乎只有信印度教的国家才有这种神奇的富有浪漫色彩的动物。当时它们在加尔各答的闹市中，在车水马龙里面，在汽车喇叭和电车铃声的喧闹中，三五成群，有时候甚至结成几十头上百头的庞大牛群，昂首阔步，威仪俨然，真仿佛天上天下，唯我独尊。它们对人类社会的一切现象，对人类一切的新奇的发明创造，什么电车汽车，又是什么自行车摩托车，全不放在眼中。它们对人类的一切显贵，什么公子、王孙，什么体操名将、电影明星，什么学者、专家，全不放在眼中。它们对人类创造的一切法律、法规，全不放在眼中。它们是绝对自由的，愿意到什么地方去，就到什么地方去；愿意在什么地方卧倒，就在什么地方卧倒。加尔各答是印度最大的城市，大街上车辆之多，行人之多，令人目瞪口呆，从公元前就有的马车和牛车，直至最新式的流线型的汽车，再加上涂饰华美的三轮摩托车，有上下两层的电车，无不具备。车声、人声、马声、牛声，混搅成一团，喧声直抵印度神话中的三十三天。在这种情况下，几头神牛，有时候竟然兴致一来，卧在电车轨道上，"我困欲眠君且去"，闭上眼睛，睡起大觉来。于是汽车转弯，小车让路，电车脱离不了轨道，只好停驶。没有哪一个人敢去驱赶这些神牛。

对像我这样的外国人来说，这种情景实在是"匪夷所思"，实在是非常有趣。我很想研究一下神牛的心理。但是从它们那些善良温顺的大眼睛里我什么也看不出，猜不出。

它们也许觉得，人类真是奇妙的玩意儿。他们竟然聚居在这样大的城市里，还搞出了这样多不用马拉牛拖就会自己跑的玩意儿。这些神牛们也许会想到，人这种动物反正都害怕我们，没有哪一个人敢动我们一根毫毛，我们索性就愿意怎样干就怎样干吧。

但是，据我的观察，它们的日子也并不怎么好过。虽然没有人穿它们的鼻子，用绳子牵着走，稍有违抗，则挨上一鞭；但是也没有人按时给它们喂食喂水。它们只好到处游荡，自己谋食。看它们那种瘦骨嶙峋的样子，大概营养也并不好。而且它们虽然被认为是神牛，并没有长生不老之道，它们的死亡率并不低。当我隔了二十年第二次访问加尔各答的时候，在同一条大街上，我已经看不到当年那种十几头上百头牛游行在一起的庞大的阵容了。只剩下零零落落的几头老牛徘徊在那里，寥若晨星，神牛的家族已经很不振了。看到这情景，我倒颇有一些寂寞苍凉之感。但是神牛们大概还不懂什么牛口学（对人口学而言），也不懂什么未来学，它们不会为 21 世纪的牛口问题而担忧，这也算是一种难得糊涂吧。

我似乎不曾想到，隔了又将近十年，我来到了尼泊尔，又在加德满都街头看到久违的神牛了。我在上面曾说到，这次重逢是在意料中的，因为尼泊尔同印度一样是信奉印度教的国家。我又说有点出乎意料，不曾想到，是因为尼泊尔毕竟不是印度。不管怎么样，我反正是在加德满都又同神牛会面了。

在这里，神牛的神气同印度几乎一模一样，虽然数目相差悬殊。在大马路上，我只见到了几头。其中有一头，同它的印度同事一样，走着走着，忽然卧倒，傲然地躺在马路中间，摇着尾巴，扑打飞来的苍蝇，对身旁驶过的车辆，连瞅都不瞅。不管是什么样的车辆，都只能绕它而行，决没有哪一个人敢去惊扰它。隔了几天，我又在加德满都郊区看见了几头，在青草地上悠然漫步。它是不是有"食草绿树下，悠然见雪山"的雅兴呢？我不敢说。可是看到它那种悠闲自在的神态，真正羡慕煞人，它真像是活神仙了。尼泊尔是半热带国家，终年青草不缺，这就为神牛的生活提供了保证。

神牛们有福了！

我祝愿神牛们能够这样悠哉游哉地活下去。我祝愿它们永远不会想到牛口问题。

神牛们有福了！

1986 年 11 月 27 日凌晨

时窗外浓雾中咕咕的鸽声于耳

游巴德冈故宫和哈奴曼多卡宫

出加德满都，汽车行驶约三十公里，来到了巴德冈故宫广场。

当年尼泊尔河谷曾经分为三国，这里是一国的首都。我无论如何也难以理解，在这样一条窄狭的河谷里竟然能容下三个国家。他们之间鸡犬之声相闻，打起仗来，怎样能摆开阵势呢？想到中国的三国，相距千里，中阻长江大河，崇山峻岭，一旦交兵，或则舳舻蔽江，投鞭断流，或则火烧连营七百里，那是一种什么样的场面，又是一种多么大的气势呢？

这故宫广场不算太大，也不方方正正。这里有一所国家艺术画廊，是一所古老的建筑。外面墙上窗子上有非常精美的木雕。木雕是尼泊尔人民民间艺术的精华，颇能表现出尼泊尔民间艺人的艺术水平。木雕的内容大概不外是神话故事、佛像和印度教的神像，以及天然景物，树木花卉，鸟兽虫鱼之类，看上去姿态生动逼真，细致而又繁复。

在广场周围有许多尼泊尔著名的宫殿和庙宇，有金门，有五十五扇精雕细琢的窗子，还有尼亚塔波拉庙，即所谓五层塔，是名闻遐迩的古代建筑，也是尼泊尔的最高的寺庙建筑。另外还有一座独木庙，叫做被达塔特拉亚庙，据说是用一棵无比巨大的大树建成的，迄今已有五百年的历史了。

这些古代庙宇对我这个初来尼泊尔的人来说都是非常新奇的、可爱的；但是，说也奇怪，我最感兴趣的还是这里的人民。因为警卫森严，其他参观游览者都被阻在一条警卫线以外，那里万头攒动，伸长了脖子，看我们这一群"洋鬼子"。在那些人里面，我看到了几个碧眼黄发的真正的"洋鬼子"，高高耸立在尼泊尔人群之上，手执照相机，拼命在那里抢几个十分难得的镜头。

但是最让我感动的却是一个约摸只有五六岁的小男

孩。尼泊尔的警察规定，住在街道两边的住户决不允许跨出门限。这个小男孩和他的母亲就站在门限以内，双手合十，装出十分严肃的样子，瞅着我们。我一转瞬瞥见了这个小男孩，觉得十分有趣，也连忙双手合十，对他说了一声 Namas te（向你致敬！），小孩腼腆一笑，竟然也说了一声 Namas te。这是一件只发生在几秒钟以内的小事，然而却将使我终身不忘。这个小男孩人小作用大，他对中国人民由衷的感情，真使我万分感动。

过了一天，我们又去参观哈奴曼多卡宫，这也是一座古老的王宫，正处在加德满都闹市中心，周围是最繁华的商业街道和巴扎尔。这一座王宫最早建于 13 世纪以前的李查维王朝。15 世纪末马拉王朝分裂，这一座王宫就成了历代马拉国王的正式宫殿。后来，普里特维·纳拉扬攻陷加德满都，统一了尼泊尔，此宫又成为沙阿王朝的王宫，直至 19 世纪 70 年代王室迁出为止。

"哈奴曼多卡"的意思是"哈奴曼门"。哈奴曼是印度大史诗《罗摩衍那》中神猴的名字。今天，这个神猴的像还矗立在王宫门前，颈挂花环，口涂红水，座前香烟缭绕，看来仍然受到尼泊尔人民的膜拜。

宫内房屋极多，千门万户，宛如蜂房。我们走进去，好像进入了迷魂阵一样。历代国王的画像，还有他们的寝宫，一个接一个，令人目不暇接。但是我感到兴趣的却是一座极高大的似楼又似塔的建筑，檐边挂着红绸子，在风中飘动，同在我国西藏所见到的情景几乎完全一样，由此

可见两国文化宗教关系之密切。事实上，两国过去有长期的文化交流的历史，尼泊尔工程师到中国来建筑宫殿，连我们日常吃的菠菜也是从尼泊尔移植过来的。一提到这些事情，尼泊尔朋友就发生极大的兴趣，两国人民的心好像更挨近了。

在这座寥落的故宫里，引起了我极大的兴趣的还有成群的鸽子。也不知道它们原来栖息在什么地方，忽然倾巢而出，在巍峨崇高楼台殿阁之间，盘旋飞翔，翅影弥天。因为今天这里戒严，参观群众都被阻在宫门以外，宽敞的庭院里，除了我们这一伙人外，空无一人，鸽子的叫声和翅影给这种寂静带来了生气，带来了诗意。我看了风中飘动的红绸，听了鸽子的叫声，身处寥落古王宫之中，仿佛进入了某一种幻境，飘飘然遗世而独立了。

仍然像在巴德冈故宫一样，一走出王宫的大门，群众被拦在警戒线以外，除了形形色色的尼泊尔老百姓以外，还有不少碧眼黄发的欧美人士，站在人群里，因为个子高，大有鹤立鸡群之势，个个手执照相机，高高地举了起来，想抢一个难得的镜头。大家都面含笑意，我们对着他们微笑，他们也以微笑相报。无法谈话，无从握手，但是感情仿佛能得到交流。连这一座古老的宫殿都仿佛变得年轻了，到处洋溢着勃勃的生气，友谊弥漫太空。

此情此景，我将毕生难忘。

1986 年 12 月 4 日北京大学朗润园

世界佛教联谊会第十五届大会

赤、橙、黄、绿、青、蓝、紫……

是印度教的哪一位大神从大梵天的天宫里把这些颜色撒上人间大地？是佛教的哪一位菩萨从三十三天上把这些颜色撒上人们的衣服，撒上旗帜，撒上佛像？

我一走进大会的会场德什拉特体育场，简直吃惊得目瞪口呆，说不出话来。眼前的景象太不寻常了。体育场三面的看台上挤满了人，体育场中心也挤满了人，我们就座的主席台两旁也挤满了人，目光所至，无不是人，总是人，人，人，是人的大山，是人的海洋，是人的密林，是人的丛莽。加德满都只有四十五万人，而今天会场上的据估计有四万多，几乎占了全城人口的十分之一。真可以说是盛会空前了吧。

我眼前的形象过多，颜色过多，我的两只眼睛是无论如何也不够用的。我恨不能像神庙里供的千手千眼佛那样，长出一千只眼睛来。这样就勉强可以看到一切，巨细不遗。即使长出一千只眼睛，我相信，每一只眼睛也都能派上用场，决不会待业，决不会投闲置散，会场中千奇百怪的景象是无论如何也看不完的。

在主席台的下面，在跑道的对面，沿着跑道，陈列着十几尊佛像和神像，据说都是从尼泊尔全国各大寺庙里搬来的。有的佛像庄严肃穆，有的则是姿态怪异，呲牙咧嘴，属于牛鬼蛇神之列。但是都穿着五颜六色的盛装，脖子上挂着花环。大概佛们平常各自住在各自的庙中，享受香火，没有开碰头会的机会。今天在这里会面了，互相攀谈起来，说不尽的相思，道不尽的致敬，情绪异常热烈。我眼中的佛像，个个仿佛都活跃起来，可惜吾辈凡人，不懂佛语，只有双手合十了。

场子中间排列着许多方队。最引人注目的是小女孩形成的队伍，她们每个人手中拿着一面有五种颜色的小旗，不时举起来摇晃摇晃。今天所有到会的人每人一面这样的小旗。据说五色象征着东、西、南、北四个方向和天堂。那些小女孩们有时候坐下，有时候又站起来，片刻不停。从她们脸上的笑容来看，她们显然是非常高兴、非常激动的。这样的会她们或许还从来没有参加过。凝聚在她们周围的那种欢悦气氛，陪衬上她们鲜花似的面庞和身上穿的鲜艳的衣服，光彩焕发，辉耀全场，在身跟前形成了五彩缤纷的幻景。

大会开始以后，首先是绕场游行。几十个妙龄女郎，身上穿着棕黄色的——我不敢说是不是就是这种颜色——衣服，共同拉着一张非常巨大的红布，上面写着庆祝颂扬世界佛教联谊会开幕的吉祥词句，迈着轻盈的步伐，扭摆着杨柳枝一般的腰肢，走在最前面。后面跟着的是各国代表团。有的代表团人数很多，有的比较少，有的只有一个尼泊尔小姑娘双手举着国名牌，目不斜视地跟着大队走，身后却空无一人。中国台湾代表团就属于这一类。牌子上写着 Taiwan，China，后面却是空空荡荡。据说，台湾确实派来了代表团，但是他们却像害怕泰山石敢当一样，害怕这个牌子，害怕牌子上这几个字。我听说，台湾的僧人对我们还是非常友好的。在一次会议上，台湾的一个小和尚亲切热情地搀扶我们青海的一个活佛。既然如此，为什么又不敢跟着这样一个牌子走呢？友好是他们的内心，不敢跟着走是表现出来的形式。内心与外在形式往往也会产生一点矛盾的。其中隐秘，明眼人一看便知，然而不足为外人道也。总之，中国台湾牌子后面跟着的是一团空气。在四五万人的热烈气氛中，显得十分不调和，引起人们的窃窃私议。

在西方国家的代表团中，比如西德、美国、加拿大、澳大利亚等等，确实有剃光了脑袋的和尚和尼姑。最引起我的注意的是美国代表团的一个尼姑，碧眼高鼻，端庄秀丽，上面却是光光的一个脑袋。我左看左不像右看右不像，我无论如何也抑制不住内心里觉得滑稽的想法。我大概是凡夫俗子，尘心太重，注定了是西方无分、涅槃绝缘了。

各个国家和地区的代表团的队伍过去了以后，跟着来的是尼泊尔僧俗的庞大的队伍。看样子尼泊尔全国各县都来了人。最前面以写着县名的红布标为前导。游行的人跟在后面，其中有的代表团竟全是妇女。她们手托银盘，盘中盛着大米一类的东西，随走随用手轻撒米粒，大概是想表示吉祥如意吧！妇女中有的白发盈头，年逾古稀，依然健步如飞，精神矍铄，难道真是佛祖在天有灵，冥冥中加以佑护吗？有的妇女怀抱婴儿，也昂首阔步，奋勇向前。

婴儿毕竟是有分量的。这一位母亲有什么感觉，我们局外人实在无法臆猜了。

每一个县的代表团，服装的颜色和式样都不一样。其中有的人载歌载舞，有的人漫不经心，有的人漠然随着大队走。中间还有不少小孩子，光着小脚丫子，有穿鞋的鞋被挤踩掉了，也不敢或者也没有工夫把鞋提上，只好趔趔趄趄地一脚高一脚低地慌里慌张地跟着大人走上前去。在巨大的人流中，宛如一个节奏不和的小小的泡沫。

队伍中有不少西藏人，也许就是尼泊尔的藏族。他们的特点是，在每一个游行队伍中，走在最前面的是一个身强力壮的大汉，手托高高的竹竿，竹竿上拴着两个牦牛尾巴，有的两个全是黑的，有的全是白的，有的一黑一白，中间点缀上许多五颜六色的小旗子之类的东西。看来这一根竹竿是颇有一些分量的，有一两丈高，有碗口那样粗。可是这一位大汉必须迅速地不停地把这竹竿在手中转动，让竿上悬的牦牛尾巴在摆动中直立起来。大汉们有时候还想露上两手，把长竿转到身后，从一只手中传到另一只手中，而长竿的转动速度并未降低，以致那些黑白牦尾仍然能够直立起来。我生平第一次见到这种绝技，真可以说是大开眼界。表演这种绝技时，大汉们脸上都显露出洋洋自得的神气，难道说诞生于今天尼泊尔境内的佛祖颇为欣赏自己的老乡们这种勇敢行为而对他们降福赐祉吗？

绕场游行的尼泊尔各地区各民族的队伍，简直不知道有多少。我看到了场上的队伍已经绕场一周而且登上了对面的看台，我心里想：游行大概就这样结束了。然而不然。从对面看台下的一个门洞里忽然又涌出了彩旗，跟在后面的是海浪一般的人流。流呀，流呀！简直不知道要流到什么时候。我看不到门洞外面的情况，当然不知道究竟还有多少队伍在那里等候着流向会场。但是人流只是不断地从那一个小洞口往里涌。涌呀，涌呀！不知道要涌到什么时候。坐在我身后的一位女士用中国话说，"哎呀，不得了！简直没完没了啦！"事实上确实是没完没了。等到这一位女士第三遍说同样的话的时候，情况一点没有改变，她也只好住口不说。可是人流却依然是没完没了，好像尼泊尔全国一千二百万人口都从这个小小的洞口里流出来了，都从那一个神秘的洞口向外涌，涌向广场上人的大洋中，给这一片汪洋大海增添了不计其数的、五颜六色的、大小不同的、形状各异的浪花。这大海更显得汹涌澎湃，大有波浪滔天之势了。

赤、橙、黄、绿、青、蓝、紫……

七种颜色的波涛腾涌起来了。

天上怎样呢？天上飞来了直升飞机。飞机飞得很低，上面坐的人清晰可见。他正从飞机上向场上倾倒鲜花。一次没能倾倒完，飞机又飞回来一次，那个人仍然忙碌着向下倾倒鲜花。如此周而复始，结果是鲜花蔽空。我简直仿佛能够嗅到芬芳的香气，这香气弥漫六合，溢满三界。当年佛祖说法时，常常是天雨曼陀罗。这种情景必然是非常奇妙的。试想：碗口大的花朵从九天之上，飘飘摇摇，直堕大地，遮天盖地，芳香四溢。这是一种多么奇妙的情景呢？我闭上眼睛，似乎也能看到这样神奇不可思议的情景。然而睁着眼睛是什么也看不到的。万万没有想到，今天这种神奇的情景竟然明明白白地展现在我的眼前。我真仿佛亲临两千多年前佛祖亲自主持的灵山法会，亲眼看到天雨曼陀罗，看来自己即使不能成佛作祖，灵山毕竟有分了。

在眼前这一派歌吹沸天、人海腾涌、目迷五色、眼花缭乱的纷乱繁忙的情景中，我偶然一抬头，竟然在北方天际看到白雪皑皑的万古雪峰，高高地耸出云层之上。我原以为是白云，但立刻就意识到是雪山。这是我以前完全没有预料到的，我有点欢喜，又有点吃惊。又套用那两句陶诗："拜佛广场内，悠然见雪山。"一转瞬间，我竟然有了陶渊明的心情，岂不大可异哉！又岂不大可喜哉！

我的眼前一闪，我仿佛看到雪山峰巅的群神，不管是印度教的众位大神，还是佛教的众位大菩萨，好像都从他们那些耸入云天的莲花座上站了起来，兴致勃勃地向下界凝望，向这广场凝望。他们看到自己的像就罗列在广场上，前面点着蜡烛，香烟缭绕。多么有趣呀！人这种动物是多么离奇呀！他们也许会顾而乐之吧。他们大概也许会想到，人这种动物天天忙吃忙穿，争名于朝，争利于市，居然还能忙里偷闲，居然还能有这种闲情逸致来搞这些花样，又吹又打，又跳又舞，手举彩旗，口宣佛号，多么可爱的动物呀！但是，我想，神仙们毕竟会高兴的。神仙决不会比凡人高明。有的凡人喜欢别人拍马屁，难道神仙们就不喜欢吹捧吗？我不相信，我决不相信。神仙们在高兴之余，说不定会大发慈悲，降厥福祉。行将见风调雨顺，天下太平了。阿弥陀佛！

我又一抬头，看到片片白云飘过雪山。我仿佛看到，神仙们个个自选一朵白云，坐了上去，让白云把他驮到大会会场上面。他们大概也想像刚才那一架直升飞机一样，学习当年的佛祖说法时的情景，天雨曼陀罗。也许是因为来得仓促，忘记了携带仙花。只好坐在白云上面，向下张望一番，又飞回雪山顶上阆苑仙宫里去了。

正当我神驰雪山想入非非的时候，我耳边厢忽然人声鼎沸。我收神定睛，仔细一瞧：全场乱起来了。五颜六色的人群从看台上向上涌，涌向主席台前，大概是想看一看台上的衮衮诸公，什么二王，什么部长，什么国外贵宾，什么国内显贵。场上原来整整齐齐的队伍不见了，赤、橙、黄、绿、青、蓝、紫，搅在一起了。大会就要收场了。我也连忙走下主席台，陷入人流之中。回望水晶般的雪峰正在夕阳斜照中闪出了清冷的白光。

1986 年 11 月 29 日晚，从中国大使馆参加招待会归来，
写于苏尔提旅馆

游兽主（Paśupati）大庙

我们从尼泊尔皇家植物园返回加德满都城，路上绕道去看闻名南亚次大陆的印度教的圣地兽主大庙。

大庙所处的地方并不冲要；要走过几条狭窄又不十分干净的小巷子才能走到。尼泊尔的圣河，同印度圣河恒河并称的波特摩瓦底河，流过大庙前面。在这一条圣河的岸边上建筑了几个台子，据说是焚烧死人尸体的地方，焚烧剩下的灰就近倾入河中。这一条河同印度恒河一样，据说是通向天堂的。骨灰倾入河中，人就上升天堂了。

兽主是印度教三大主神之一，平常被称做湿婆的就是。湿婆的象征 linga，是一个大石柱。这里既然是湿婆的庙，所以 linga 也被供在这里，就在庙门外河对岸的一座石头屋子里。据说，这里的妇女如果不生孩子，来到 linga 前面，烧香磕头，然后用手抚摩 linga，回去就能怀孕生子。是不是真正这样灵验呢？就只有天知道或者湿婆大神知道了。

庙门口皇皇然立着一个大木牌，上面写着"非印度教徒严禁入内"。我们不是印度教徒，当然只能从外面向门内张望一番，然后望望然去之。庙内并不怎样干净，同小说中描绘的洞天福地迥乎不同。看上去好像也并没有什么神圣或神秘的地方。古人诗说："凡所难求皆绝好。"既然无论如何也进不去，只好觉得庙内一切"皆绝好"了。

人们告诉我们，这座大庙在印度也广有名气。每年到了什么节日，信印度教的印度人不远千里，跋山涉水，到这里来朝拜大神。我们确实看到了几个苦行僧打扮的人，但不知是否就是从印度来的。不管怎样，此处是圣地无疑，否则挂竹杖梳辫子的圣人苦行者也不会到这里来流连盘桓了。

说老实话，我从来也没有信过任何神灵。我对什么神庙，什么兽主，什么linga，并不怎么感兴趣。引起我的兴趣的是另外一些东西。庙中高阁的顶上落满了鸽子。虽然已近黄昏，暮色从远处的雪山顶端慢慢下降，夕阳残照古庙颓垣，树梢上都抹上了一点金黄。是鸽子休息的时候了。但是它们好像还没有完全休息，从鸽群中不时发出了咕咕的叫声。比鸽子还更引起我的兴趣的是猴子。房顶上，院墙上，附近居民的屋子上，圣河小桥的栏杆上，到处都是猴，又跳又跃，又喊又叫。有的老猴子背上背着小猴子，或者怀里抱着小猴子，在屋顶与屋顶之间，来来往往，片刻不停。有的背上驮着一片夕阳，闪出耀眼的金光。当它们走上桥头的时候，我也正走到那里。我忽然心血来潮，伸手想摸一下一个小猴。没想到老猴子决不退避，而是呲牙咧嘴，抬起爪子，准备向我进攻。这种突然袭击，真正震慑住了我，我连忙退避三舍，躲到一旁去了。

　　我忽然灵机一动，想入非非。我上面已经说到，印度教的庙非印度教徒是严禁入内的。如果硬往里闯，其后果往往非常严酷。但这只是对人而言。对猴子则另当别论。人不能进，但是猴子能进。难道因为是畜类而格外受到优待吗？猴子们大概根本不关心人间的教派，人间的种姓、人间的阶级、人间的官吏，什么法律规章，什么达官显宦，它们统统不放在眼中，加以蔑视。从来也没有什么人把猴子同宗教信仰联系起来。猴子是这样，鸽子也是这样，在所有的国家统统是这样。猴子们和鸽子们大概认为，人间的这一些花样都是毫无意义的。它们独行独来，天马行空，海阔纵鱼跃，天空任鸟飞，它们比人类要自由得多。按照一些国家轮回转生的学说，猴子们和鸽子们大概未必真想转生为人吧！

我的幻想实在有点过了头，还是赶快收回来吧。在人间，在我眼前的兽主大庙门前，人们熙攘往来。有的衣着讲究，有的浑身褴褛。苦行者昂首阔步，满面圣气，手拄竹杖，头梳长发，走在人群之中，宛如鸡群之鹤。卖鲜花的小贩，安然盘腿坐在小铺子里，恭候主顾大驾光临。高鼻子蓝眼睛满头黄发的外国青年男女，背着书包，站在那里商量着什么。神牛们也夹在中间，慢慢前进。讨饭的瞎子和小孩子伸手向人要钱。小铺子里摆出的新鲜的白萝卜等菜蔬闪出了白色的光芒。在这些拥挤肮脏的小巷子里散发出一种不太让人愉快的气味，一团人间繁忙的气象。

我们也是凡夫俗子，从来没有想超凡入圣，或者转生成什么贵人，什么天神，什么菩萨等等，等等。对神庙也并不那么虔敬。可是尼泊尔人对我们这些"洋鬼子"还是非常友好，他们一不围观，二不嘲弄。小孩子见了我们，也都和蔼地一笑，然后腼腼腆腆地躲在母亲身后，露出两只大眼睛瞅着我们。我们觉得十分可爱，十分好玩。我们知道，我们是处在朋友们中间。兽主大庙的门没为我们敞开，这是千百年来的流风遗俗，我们丝毫也不介意。我们心情怡悦。当我们离开大庙时，听到圣河里潺潺的流水声，我们祝愿，尼泊尔朋友在活着的时候就能通过这条圣河，

走向人间天堂。我们也祝愿，兽主大庙千奇百怪的神灵会
加福给他们！

1986 年 11 月 30 日离别尼泊尔前，于苏尔提旅馆

望雪山
——游图利凯尔

其实，在加德满都城内，到处都可以望到雪山。六天
以前，我一走下飞机，就惊异于此地山岭之多，抬眼向四
周一看，几乎都是高高低低起伏如波涛的山峦。在碧绿的
群山背后，有几处雪峰，高悬天际，初看宛如片片白云。
白雪皑皑的峰巅，夕阳照上去，闪出耀眼的银光。

前几天，在世界佛教联谊会的大会开幕仪式上，我坐
在主席台上，台下万头攒动，蓦抬头，看到远处的万古雪
峰横亘天际。唐人诗说："林表明霁色，城中增暮寒。"我
想改换一下："天际明雪色，城中增暮寒。"约略能够表达
出当时的情景。

又过了两天，代表团中有的同志建议，到离雪山更近
一点的图利凯尔去看雪山，我欣然同意。我历来对雪山有
好感，但是我看到的雪山并不多。只在新疆乌鲁木齐附近
的天池看过两次，觉得非常新鲜。下面是炎热的天气，然
而抬头向上一看，仿佛就在不远的地方却是险峰积雪，衬
着蔚蓝的晴空，愈显得像冰心玉壶；又仿佛近在眼前，抬
腿就可以走到，伸手就可以抓到一把雪。实际上，路是非

常遥远的。从雪峰下来的采莲人手持雪莲，向游客兜售。淡黄色的雪莲仿佛带来了万古雪峰顶上的寒意，使我们身处酷夏，而心在广寒。此情此景，终生难忘。

现在，我来到了尼泊尔。这里雪峰之多，远非天池可比。仅仅从加德满都城里面就能够看到不少。在全世界上，也只有我国西藏和尼泊尔有这样多这样高的雪峰。我到这里来的时候，曾在飞机上看过雪山。那是从上面向下看。现在如果再从下面向上看一看的话，那该是多么有趣多么新鲜啊！怀着这样热切期待的心情，我们八个人立即驱车到了图利凯尔。

这个地方离雪峰近了一点，但是同加德满都比较起来也近不了多少。可是因为此地踞小峰之巅，前面非常开阔，好像是一个大山谷，烟树迷离，阡陌纵横。山谷对面，一片云雾上面就是连绵数千百里的奇峰峻岭。从这里看雪山，清晰异常。因此，多少年以来，此地就成了饱览雪山风光的胜地，外国旅游者没有不到这里来的。如果不到这里来，不管你在尼泊尔看到过多少地方，也算是有虚此行，离开之后，后悔莫及了。

今天，天公确实真是作美。早晨照例浓雾蔽天，八九点钟了，还没有消退的意思。尼泊尔朋友说，今天恐怕要全天阴天了，看雪山有点问题了。然而我们的汽车一驶出加德满都，慢慢地向上行驶的时候，天空里忽然烟消云散，一轮红日高悬中天。尼泊尔主人显然高兴起来，他们认为让中国客人看到雪山是自己的职责。我们也同样激动起来。

我们不远万里而来，如果不能清晰地看一下雪山的真面目，能不终生感到遗憾吗？

在半山坡的绿草地上，早已有人铺上了白布，旁边的桌子上摆满了食品，几辆挂着国旗的小轿车停在附近，看样子是哪一个国家的大使馆的车子。大人、小孩、男男女女，在草地上溜达着，手里拿着望远镜，指指点点，大概是议论对面雪峰的名称。在我们眼前隔着那一条极为广阔的峡谷，对面群峰林立，从右到左，蜿蜒不知道有几百几千里，只见黑鸦鸦的一片崇山峻岭，灰色的云彩在上面飘动。简直分不清哪是云，哪是山。在这群山后面或者上面，是一座座白皑皑的万古雪峰，逶迤也不知道几百几千里，巍然耸立在那里。偶然一失神，这一座座的雪峰仿佛流动起来，像朵朵的白云飘动在灰蓝色的山峰上面。这些雪峰太高了，相距那么远，还要抬头去看。我还从来没有看到过这样多、这样高、这样白的雪峰。我知道这些雪峰下面蓝色的云团也并不是云彩，而是真正的山。仿佛比这蓝色云团再高的地方就不应该再有山峰了。可是那些飘浮在这些蓝色云团的白色的云彩，确确实实是真正的雪峰。这真可以算是宇宙奇景，别的地方看不到的了。

按照地图，从右到左，一共排列着十三座有名有姓的雪峰，在世界上都广有名声。其中有不少还从来没有被凡人征服过。上面什么样子，谁也说不清楚。人们可以幻想，大概只有神仙才能住在上面吧。过去的人确实这样幻想过。

中国古代的昆仑山上不就住着神仙吗？印度古代的神话也说雪山顶上是神仙的世界。可是世界上哪里会有什么神仙呢？然而，如果说雪峰上面什么都没有，我的感情似乎又有点不甘心。那不太寂寞了吗？那样晶莹澄澈的广寒天宫只让白雪统治，不太有点煞风景了吗？我只好幻想，上面有琼楼玉宇、阆苑天宫，那里有仙人，有罗汉，有佛爷，有菩萨，有安拉，有大梵天，有上帝，有天老爷，不管哪一个教门的神灵们，统统都上去住吧。他们乘鸾驾凤，骑上猛狮、白象，遨游太虚吧。

别人看了雪山想些什么，我说不出。我自己却是浮想联翩，神驰六合。自己制造幻影，自己相信，而且乐在其中，我真有流连忘返之意了。当我们走上归途时，不管汽车走到什么地方，向右面的茫茫天际看去，总会看到亮晶晶的雪山群峰直插昊天。这白色的群峰好像是追着我们的车子直跑，一直把我们送进加德满都城。

1986 年 12 月 1 日于北京大学朗润园

在特里普文大学

从北京出发前，我们代表团的秘书长许孔让同志让我准备一篇学术报告，在尼泊尔讲一讲。我当即答应了下来。但是心中却没有底：究竟是在什么地方讲呢？对什么人讲呢？这一切都不清楚。好在我拟的题目是："中国的南亚研究——中国史籍中的尼泊尔史料"。这样一个题目在什么地方都是恰当的，都会受到欢迎的，我想。

到了尼泊尔以后才知道，是尼泊尔唯一的一所大学——特里普文大学准备请我讲的。几经磋商，终于把时间定了下来。尼泊尔的工作时间非常有趣：每天早晨十点上班，下午四点下班。实际上大约到了上午十一点才真正开始工作。尼泊尔朋友告诉我，本地人中流传着一种说法：世界上最惬意的事情是"拿美国工资，吃中国饭，做尼泊尔工作"。这种情况大概是由当地气候决定的，决不能说尼泊尔人民懒。我在尼泊尔皇家植物园看到背柴禾的妇女，给我留下了深刻的印象，尼泊尔人民是勤劳的人民。话说回来，我到大学做报告的时间确定为正午十一时半开始。若在中国，到了上午十一时半我几乎已经完成了我整天的工作量。但在尼泊尔，我的工作才开始，心里难免觉得有点不习惯。然而中国俗话说"入境随俗"，又说"客随主便"，我没有别的选择了。

在外国大学里做报告，我是颇有一点经验的。别的国家不说，只在印度一国，我就曾在三所大学里做过报告：一次在德里大学，一次在尼赫鲁大学，一次在海德拉巴邦的奥斯玛尼亚大学。这三次都有点"突然袭击"的味道，都是仓促上阵的。前两个大学的情景我曾在一篇文章中描绘过，这里不再重复了。在奥斯玛尼亚大学做报告，是由我们代表团团长临时指派的，我一点思想准备都没有，客中又没有图书资料，只有硬着头皮到大学去。到了以后，我大吃一惊，大学的副校长（在印度实际上就是校长）和几位教授都亲自出来招待我。他们把我让到大礼堂里去，里面黑鸦鸦地坐满了教授和学生。副校长致欢迎词，讲了一些客套话以后，口气一转，说是要请我讲一讲中国教育和劳动问题。直到此时，我才知道我做报告的题目。我第二次大吃一惊：我脑海里空空如也，这样大而重要的题目，张开嘴巴就讲，能会不出漏子吗？我在十分之一秒内连忙灵机一动，在讲完了照例的客套话以后，接着说道："讲这样一个大题目我不是很恰当的人选。我是研究中印文化交流史的，我给大家讲一点中印文化关系吧！我相信大家会有兴趣的，因为大家最关心中印人民的友谊。"没想到这样几句话竟引起了全场热烈的掌声。我知道，我已经过了关，那一颗悬得老高的心一下子落了下来，我轻轻地舒了一口气，开口讲了起来。

现在来到了特里普文大学，题目是事前准备好的，所以心情坦然，不那么紧张。但是也有让我吃惊或者失望的地方。我原以为，在这里同在印度那几个大学里一样，全院动员，甚至全校动员，来听我的报告。可是在这里没有那样节日的气氛，只是在一间大屋子里挤坐着一二百人。在我灵魂深处，我确实觉得有点不满足。但是，既来之，则安之，只好听从主人的安排了。

在我的潜意识里有一点潜台词：尼泊尔学术水平不高。我前几年读过一本尼泊尔学者写的《尼泊尔史》，觉得水平很一般。于是我就以偏概全，留下了那么一个印象。我今天来到了尼泊尔的最高学府，眼前虽然坐满了学者、教授、博士等等，可是那个印象却始终萦绕在我的头脑中。这是否影响了我讲话的口气呢？我自己认为没有。但是，诚于中，形于外，也未必真正没有。我既然已经张开嘴巴讲了起来，也就顾不得那样多了。

可是，我讲了一个多小时以后，轮到大家提问题的时候，我却又真地吃了一惊。提问者显然对我的报告产生了极大的兴趣。他们几乎都强调，没有中国的史籍，研究尼泊尔史会感有很多困难。他们根据我的报告提了不少有关中尼历史关系的问题。可以看出来，他们确实是下过一番工夫的，他们是行家里手，决非不学无术之辈。我心里直打鼓，但同时又非常高兴。讨论进行得认真而又活泼。我们相互承诺，以后要加强联系。两国大学之间的交往算是开始了。我们应当交换学者，交换图书资料。我看到，尼泊尔朋友脸上个个都有笑容。第二天一大早，特里普文大学的历史系主任威迪耶（Vaidya）教授和特里拉特那（Triratna）教授到宾馆来看我，带给我他们自己的著作。我随便翻看了一下，觉得这些都是认真严肃的著作，心里油然起敬慕之感。我们又重申加强联系，然后分手告别。我目送两位尼泊尔教授下楼的身影，感到自己同尼泊尔学者之间的隔膜一扫而光，我们的感情接近起来了。

中国有一句俗话："万事开头难。"现在我们总算是开了个头，以后就不难了。古时候从中国到尼泊尔来要经历千山万水。现在从北京飞到加德满都，只需要四个小时。地球大大地变小了。我们两国学者来往实在非常方便。珠穆朗玛峰横亘两国之间，再也不是交通的拦路虎，而是两国永恒友谊的象征。我瞻望前途，不禁手舞足蹈了。

1986 年 12 月 20 日于燕园

别加德满都

古时候，佛教禁止和尚在一棵树下连住上三宿，怕他对这一棵树产生了眷恋之心。佛教的立法者们的做法是煞费苦心而又正确的。

说老实话，我初到加德满都的时候，看到这地方街道比较狭窄，人们的衣着也不太整洁，尘土比较多，房屋也低暗，我刚刚从日本回来，不由自主地就要对比两个国家，我立刻萌发了一个念头：赶快离开这里回国吧！

但是，过了不到半天，我的想法就来了一个一百八十度的大转弯。我乘着车子走过了许多条大大小小宽宽窄窄的街道，街道确实不能说是十分干净的，人们的面貌也确实不像日本那样同我们简直是一模一样，望上去让人没有陌生之感。可是我忽然发现，这里同我的祖国有很多相似的地方。特别是同我幼年住过的山东乡村、60 年代初期"四清"时呆过的京郊农村，更是非常相似。在那里，到处都有我最喜爱的狗，猪也成群结队地在街道上哼着叫着，到垃圾堆里去寻找食物，鸭子和鸡也叫着、跳着，杂在猪狗之间。小孩子同小狗、小猪一起玩耍，活蹦乱跳。偶尔还有炊烟从低矮黑暗的屋子里飘了出来，气味并不好闻，但却亲切、朴素，真正是乡村的气息。加德满都是一个大城市，同乡村不能完全一样；但是乡村的气息还是多少有一点的。这使我想到家乡，愉快之感在内心里跃动。

晚上走过这里的大街，电灯多半不十分耀眼明亮。霓虹灯不能说是没有，但比较少，也不十分光辉夺目。有的地方甚至灯光暗淡，人影迷离。同日本东京的银座之夜比较起来，天地悬殊。在那里，光明晃耀，灯光烛天，好像是从东海龙王那里取来了夜光宝珠，又从佛教兜率天取来了水晶琉璃，修筑了黄金宝阶、白银栏杆、千层宝塔、万间精舍，只见宇宙一片通明，直上灵霄宝殿，遍照三千大千世界。美则美矣，可我觉得与自己无关。我在惊奇中颇有冷漠之感。

在这里，在加德满都，没有那样光明，没有那样多彩，没有那样让人吃惊，没有那样引人入胜；可我从内心深处觉得亲切、淳朴、可爱、有趣，仿佛更接近自己的心灵。街旁的神龛里供着一些神像，但是没像在印度那样上面洒满了象征鲜血的红水。参天大树挺立在那里，告诉我们这个城市的古老。间或也能看到四时不谢的鲜花，红的、黄的都有，从矮矮的围墙后面探出头来，告诉我们，此时在我国虽然已是冬天，此地却仍然是春意盎然，这是一座四时皆春的春城。

除了上面这一些表面上能看到的东西以外，在我们心里还蕴涵着一种感情，是在任何别的地方都难以产生的。在尼泊尔流传着一个神话传说，说加德满都峡谷原来是大水弥漫，只有鱼虾，没有人类。文殊菩萨手挥巨剑，把一座小山劈成两半，中间留了一个口子，大水从此地流出，于是出现了陆地，出现了居民，出现了加德满都城，尼泊尔从此繁衍滋生，成为现在这个样子。而文殊菩萨的故乡则是在中国的五台山，至今他还住在那里。尼泊尔人视此山为圣地。

这当然只是一个神话。但是神话也是有背景的。为什么尼泊尔人民不把文殊菩萨的故乡说成是在别的国家，而偏偏说成是在中国呢？对中尼两国人民来说，这是一个多有意义的神话啊！尼泊尔人本来就是一个温顺和平的民族，再加上这样一个神话，所以他们每一个人都对中国怀有纯真深厚的感情。现在我们所到之处都能体会到这样一种感情，都能看到微笑的面孔，我们都陶醉在尼泊尔人民的友谊中了。

我们总共在加德满都只呆了六天。可是这六天已经是佛祖允许和尚在一棵树下住宿时间的两倍。我们的所见所闻是很有局限的。可是，经过了我上面说过的思想感情一百八十度的大转变之后，我对于这一座不能算是太大的城市的感情与日俱增，与时俱增。临别的那一天的早晨，我很早就起来了。我打开窗子，面对着外面每天早晨都必然腾起的浓雾，浓雾把眼前的一切东西都转变成了淡淡的影子。我又听到从浓雾中的某一个地方传来了犬吠声和不知从哪一家屋顶上传来了鸽子咕咕的叫声。我此时确实看不到我最喜欢看的雪山——它完全被浓雾遮蔽住了。但是，我的眼睛似乎有了佛教所谓的天眼通的神力，我能看到每一座雪峰，我的心飞到了这些雪峰的顶上，任意驰骋。连象征中尼友好的世界第一高峰珠穆朗玛峰，我似乎都看到了。我的心情又是激动，又是眷恋，又感到温暖，又觉得冷森，一时之间，我简直有点不知所措了。

别了，加德满都！

我相信，有朝一日，我还会回来的。

1986 年 12 月 2 日下午于北京大学朗润园

1987 年元旦试笔

从孩提到青年，年年盼望着过年。中年以后，年年害怕过年。而今已进入老境，既不盼望，也不害怕，觉得过年也平淡得很，我的心情也平淡得如古井寂波。

但是，夜半枕上，听到外面什么地方的爆竹声，我心里不禁一震：又过年了。仿佛在古井中投下了一块小石头。今天早晨起来，心中顿有年意，我要提笔写元旦试笔了。

时间本来是无始无终的，又没有任何痕迹。人类偏偏把三百六十多天定为一年，硬在时间上刻上痕记。这在天文学上不能说没有根据，对人类生活分上个春夏秋冬，也不无意义。你可切莫小看这个痕记，它实际上支配着我们的生命。人的一生要计算个年龄。皇帝老子要定个年号。和尚有僧腊，今天有工龄、教龄和党龄。工龄碰巧多上几天，工资就能向上调一级。什么地方你也逃不掉这一个人为的痕迹。

我也并没有处心积虑来逃掉。我只觉得，这有点自找麻烦。如果像原始人那样浑浑噩噩，不识不知，大概可以免掉不少麻烦：至少不会像后代文明人那样伤春悲秋，自伤老大。一切顺乎自然，心情要平静得多了。

我现在心情也平静得很，是在激烈活动后的平静。当人们意识到自己老大时，大概有两种反应：一是自伤自悲，一是认为这是自然规律，而处之泰然。我属于后者。去年一年，有几位算是老师一辈的学者离开人间，对我的心情不能说没有影响，我非常悲伤。但是，在内心深处，我认为这是自然规律，是极其平常的事情，短暂悲伤之后，立即恢复了平静，仍然兴致勃勃地活了下来。

活下来，就有希望。我希望在新的一年内，天下太平，人民康乐，我那些老师一辈的人不再匆匆离开人间，我自己也健康愉快，多做点对人民有益的工作。

1987 年元旦之晨

遥远的怀念

华东师范大学出版社编辑部出了这样一个绝妙的题目，实在是先得我心。我十分愉快地接受了写这篇文章的任务。

唐代的韩愈说："古之学者必有师。师者，所以传道、受业、解惑也。"今之学者亦然。各行各业都必须有老师。"师父领进门，修行在个人。"虽然修行要靠自己，没有领进门的师父，也是不行的。

我这一生，在过去的六十多年中，曾有过很多领我进门的师父。现在虽已年逾古稀，自己也早已成为"人之患"（"人之患，在患为人师"），但是我却越来越多地回忆起过去的老师来。感激之情，在内心深处油然而生。我今天的这一点点知识，有哪一样不归功于我的老师呢？从我上小学起，经过了初中、高中、大学一直到出国留学，我那些老师的面影依次浮现到我眼前来，我仿佛又受了一次他们的教诲。

关于国内的一些老师，我曾断断续续地写过一些怀念的文章。我现在想选一位外国老师，这就是德国的瓦尔德施密特教授。

我于1934年从清华大学西洋文学系毕业，在故乡济南省立高中当了一年国文教员。1935年深秋，我到了德国，在哥廷根大学学习。从1936年春天起，我从瓦尔德施密特教授学习梵文和巴利文。我在清华大学读书时曾旁听过陈寅恪先生的"佛经翻译文学"。我当时就对梵文发生了兴趣。但那时在国内没有人开梵文课，只好画饼充饥，徒唤奈何。到了哥廷根以后，终于有了学习的机会，我简直是如鱼得水，乐不可支。教授也似乎非常高兴。他当时年纪还很轻，看上去比他的实际年龄更年轻，他刚在哥廷根大学得到一个正教授的讲座。他是研究印度佛教史的专家，专门研究新疆出土的梵文贝叶经残卷。除了梵文和巴利文外，还懂汉文和藏文，对他的研究工作来说，这都是不可缺少的。我一个中国人为什么学习梵文和巴利文，他完全理解。因此，他从来也没有问过我学习的动机和理由。第一学期上梵文课时，班上只有三个学生：一个乡村牧师，一个历史系的学生，第三个就是我。梵文在德国也是冷门，三人成众，有三个学生，教授就似乎很满意了。

教授的教学方法是典型的德国式的。关于德国教外语的方法我曾在几篇文章里都谈到过，我口头对人"宣传"的次数就更多。我为什么对它如此地偏爱呢？理由很简单：它行之有效。我先讲一讲具体的情况。同其他外语课一样，第一年梵文（正式名称是：为初学者开设的梵文）每周两次，每次两小时。德国大学假期特长特多。每学期上课时间大约只有二十周，梵文上课时间共约八十小时，应该说是很少的。但是，我们第一学期就学完了全部梵文语法，还念了几百句练习。在世界上已知的语言中，梵文恐怕是语法变化最复杂、最烦琐，词汇量最大的语言。语法规律之细致、之别扭，哪一种语言也比不上。能在短短的八十个小时内学完全部语法，是很难想象的。这同德国的外语教学法是分不开的。

第一次上课时，教授领我们念了念字母。我顺便说一句，梵文字母也是非常啰唆的，绝对不像英文字母这样简明。无论如何，第一堂我觉得颇为舒服，没感到有多大压力。我心里满以为就会这样舒服下去的。第二次上课就给了我当头一棒。教授对梵文非常复杂的连声规律根本不加讲解。教科书上的阳性名词变化规律他也不讲。一下子就读起书后面附上的练习来。这些练习都是一句句的话，是从印度梵文典籍中选出来的。梵文基本上是一种死文字。不像学习现代语言那样一开始先学习一些同生活有关的简单的句子：什么"我吃饭"，"我睡觉"等等。梵文练习题里面的句子多少都脱离现代实际，理解起来颇不容易。教授要我读练习句子，字母有些还面生可疑，语法概念更是一点也没有。读得结结巴巴，译得莫名其妙，急得头上冒汗，心中发火。下了课以后，就拼命预习。一句只有五六个字的练习，要查连声，查语法，往往要做一两个小时。准备两小时的课，往往要用上一两天的时间。我自己觉得，个人的主观能动性真正是充分调动起来了。过了一段时间，自己也逐渐适应了这种学习方法。头上的汗越出越少了，心里的火越发越小了。我尝到了甜头。

除了梵文和巴利文以外，我在德国还开始学习了几种别的外语。教学方法都是这个样子。相传 19 世纪德国一位语言学家说过这样的话："拿学游泳来打个比方，我教外语就是把学生带到游泳池旁，一下子把他们推下水去。如果他们淹不死，游泳就学会了。"这只是一个比方，但是也可以看出其中的道理。虽然有点夸大，但道理不能说是没有的。在"文化大革命"中，我自己跳出来，成了某一派"革命"群众的眼中钉、肉中刺，被"打翻在地，踏上了一千只脚"，批判得淋漓尽致。我宣传过德国的外语教学法，成为大罪状之首，说是宣传德国法西斯思想。当时一些"革命小将"的批判发言，百分之九十九点九是胡说八道，他们根本不知道，这种教学法兴起时，连希特勒的爸爸都还没有出世哩！我是"死不改悔"的顽固分子，今天我仍然觉得这种教学法能充分调动学生的积极性，尽早独立自主地"亲口尝一尝梨子"，是行之有效的。

这就是瓦尔德施密特教授留给我的第一个也是最深的一个印象。从那以后，一直到1939年第二次世界大战爆发，他被征从军为止，我每一学期都必选教授的课。我在课堂上（高年级的课叫做习弥那尔①）读过印度古代的史诗、剧本，读过巴利文，解读过中国新疆出土的梵文贝叶经残卷。他要求学生极为严格，梵文语法中那些古里古怪的规律都必须认真掌握，决不允许有半点马虎和粗心大意，连一个字母他也决不放过。学习近代语言，语法没有那样繁复，有时候用不着死记，只要多读一些书，慢慢地也就学通了。但是梵文却绝对不行。梵文语法规律有时候近似数学，必须细心地认真对付。教授在这一方面是十分认真的。后来我自己教学生了。我完全以教授为榜样，对学生要求严格。等到我的学生当了老师的时候，他们也都没有丢掉这一套谨严细致的教学方法。教授的教泽真可谓无远弗届，流到中国来，还流了几代。我也总算对得起我的老师了。

---

① 习弥那尔：即 Seminar。

瓦尔德施密特教授的专门研究范围是新疆出土的梵文贝叶经。在这一方面，他是蜚声世界的权威。他的老师是德国的梵文大家吕德斯教授，也是以学风谨严著称的。教授的博士论文以及取得在大学授课资格的论文，都是关于新疆贝叶经的。这两本厚厚的大书，里面的材料异常丰富，处理材料的方式极端细致谨严。一张张的图表，一行行的统计数字，看上去令人眼花缭乱，令人头脑昏眩。我一向虽然不能算是一个马大哈，但是也从没有想到写科学研究论文竟然必须这样琐细。两部大书好几百页，竟然没有一个错字，连标点符号，还有那些希奇古怪的特写字母或符号，也都是个个确实无误，这实在不能不令人感到吃惊。德国人一向以彻底性自诩。我的教授忠诚地保留了德国的优良传统。留给我的印象让我终生难忘，终生受用不尽。

　　但是给我教育最大的还是我写博士论文的过程。按德国规定，一个想获得博士学位的学生必须念三个系：一个主系和两个副系。我的主系是梵文和巴利文，两个副系是斯拉夫语文系和英国语文系。指导博士论文的教授，德国学生戏称之为"博士父亲"。怎样才能找到博士父亲呢？这要由教授和学生两个方面来决定。学生往往经过在几个大学中获得的实践经验，最后决定留在某一个大学跟某一个教授做博士论文。德国教授在大学里至高无上，他说了算，往往有很大的架子，不大肯收博士生，害怕学生将来出息不大，辱没了自己的名声。越是名教授，收徒弟的条件越高。往往经过几个学期的习弥那尔，教授真正觉得孺子可教，他才点头收徒，并给他博士论文题目。

对我来讲，我好像是没有经过那样漫长而复杂的过程。第四学期念完，教授就主动问我要不要一个论文题目。我听了当然是受宠若惊，立刻表示愿意。他说，他早就有一个题目《〈大事〉伽陀中限定动词的变化》，问我接受不接受。我那时候对梵文所知极少，根本没有选择题目的能力，便满口答应。题目就这样定了下来。佛典《大事》是用所谓"混合梵文"写成的，既非梵文，也非巴利文，更非一般的俗语，是一种乱七八糟杂凑起来的语言。这种语言对研究印度佛教史、印度语言发展史等都是很重要的。我一生对这种语言感兴趣，其基础就是当时打下的。

题目定下来以后，我一方面继续参加教授的习弥那尔，听英文系和斯拉夫语文系的课，另一方面就开始读法国学者塞那校订的《大事》，一共厚厚的三大本，我真是争分夺秒，"开电灯以继暮，恒兀兀以穷年"。我把每一个动词形式都做成卡片，还要查看大量的图书杂志，忙得不可开交。此时国际环境和生活环境越来越恶劣。吃的东西越来越少，不但黄油和肉几乎绝迹，面包和土豆也仅够每天需要量的三分之一至四分之一。黄油和面包都搀了假，吃下肚去，咕咕直叫。德国人是非常讲究礼貌的。但在当时，在电影院里，屁声相应，习以为常。天上还有英美的飞机，天天飞越哥廷根上空。谁也不知道，什么时候会有炸弹落下，心里终日危惧不安。在自己的祖国，日本军国主义者奸淫掳掠，杀人如麻。"烽火连三年，家书抵亿金。"我是根本收不到家书的。家里的妻子老小，生死不知。我在这种内外交迫下，天天晚上失眠。偶尔睡上一点，也是恶梦迷离。有时候梦到在祖国吃花生米。可见我当时对吃的要求已经低到什么程度。几粒花生米，连龙肝凤髓也无法比得上了。

我的论文就是在这种情况下慢慢地写下去的。我想，应当在分析限定动词变化之前写上一篇有分量的长的绪论，说明"混合梵语"的来龙去脉以及《大事》的一些情况。我觉得，只有这样，论文才显得有气派。我翻看了大量用各种语言写成的论文，做笔记，写提纲。这个工作同做卡片同时并举，经过了大约一年多的时间，终于写成了一篇绪论，相当长。自己确实是费了一番心血的。"文章是自己的好"，我自我感觉良好，觉得文章分析源流，标列条目，洋洋洒洒，颇有神来之笔，值得满意的。我相信，这一举一定会给教授留下深刻印象，说不定还要把自己夸上一番。当时欧战方殷，教授从军回来短期休假。我就怀着这样的美梦，把绪论送给了他。美梦照旧做了下去。隔了大约一个星期，教授在研究所内把文章退还给我，脸上含有笑意，最初并没有说话。我心里咯噔一下，直觉感到情势有点不妙了。我打开稿子一看，没有任何改动。只是在第一行第一个字前面划上了一个前括号，在最后一行最后一个字后面划上了一个后括号。整篇文章就让一个括号括了起来，意思就是说，全不存在了。这真是"坚决、彻底、干净、全部"消灭掉了。我仿佛当头挨了一棒，茫然、懵然，不知所措。这时候教授才慢慢地开了口："你的文章费劲很大，引书不少。但是都是别人的意见，根本没有你自己的创见。看上去面面俱到，实际上毫无价值。你重复别人的话，又不完整准确。如果有人对你的文章进行挑剔，从任何地方都能对你加以抨击，而且我相信你根本无力还手。因此，我建议，把绪论统统删掉。在对限定动词进行分析以前，只写上几句说明就行了。"一席话说得我哑口无言，我无法反驳。这引起了我的激烈的思想斗争，心潮滚滚，冲得我头晕眼花。过了好一阵子，我的脑筋才清醒过来，仿佛做了黄粱一梦。我由衷地承认，教授的话是完全合情合理的。我由此体会到：写论文就应该是这个样子。

　　这是我一生第一次写规模比较大的学术论文，也是我第一次受到剧烈的打击。然而我感激这一次打击，它使我终生头脑能够比较清醒。没有创见，不要写文章，否则就是浪费纸张。有了创见写论文，也不要下笔千言，离题万里。空洞的废话少说不说为宜。我现在也早就有了学生了。我也把我从瓦尔德施密特教授那里接来的衣钵传给了他们。

　　我的回忆就写到这里为止。这样一个好题目，我本来希望能写出一篇像样的东西。但是却是事与愿违，文章不怎么样。差幸我没有虚构，全是大实话，这对青年们也许还不无意义吧。

1987 年 3 月 18 日晨

怀念西府海棠

暮春三月，风和日丽。我偶尔走过办公楼前面。在盘龙石阶的两旁，一边站着一棵翠柏，浑身碧绿，扑人眉宇，仿佛是从地心深处涌出来的两股青色的力量，喷薄腾越，顶端直刺蔚蓝色的晴空，其气势虽然比不上杜甫当年在孔明祠堂前看到的那一些古柏："苍皮溜雨四十围，黛色参天二千尺"，然而看到它，自己也似乎受到了感染，内心里溢满了力量。我顾而乐之，流连不忍离去。

然而，我的眼前蓦地一闪，就在这两棵翠柏站立的地方出现了两棵西府海棠，正开着满树繁花，已经绽开的花朵呈粉红色，没有绽开的骨朵呈鲜红色，粉红与鲜红，纷纭交错，宛如天半的粉红色彩云。成群的蜜蜂飞舞在花朵丛中，嗡嗡的叫声有如春天的催眠曲。我立刻被这色彩和声音吸引住，沉醉于其中了。眼前再一闪，翠柏与海棠同时站立在同一个地方，两者的影子重叠起来，翠绿与鲜红纷纭交错起来了。

这是怎么一回事呢？

我一时有点茫然、懵然；然而不需要半秒钟，我立刻就意识到，眼前的翠柏与海棠都是现实，翠柏是眼前的现实，海棠则是过去的现实，它确曾在这个地方站立过，而今这两个现实又重叠起来，可是过去的现实早已化为灰烬，随风飘零了。

事情就发生在"十年浩劫"期间。一时忽然传说：养花是修正主义，最低的罪名也是玩物丧志。于是"四人帮"一伙就在海内名园燕园大肆"斗私、批修"，先批人，后批花木，几十年上百年的老丁香花树砍伐殆尽，屡见于清代笔记中的几架古藤萝也被斩草除根，几座楼房外面墙上爬满了的"爬山虎"统统拔掉，办公楼前的两棵枝干繁茂绿叶葳蕤的西府海棠也在劫难逃。总之，一切美好的花木，也像某一些人一样，被打翻在地，身上踏上了一千只脚，永世不得翻身了。

这两棵西府海棠在老北京是颇有一点名气的。据说某一个文人的笔记中还专门讲到过它。熟悉北京掌故的人，比如邓拓同志等，生前每到春天都要来园中探望一番。我自己不敢说对北京掌故多么熟悉，但是，每当西府海棠开花时，也常常自命风雅，到树下流连徘徊，欣赏花色之美，听一听蜜蜂的鸣声，顿时觉得人间毕竟是非常可爱的，生活毕竟是非常美好的，胸中的干劲陡然腾涌起来，我的身体好像成了一个蓄电瓶，看到了西府海棠，便仿佛蓄满了电，能够在自己所从事的工作中精神抖擞地驰骋一气了。

中国古代的诗人中，喜爱海棠者颇不乏人。大家欣赏海棠之美，但颇以海棠无香为憾。在古代文人的笔记和诗话中，有很多地方谈到这个问题，可见文人墨客对海棠的关心。宋代著名的爱国大诗人陆游有几首《花时遍游诸家园》的诗，其中之一是讲海棠的：

为爱名花抵死狂，

只愁风日损红芳。

绿章夜奏通明殿，

乞借春阴护海棠。

陆游喜爱海棠达到了何等疯狂的地步啊！稍有理智的人都应当知道，海棠与人无争，与世无忤，决不会伤害任何人的；它只能给人间增添美丽，给人们带来喜悦，能让人们热爱自然，热爱祖国。然而，就连这样天真无邪的海棠也难逃"四人帮"的毒手。燕园内的两棵西府海棠现在已经不知道消逝到什么地方去了，这也算是一种"含冤逝世"吧。代替它站在这里的是两棵翠柏。翠柏也是我所喜爱的，它也能给人们带来美感享受，我毫无贬低翠柏的意思。但是以燕园之大，竟不能给海棠留一点立足之地，一定要铲除海棠，栽上翠柏，一定要争这方尺之地，翠柏而有知，自己挤占了海棠的地方，也会感到对不起海棠吧！

"四人帮"要篡党夺权，有一些事情容易理解；但是砍伐花木，铲除海棠，仿佛这些花木真能抓住他们那罪恶的黑手，令人百思不得其解。宋代苏洵在《辨奸论》中说："凡事之不近人情者，鲜不为大奸慝。"砍伐西府海棠之不近人情，一望而知。爱好美好的东西是人类的天性，任何人都有权利爱好美好的东西，花木当然也包括在里面。然而"四人帮"却偏要违反人性，必欲把一切美好的东西铲除净尽而后快。他们这一伙人是大奸慝，已经丝毫无可怀疑了。

事情已经过去了将近二十年，为什么西府海棠的影子今天又忽然展现在我的眼前呢？难道说是名花有灵，今天向我"显圣"来了么？难道说它是向我告状来了么？可惜我一非包文正，二非海青天，更没有如来佛起死回生的神通，我所有的能耐至多也只能一洒同情之泪，我还有什么话可说呢？

　　我从来不相信什么神话。但是现在我真想相信起来，我真希望有一个天国。可是我知道，须弥山已经为印度人所独占，他们把自己的天国乐园安放在那里。昆仑山又为中国人所垄断，王母娘娘就被安顿在那里。我现在只能希望在辽阔无垠的宇宙中间还能有那么一块干净的地方，能容得下一个阆苑乐土。那里有四时不谢之花、八节长春之草，大地上一切花草的魂魄都永恒地住在那里，随时、随地都是花团锦簇，五彩缤纷。我们燕园中被无端砍伐了的西府海棠的魂灵也遨游其间。我相信，它决不会忘记了自己呆了多年的美丽的燕园，每当三春繁花盛开之际，它一定会来到人间，驾临燕园，风前月下，凭吊一番。"环珮空归月下魂"，明妃之魂归来，还有环珮之声。西府海棠之魂归来时，能有什么迹象呢？我说不出，我只能时时来到办公楼前，在翠柏影中，等候倩魂。我是多么想为海棠招魂啊！结果恐怕只能是"上穷碧落下黄泉，两地茫茫皆不见"了。奈何，奈何！

　　在这风和日丽的三月，我站在这里，浮想联翩，怅望晴空，眼睛里流满了泪水。

1987年4月26日写于上海华东师范大学专家招待所。行装甫卸，倦意犹存。在京构思多日的这篇短文，忽然躁动于心中，于是悚然而起，援笔立就，如有天助，心中甚喜。

怀念衍梁

在将近六十年前，我同衍梁是济南高中同学。我们俩同年生，我却比他高一级或者两级。既然不是同班，为什么又成了要好的朋友呢？这要从我们的共同爱好谈起。

日本侵略者短期占领济南于1929年撤兵之后，停顿了一年的山东省会的教育又开始复苏。当时山东全省唯一的一所高中：山东省立济南高中正式建立。在中等教育层次中，这是山东的最高学府，全省青年人才荟萃之地。当时的当政者颇为重视。专就延聘教员方面来说，请到了许多学有专长的教员，可谓极一时之选。国文教员有胡也频、董秋芳、夏莱蒂、董每戡等，都是在全国颇有名气的作家。我们的第一位国文教员是胡也频先生。他当时年少气盛，而且具有青年革命家一往无前的精神，现在看起来虽然略有点沉着不够，深思熟虑不够，但是他们视反动派如粪土，如木雕泥塑，先声夺人。在精神方面他们是胜利者。胡先生在课堂上坦诚直率地宣传革命，宣传革命文艺。每次上课几乎都在黑板上大书："什么是现代文艺？现代文艺的使命是什么？"所谓现代文艺，当时也称之为普罗文学，也就是无产阶级文学。它的使命就是革命，就是推翻以蒋介石为首的国民党反动派的统治。他讲起来口若悬河泻水，滔滔不绝。我们当时都才十七八岁，很容易受到感染，也跟着大谈现代文艺和现代文艺的使命。丁玲同志曾以探亲名义，在高中呆过一阵，我们学生都怀着好奇而又尊敬的心情瞻仰了她的丰采。她的一些革命作品，如《在黑暗中》等，当然受到我们的欢迎。

在青年学生中最积极的积极分子之一就是许衍梁。

我们当时都是山东话所说的"愣头青"，就是什么顾虑也没有，什么东西也不怕。我们虽然都不懂什么叫革命，却对革命充满了热情。胡也频先生号召组织现代文艺研究会，我们就在宿舍旁边的过道上摆上桌子，坦然怡然地登记愿意参加的会员。我们还准备出版刊物，我给刊物写过一篇文章，题目是《现代文艺的使命》。当时看了一些从日文转译过来的俄国人写的马克思文艺理论。译文极其别扭，读起来像天书一般，我也生吞活剥地写入我的"文章"，其幼稚可想而知。但是自己却颇有一点自命不凡的神气。记得衍梁也写了文章，题目忘记了，其幼稚程度同我恐怕也在伯仲之间。

这些举动当然会惹起国民党反动派的注意。我们学校就设有什么训导主任，专门宣传国民党党义和监视学生的活动。他们散布流言，说济南高中成了"土匪训练班"。衍梁当仁不让地是"土匪"之一。对他们眼中的"土匪"们，国民党一向是残酷消灭，手下决不留情的。不久，就传出了"消息"，说是他们要逮捕人。胡也频先生立即逃离济南，到了上海。过了没有多久，国民党反动派终于下了毒手，他就在龙华壮烈牺牲了。

我们这些小"土匪"们失去了支柱，只好变得安分守己起来。一转眼到了1930年夏天，我毕业离校，到北平考上国立清华大学，同衍梁就失去了联系。一直到1946年，我从欧洲回国，1947年回到济南，才再次同他见面。当时正处在解放战争高潮中，济南实际上成了一座孤城，国民党反动派眼看就要崩溃。记得我们也没有能见多少次面，我就又离开济南回北平来了。

又是一段相当长的别离。好像是到了"四人帮"垮台以后，我才又去济南见了衍梁。他当了官，对老友仍然像从前那样热情。七年前我回到济南开会，一中的老同学集会了一次。五六十年没有见面的中学老同学又见了面，实在是空前盛会，大家都兴奋异常。我想大家都会想到杜甫的诗"人生不相见，动如参与商。今夕复何夕？共此灯烛光"，而感慨万端。我见到了余修、黄离等等，衍梁当然也在里面，而且是最活跃的一个。此时他已经不戴乌纱帽，而搞山东科协。看来他的精神很好，身体很健康。谁也没料到，不久余修谢世，去年衍梁也病逝北京，这一次盛会不但空前，竟也绝后了。

我久已年逾古稀。但是一直到最近，我才逐渐承认自己是老人了。中国古代文人常用一个词儿，叫做"后死者"，我觉得这个词儿实在非常有意思。同许多老朋友比起来，我自己竟也成了一个"后死者"。当一个"后死者"是幸运的——谁不愿意长寿呢？但任务也是艰巨的。许多已死的老朋友的面影闪动在自己的脑海中，迷离历乱，不成章法，但又历历在目，栩栩如生。据说老年人都爱回忆过去。根据我自己的经验，这并不是老年人独有的爱好，而是在沉重的回忆的压力下不得不尔。

我常拿晚秋的树叶来比老年人。在木叶凋零的时刻，树上残留的叶片日益减少。秋风一吹，落下几片。秋风又一吹，又落下几片。树本身也许还能做梦，梦到冬去春来，树叶又可以繁茂起来。老年人是没有这种幸福的。他们只能眼睁睁地看着叶片日益稀少。淡淡的或浓浓的悲哀压在心头。屠格涅夫的一首散文诗，鲁迅的散文诗《过客》都讲到：眼前最终是一个坟墓，"人生至此，天道宁论"，古人已经叹息过了。我自认为是唯物主义者，知道这是自然规律，不可抗御，无所用其悲哀。但话虽这样说，如果说对生死绝不介意，恐怕是很难做到的。

现在我中小学的同伴生存的已经绝无仅有了，衍梁的面影，也夹在许多老朋友的面影中活跃在我的脑海里，等到我自己的面影也活跃在比我更后死的朋友的脑海中时，恐怕再没有谁还会记得起衍梁了。我现在乘着他的面影还在闪动时，写下这一篇短文，希望把他的面影保留得尽可能长一些。我现在能做的也就只这些了，呜呼，真叫做没有法子。

1987 年 7 月 23 日

法门寺

法门寺，多么熟悉的名字啊！京剧有一出戏，就叫做"法门寺"。其中有两个角色，让人永远忘记不了：一个是太监刘瑾，一个是他的随从贾桂。刘瑾气焰万丈，炙手可热。他那种小人得志的情态，在戏剧中表现得维妙维肖，淋漓尽致，是京剧中最著名的人物之一。贾桂则是奴颜婢膝，一副小人阿谀奉承的奴才相。他的"知名度"甚至高过刘瑾，几乎是妇孺皆知。"贾桂思想"这个词儿至今流传。

我曾多次看《法门寺》这一出戏，我非常欣赏演员们的表演艺术。但是，我从来也没想研究究竟有没有法门寺这样一个地方？它坐落在何州何县？这样的问题好像跟我风马牛不相及，根本不存在似的。

然而，我何曾料到，自己今天竟然来到了法门寺，而且还同一件极其重要的考古发现联系在一起了。

这一座寺院距离陕西扶风县有八九里路，处在一个比较偏僻的农村中。我们来的时候，正落着濛濛细雨，据说这雨已经下了几天。快要收割的麦子湿漉漉的，流露出一种垂头丧气的神情。但是在中国比较稀见的大棵大朵的月季花却开得五颜六色，绚丽多姿，告诉我们春天还没有完全过去，夏天刚刚来临。寺院还在修葺，大殿已经修好，彩绘一新，鲜艳夺目。但是整个寺院却还是一片断壁残垣，显得破破烂烂。地上全是泥泞，根本没法走路。工人们搬来了宝塔倒掉留下来的巨大的砖头，硬是在泥水中垫出一条路来。我们这一群从北京来的秀才们小心翼翼，战战兢兢地踏着砖头，左歪右斜地走到了一个原来有一座十三层的宝塔而今完全倒掉的地方。

这样一个地方有什么可看的呢？千里迢迢从北京赶来这里难道就是为了看这一座破庙吗？事情当然不会这样简单。这一座法门寺在唐代真是大大地有名，它是皇家烧香礼佛的地方。这一座宝塔建自唐代，中间屡经修葺。但是在一千多年的漫长的时间内，年深日久，自然的破坏力是无法抗御的，终于在前几年倒塌了。我们现在看到的就是倒塌后的样子。

倒塌本身按理说也用不着大惊小怪。但是，倒塌以后，下面就露出了地宫。打开地宫，一方面似乎是出人意料，另一方面又似乎是在意料之内，在这里发现了大量异常珍贵的古代遗物。遗物真可以说是丰富多彩，琳琅满目，其中有金银器皿、玻璃器皿、茶碾子、丝织品。据说，地宫初启时，一千多年以前的金器，金光闪闪，光辉夺目，参加发掘的人为之吃惊，为之振奋。最引人瞩目的是秘色瓷，实物还从来没有看到过。另外根据刻在石碑上的账簿，丝织品中有中国历史上唯一的一位女皇武则天的裙子。因为丝织品都粘在一起，还没有能打开看一看，这一条简直是充满了神话色彩的裙子究竟是什么样子。

但是，真正引起轰动的还是如来佛释迦牟尼的真身舍利。世界上已经发现的舍利为数极多，我国也有不少。但是，那些舍利都是如来佛遗体焚化后留下来的。这一个如来佛指骨舍利却出自他的肉身，在世界上从来没有过。我不是佛教信徒，不想去探索考证。但是，这个指骨舍利在十三层宝塔下面已经埋藏了一千多年，只是它这一把子年纪不就能让我们肃然起敬吗？何况它还同中国历史上和文学史上的一段公案紧密地联系在一起呢！唐朝大文学家韩愈有一篇著名的文章：《论佛骨表》。千百年来，读过这篇文章的人恐怕有千百万。我自己年幼时也曾读过，至今尚能背诵。但是，我从来也没有想到，唐宪宗"令群僧迎佛骨于凤翔"的佛骨竟然还存在于宇宙间，而且现在就在我们眼前，我原以为是神话的东西就保存在我们现在来看的地宫里，虚无缥缈的神话一下子变为现实。它将在全世界引起多么大的轰动，目前还无法逆料。这一阵"佛骨旋风"会以雷霆万钧之力扫过佛教世界，这一点是肯定无疑的了。

　　我曾多次来过西安，我也曾多次感觉到过，而且说出来过：西安是一块宝地。在这里，中国古代文化仿佛阳光空气一般，弥漫城中。唐代著名诗人的那些名篇名句，很多都与西安有牵连。谁看到灞桥、渭水等等的名字不会立即神往盛唐呢？谁走过丈八沟、乐游原这样的地方不会立即想到杜甫、李商隐的名篇呢？这里到处是诗，美妙的诗；这里到处是梦，神奇的梦；这里是一个诗和梦的世界。如今又出现了如来真身舍利。它将给这个诗和梦的世界涂上一层神光，使它同西天净土，三千大千世界联系在一起，生为西安人，生为陕西人，生为中国人有福了。

从神话回到现实。我们这一群北京秀才们是应邀来鉴定新出土的奇宝的。对我们这些凡夫俗子来说，如来真身舍利渺矣茫矣。对每一个中国人来说，古代灿烂的文化遗物却是活生生的现实。即使对于神话不感兴趣的普通老百姓，对现实却是感兴趣的。现在法门寺已经严密封锁，一般人不容易进来。但是，老百姓却有自己的想法，有自己的价值观。我曾在大街上和飞机场上碰到过一些好奇的老百姓。在大街上，两位中年人满面堆笑，走了过来：

"你是从北京来的吗？"

"是的。"

"你是来鉴定如来佛的舍利吗？"

"是的。"

"听说你们挖出了一地窖金子?!"

对这样的"热心人"，我能回答些什么呢？

在飞机场五六个年轻人一下子涌了上来：

"你们不是从北京来的吗？"

"是的。"

"听说，你们看到的那几段佛骨，价钱可以顶得上三个香港?!"

多么奇妙的联想，又是多么天真的想法。让我关在屋子里想一辈子也想不出来。无论如何，这表示，西安的老百姓已经普遍地注意到如来真身舍利的出现这一件事，街头巷尾，高谈阔论，沸沸扬扬，满城都说佛舍利了。

外国朋友怎样呢？他们的好奇心，他们的轰动，决不亚于中国的老百姓。在新闻发布会上，一位日本什么报的记者抢过扩音器，发出了连珠炮似的问题："这个指骨舍利是如来佛哪一只手上的呢？是左手，还是右手？是哪一个指头上的呢？是拇指，还是小指？"我们这一些"答辩者"，谁也回答不出来。其他外国记者都争着想提问，但是这一位日本朋友却抓紧了扩音器，死不放手。我决不敢认为，他的问题提得幼稚，可笑。对一个信仰佛教又是记者的人来说，他提问题是非常认真严肃的，又是十分虔诚的。据我了解到的，现在世界上许多国家，特别是日本、印度，以及南亚和东南亚佛教国家，都纷纷议论西安的真身舍利。这个消息像燎原的大火一样，已经熊熊燃烧起来了，行将见"西安热"又将热遍全球了。

就这样，我在细雨霏霏中，一边参观法门寺，一边心潮起伏，浮想联翩。多年来没有背诵的《论佛骨表》硬是从遗忘中挤了出来，我不由地一字一句暗暗背诵。同时我还背诵着：

> 一封朝奏九重天，
> 夕贬潮州路八千。
> 欲为圣明除弊事，
> 肯将衰朽惜残年？
> 云横秦岭家何在，
> 雪拥蓝关马不前。
> 知汝远来应有意，
> 好收吾骨瘴江边。

韩愈因谏迎佛骨，遭到贬逐，他的侄孙韩湘来看他，他写了这一首诗。我没有到过秦岭，更没有见过蓝关，我却仿佛看到了一个孤苦伶仃的老人，忠君遭贬，我不禁感到一阵凄凉。此时月季花在雨中别具风韵，法门寺的红墙另有异彩。我幻想，再过三五年，等到法门寺修复完毕，十三级宝塔重新矗立之时，此时冷落僻远的法门寺前，将是车水马龙，摩肩接踵，与秦俑馆媲美了。

1987 年 8 月 26 日

悼念曹老

几个月以前，北京大学召开了庆祝曹老（靖华）九十华诞座谈会。我参加了，发了言，我说，曹老的道德文章，可以为人师表。《关东文学》编辑部的同志要我写一篇祝贺文章，我答应了，立即动笔。但是，只写了一半，便有西安、香港之行，没有来得及写完。回京以后，听到曹老病情转恶。但我立刻又有北戴河之行，没能到医院去看望他。不意他竟尔仙逝。老辈学人中又弱一个，给我连年来对师友的悼念又增添一份沉重的力量，让我把祝贺文章腰斩，来写悼念文字，不禁悲从中来了。

记得在大约四年以前，我还在学校工作，曹老的家属从医院打电话给学校领导，说曹老病危，让学校派人去见"最后一面"。我奉派前往，看到他的病并不"危"，谈笑风生。我当时心情十分矛盾，我把眼泪硬压在内心里，陪他谈笑。他不久就出了院，而且还参加了一个在京西宾馆召开的会。我们见面，彼此兴奋。我一想到"最后一面"，心里就觉得非常有趣。他则怡然坦然，坐在台阶上，同我谈话。以后，听说他又进了医院，出出进进，记不清有多少次了。时光流逝，一晃就是几年，他终于度过了自己的九十周岁诞辰。我原以为他还能奇迹般地出出进进几次，而终无危险，向着百岁迈进，可他终于一病不起了。

同很多人一样，我认识曹老有一个曲折的过程。我是先读他的书，然后闻知他的英勇事迹，最后才见面认识。我在大学读书期间，曾读过曹老的一些翻译作品。1946年夏天，我在离开祖国十一年之后，终于经历了千辛万苦，回到了祖国的怀抱里。我当时心情十分矛盾，一个年轻的游子又回到母亲跟前，心里感到特别温暖。但是在所谓胜利之后，国民党的"劫收"大员，像一群蝗虫，无法无天，乱抢乱夺。我又不禁忧从中来。我在上海停留期间，夜里睡在克家的榻榻米上，觉得其乐无穷。有一天，忽然听到传闻，国民党警察在南京下关车站蛮横地毒打了进京请愿的进步人士，其中就有曹老。从此曹靖华（我记得当时是曹联亚）这个名字就深深地印在我的记忆中。

一直到解放以后，我才在北京大学见到曹老。他在俄语系工作，我在东语系。由于行当不同，接触并不多。但是，他留给我的印象是非常好的。他长我十四岁，论资排辈，他应该算是我的老师。他为人淳朴无华，待人接物，诚挚有加，彬彬有礼，给人以忠厚长者的印象。他不愧是中国旧文化精华的一个代表人物，同他交往，使人如坐春风化雨中。

但是，这只是他性格的一个方面。在另一方面，他却如金刚怒目，对待反动派决不妥协。他通过翻译苏联的革命文学，哺育了一代代的革命新人。他的功绩将永远为中国人民所记忆。而他自己也以身作则。早年他冒风险同鲁迅先生交往，支持人民的正义斗争，坚贞不屈，数十年如一日，终于经历了严霜烈日，走过了不知多少独木小桥，迎来了次第春风。他真正做到了"横眉冷对千夫指，俯首甘为孺子牛"。

在以后长达几十年的交往中，我对他的敬意与日俱增。有很长的一段时间，他是《世界文学》的主编，我是编委之一。每隔几个月，总要召开一次编委会，大家放言高论，其乐融融。解放以后，我参加的会议真可谓多矣。我决不是一个"开会迷"，有一些会让我苦不堪言。但是，对《世界文学》的会，我却真有一点"迷"了。同老友见面，同曹老见面，成为我的一大乐事。

我曾在悼念朱光潜先生的文章中提到，我最不喜欢拜访人。即使是我最尊敬的老师和老友，我也难得一访。我自己知道，这是一种怪癖，想改之者久矣。但是山难改，性难移，至今没有什么改进。对待曹老，我也是如此。尽管我对他有深厚的敬意和感情，但是曹老的家我却一次也没有去过。平常在校园中见了面，总要问寒问暖，说上一阵子话，看来彼此都是兴奋而又欣慰。在外面开会时碰到，更要促膝长谈。我往往暗自庆幸：北大是一个出百岁老人的地方。我们的老校长马寅初先生，活到一百多岁。我的美国老师温德教授也庆祝过自己的一百周岁。曹老为什么不能活到一百岁呢？

然而曹老毕竟没有活到一百岁。这对中国文学艺术界来说是一大损失，对他的学生和朋友来说是一件无法弥补的憾事。有生必有死，这是自然规律，我辈凡人谁也无法抗御。我们只能用这个来安慰自己。同时，我又想到，年过九十，也算是寿登耄耋，在世界上，自古以来，就是十分罕见的。曹老可以安息了。

北大以老教授多闻名全国。我自己虽然久已年逾古稀，但是抬眼向前看，比我年纪大的还有一大排，我只能算是小弟弟，不敢言老，心中更无老意，常常感到，在燕园中，自己是幸福的人。然而近二三年以来，老成颇多凋谢，蓦抬头：我眼前的队伍逐渐缩短了，宛如深秋古木，在不知不觉中，叶片一片片地飘然落下。我虽然自谓能用唯物的态度对待生死问题，然而内心深处也难免引起一阵阵的颤抖了。

嗟乎，死者已矣。我们生者的责任更大起来了。我感到自己肩头沉重了起来。

1987 年 9 月 13 日

我记忆中的老舍先生

老舍先生含冤逝世已经二十多年了。在这一段相当长的时间内，我经常想到他，想到的次数远远超过我认识他以后直至他逝世的三十多年。每次想到他，我都悲从中来。我悲的是中国失去一个热爱祖国、热爱人民的正直的大作家，我自己失去一位从年龄上来看算是师辈的和蔼可亲的老友。目前，我自己已经到了晚年，我的内心再也承受不住这一份悲痛，我也不愿意把它带着离开人间。我知道，原始人是颇为相信文字的神秘力量的，我从来没有这样相信过。但是，我现在宁愿做一个原始人，把我的悲痛和怀念转变成文字，也许这悲痛就能突然消逝掉，还我心灵的宁静，岂不是天大的好事吗？

我从高中时代起，就读老舍先生的著作，什么《老张的哲学》、《赵子曰》、《二马》，我都读过。到了大学以后，以及离开大学以后，只要他有新作出版，我一定先睹为快，什么《离婚》、《骆驼祥子》等等，我都认真读过。最初，由于水平的限制，他的著作我不敢说全都理解。可是我总觉得，他同别的作家不一样。他的语言生动幽默，是地道的北京话，间或也夹上一点山东俗语。他没有许多作家那种忸怩作态让人读了感到浑身难受的非常别扭的文体，一种新鲜活泼的力量跳动在字里行间。他的幽默也同林语堂之流的那种着意为之的幽默不同。总之，老舍先生成了我毕生最喜爱的作家之一，我对他怀有崇高的敬意。

但是，我认识老舍先生却完全出于一个偶然的机会。30年代初，我离开了高中，到清华大学来念书。当时老舍先生正在济南齐鲁大学教书。济南是我的老家，每年暑假我都回去。李长之是济南人，他是我的唯一的一个小学、中学、大学"三连贯"的同学。有一年暑假，他告诉我，他要在家里请老舍先生吃饭，要我作陪。在旧社会，大学教授架子一般都非常大，他们与大学生之间宛然是两个阶级。要我陪大学教授吃饭，我真有点受宠若惊。及至见到老舍先生，他却全然不是我心目中的那种大学教授。他谈吐自然，蔼然可亲，一点架子也没有，特别是他那一口地道的京腔，铿锵有致，听他说话，简直就像是听音乐，是一种享受。从那以后，我们就算是认识了。

以后是激烈动荡的几十年。我在大学毕业以后，在济南高中教了一年国文，就到欧洲去了，一住就是十一年。中国胜利了，我才回来，在南京住了一个暑假。夜里睡在国立编译馆长之的办公桌上；白天没有地方呆，就到处云游，什么台城、玄武湖、莫愁湖等等，我游了一个遍。老舍先生好像同国立编译馆有什么联系。我常从长之口中听到他的名字，但是没有见过面。到了秋天，我也就离开了南京，乘海船绕道秦皇岛，来到北平。

以后又是更为激烈震荡的三年。用美式装备武装到牙齿的国民党反动军队，被彻底消灭。蒋介石一小撮逃到台湾去了。中国人民苦斗了一百多年，终于迎来了解放的春

211

天。我们这一群知识分子都亲身感受到，我们确实已经站起来了。就在这样的情况下，我在当时所谓故都又会见了老舍先生，上距第一次见面已经有二十多年了。

我现在已经记不清楚我们重逢时的情景，但是我却清晰地记得起 50 年代初期召开的一次汉语规范化会议时的情景。当时语言学界的知名人士，以及曲艺界的名人，都被邀请参加，其中有侯宝林、马增芬姊妹等等。老舍先生、叶圣陶先生、罗常培先生、吕叔湘先生、黎锦熙先生等等都参加了。这是解放后语言学界的第一次盛会。当时还没有达到会议成灾的程度，因此大家的兴致都很高，会上的气氛也十分亲切融洽。

有一天中午，老舍先生忽然建议，要请大家吃一顿地道的北京饭。大家都知道，老舍先生是地道的北京人，他讲的地道的北京饭一定会是非常地道的，都欣然答应。老舍先生对北京人民生活之熟悉，是众所周知的。有人戏称他为"北京土地爷"。他结交的朋友，三教九流都有。他能一个人坐在大酒缸旁，同洋车夫、旧警察等旧社会的"下等人"，开怀畅饮，亲密无间，宛如亲朋旧友，谁也感觉不到他是大作家、名教授、留洋的学士。能做到这一步的，并世作家中没有第二人。这样一位老北京想请大家吃北京饭，大家的兴致哪能不高涨起来呢？商议的结果是到西四砂锅居去吃白煮肉，当然是老舍先生做东。他同饭馆的经理一直到小伙计都是好朋友，因此饭菜极佳，服务周到。大家尽兴地饱餐了一顿。虽然是一顿简单的饭，然而却令人毕生难忘。当时参加宴会今天还健在的叶老、吕先生大概还都记得这一顿饭吧。

还有一件小事，也必须在这里提一提。忘记了是哪一年了，反正我还住在城里翠花胡同没有搬出城外。有一天，我到东安市场北门对门的一家著名的理发馆里去理发，猛然瞥见老舍先生也在那里，正躺在椅子上，下巴上白糊糊的一团肥皂泡沫，正让理发师刮脸。这不是谈话的好时机，只寒暄了几句，就什么也不说了。等我坐在椅子上时，从镜子里看到他跟我打招呼，告别，看到他的身影走出门去。我理完发要付钱时，理发师说：老舍先生已经替我付过了。这样芝麻绿豆的小事殊不足以见老舍先生的精神，但是，难道也不足以见他这种细心体贴人的心情吗？

老舍先生的道德文章，光如日月，巍如山斗，用不着我来细加评论，我也没有那个能力。我现在写的都是一些小事。然而小中见大，于琐细中见精神，于平凡中见伟大，豹窥一斑，鼎尝一脔，不也能反映出老舍先生整个人格的一个缩影吗？

中国有一句俗话："好死不如赖活着。"这一句话道出了一个真理。一个人除非万不得已决不会自己抛掉自己的生命。印度梵文中"死"这个动词，变化形式同被动态一样。我一直觉得非常有趣，非常有意思。印度古代语法学家深通人情，才创造出这样一个形式。死几乎都是被动的。有几个人主动地去死呢？老舍先生走上自沉这一条道路，必有其不得已之处。有人说，人在临死前总会想到许多许多东西的，他会想到自己的一生的。可惜我还没有这个经验，只能在这里胡思乱想。当老舍先生徘徊在湖水岸边决心自沉时，眼望湖水茫茫，心里悲愤填膺，唤天天不应，唤地地不答，悠悠天地，仿佛只剩下自己孤身一人，他会想到自己的一生吧！这一生是忠诚于祖国、忠诚于人民的一生，然而到头来却落到这等地步。为什么呢？究竟是为什么呢？如果自己留在美国不回来，著书立说，优游自在，洋房、汽车、声名禄利，无一缺少，舒舒服服地过一辈子，说不定能寿登耄耋，富埒王侯。他不是为了热爱自己的祖国母亲，才毅然历尽艰辛回来的吗？是今天祖国母亲无法庇护自己那远方归来的游子了呢？还是不愿意庇护了呢？我猜想，老舍先生决不会埋怨自己的祖国母亲，祖国母亲永远是可爱的，在任何情况下都是可爱的。他也决不会后悔回来的。但是，他确实有一些问题难以理解，他只有横下一条心，一死了之。这样的问题，我们今天又有谁能够理解呢？我想，老舍先生还会想到自己院子里种的柿子树和菊花。他当然也会想到自己的亲人，想到自己的朋友。所有这一些都是十分美好可爱的。对于这一些难道他就一点也不留恋吗？决不会的，决不会的。但是，有一种东西梗在他的心中，像大毒蛇缠住了他，他只能纵身一跳，投入波心，让弥漫的湖水给自己带来解脱了。

两千多年以前，屈原自沉于汨罗江。他行吟泽畔，心里想的恐怕同老舍先生有类似之处吧。他想到："蝉翼为重，千钧为轻；黄钟毁弃，瓦釜雷鸣。"他又想到："世人皆浊我独清，众人皆醉我独醒。"难道老舍先生也这样想过吗？这样的问题，有谁能够答复我呢？恐怕到了地球末日也没有人能答复了。我在泪眼模糊中，看到老舍先生戴着眼镜，在和蔼地对我笑着；我耳朵里仿佛听到了他那铿锵有节奏的北京话。我浑身颤抖，连灵魂也在剧烈地震动。

呜呼！我欲无言。

1987 年 10 月 1 日晨

重返哥廷根

我真是万万没有想到，经过了三十五年的漫长岁月，我又回到这个离开祖国几万里的小城里来了。

我坐在从汉堡到哥廷根的火车上，我简直不敢相信这是事实。难道是一个梦吗？我频频问着自己。这当然是非常可笑的，这毕竟就是事实。我脑海里印象历乱，面影纷呈。过去三十多年来没有想到的人，想到了；过去三十多年来没有想到的事，想到了。我那一些尊敬的老师，他们的笑容又呈现在我眼前。我那像母亲一般的女房东，她那慈祥的面容也呈现在我眼前。那个宛宛婴婴的女孩子伊尔穆嘉德，也在我眼前活动起来。那窄窄的街道、街道两旁的铺子、城东小山的密林、密林深处的小咖啡馆、黄叶丛中的小鹿，甚至冬末春初时分从白雪中钻出来的白色小花雪钟，还有很多别的东西，都一齐争先恐后地呈现到我眼

215

前来。一霎时，影像纷乱，我心里也像开了锅似的激烈地动荡起来了。

火车一停，我飞也似的跳了下去，踏上了哥廷根的土地。忽然有一首诗涌现出来：

> 少小离家老大回，
>
> 乡音无改鬓毛衰。
>
> 儿童相看不相识，
>
> 笑问客从何处来。

怎么会涌现这样一首诗呢？我一时有点茫然、懵然。但又立刻意识到，这一座只有十来万人的异域小城，在我的心灵深处，早已成为我的第二故乡了。我曾在这里度过整整十年，是风华正茂的十年。我的足迹印遍了全城的每一寸土地。我曾在这里快乐过，苦恼过，追求过，幻灭过，动摇过，坚持过。这一座小城实际上决定了我一生要走的道路。这一切都不可避免地要在我的心灵上打上永不磨灭的烙印。我在下意识中把它看做第二故乡，不是非常自然的吗？

我今天重返第二故乡，心里面思绪万端，酸甜苦辣，一齐涌上心头。感情上有一种莫名其妙的重压，压得我喘不过气来，似欣慰，似惆怅，似追悔，似向往。小城几乎没有变。市政厅前广场上矗立的有名的抱鹅女郎的铜像，同三十五年前一模一样。一群鸽子仍然像从前一样在铜像周围徘徊，悠然自得。说不定什么时候一声呼哨，飞上了后面大礼拜堂的尖顶。我仿佛昨天才离开这里，今天又回来了。我们走下地下室，到地下餐厅去吃饭。里面陈设如旧，座位如旧，灯光如旧，气氛如旧。连那年轻的服务员也仿佛是当年的那一位。我仿佛昨天晚上才在这里吃过饭。广场周围的大小铺子都没有变。那几家著名的餐馆，什么"黑熊"、"少爷餐厅"等等，都还在原地。那两家书店也都还在原地。总之，我看到的一切都同原来一模一样。我真地离开这座小城已经三十五年了吗？

但是，正如中国古人所说的，江山如旧，人物全非。环境没有改变，然而人物却已经大大地改变了。我在火车上回忆到的那一些人，有的如果还活着的话年龄已经过了一百岁。这些人的生死存亡就用不着去问了。那些计算起来还没有这样老的人，我也不敢贸然去问，怕从被问者的嘴里听到我不愿意听的消息。我只绕着弯子问上那么一两句，得到的回答往往不得要领，模糊得很。这不能怪别人，因为我的问题就模糊不清。我现在非常欣赏这种模糊，模糊中包含着希望。可惜就连这种模糊也不能完全遮盖住事实。结果是：

访旧半为鬼，

惊呼热中肠。

我只能在内心里用无声的声音来惊呼了。

在惊呼之余，我仍然坚持怀着沉重的心情去访旧。首先我要去看一看我住过整整十年的房子。我知道，我那母亲般的女房东欧朴尔太太早已离开了人世。但是房子却还存在。那一条整洁的街道依旧整洁如新。从前我经常看到一些老太太用肥皂来洗刷人行道，现在这人行道仍然像是刚才洗刷过似的，躺下去打一个滚，决不会沾上一点尘土。街拐角处那一家食品商店仍然开着，明亮的大玻璃窗子里面陈列着五光十色的食品。主人却不知道已经换了第几代了。我走到我住过的房子外面，抬头向上看，看到三楼我那一间房子的窗户，仍然同以前一样摆满了红红绿绿的花草，当然不是出自欧朴尔太太之手。我蓦地一阵恍惚，仿佛我昨晚才离开，今天又回家来了。我推开大门，大步流星地跑上三楼。我没有用钥匙去开门，因为我意识到，现在里面住的是另外一家人了。从前这座房子的女主人恐怕早已安息在什么墓地里了，墓上大概也栽满了玫瑰花吧。我经常梦见这所房子，梦见房子的女主人，如今却是人去楼空了。我在这里度过的十年中，有愉快，有痛苦，经历过轰炸，忍受过饥饿。男房东逝世后，我多次陪着女房东去扫墓。我这个异邦的青年成了她身边的唯一的亲人，无怪我离开时她嚎啕痛哭。我回国以后，最初若干年，还经常通信。后来时移事变，就断了联系。我曾痴心妄想，还想再见她一面。而今我确实又来到了哥廷根，然而她却再也见不到，永远永远地见不到了。

　　我徘徊在当年天天走过的街头。这里什么地方都有过我的足迹。家家门前的小草坪上依然绿草如茵。今年冬雪来得早了一点。十月中，就下了一场雪。白雪、碧草、红花，相映成趣。鲜艳的花朵赫然傲雪怒放，比春天和夏天似乎还要鲜艳。我在一篇短文《海棠花》里描绘的那海棠花依然威严地站在那里。我忽然回忆起当年的冬天，日暮天阴，雪光照眼，我扶着我的吐火罗文和吠陀语老师西克教授，慢慢地走过十里长街。心里面感到凄清，但又感到温暖。回到祖国以后，每当下雪的时候，我便想到这一位像祖父一般的老人。回首前尘，已经有四十多年了。

我也没有忘记当年几乎每一个礼拜天都到的席勒草坪。它就在小山下面，是进山必由之路。当年我常同中国学生或者德国学生，在席勒草坪散步之后，就沿着弯曲的山径走上山去。曾登上俾斯麦塔，俯瞰哥廷根全城；曾在小咖啡馆里流连忘返；曾在大森林中茅亭下躲避暴雨；曾在深秋时分惊走觅食的小鹿，听它们脚踏落叶一路窸窸窣窣地逃走。甜蜜的回忆是写也写不完的。今天我又来到这里。碧草如旧，亭榭犹新。但是当年年轻的我已颓然一翁，而旧日游侣早已荡若云烟，有的离开了这个世界，有的远走高飞，到地球的另一半去了。此情此景，人非木石，能不感慨万端吗？

我在上面讲到江山如旧，人物全非。幸而还没有真正地全非。几十年来我昼思梦想最希望还能见到的人，最希望他们还能活着的人，我的"博士父亲"，瓦尔德施密特教授和夫人居然还都健在。教授已经是八十三岁高龄，夫人比他寿更高，是八十六岁。一别三十五年，今天重又会面，真有相见翻疑梦之感。老教授夫妇显然非常激动，我心里也如波涛翻滚，一时说不出话来。我们围坐在不太亮的电灯光下，杜甫的名句一下子涌上我的心头：

人生不相见，
动如参与商。
今夕复何夕？
共此灯烛光。

四十五年前我初到哥廷根我们初次见面，以及以后长达十年相处的情景，历历展现在眼前。那十年是剧烈动荡的十年，中间插上了一个第二次世界大战，我们没有能过上几天好日子。最初几年，我每次到他们家去吃晚饭时，他那个十几岁的独生儿子都在座。有一次教授同儿子开玩笑："家里有一个中国客人，你明天到学校去又可以张扬吹嘘一番了。"哪里知道，大战一爆发，儿子就被征从军，一年冬天，战死在北欧战场上。这对他们夫妇俩的打击，是无法形容的。不久，教授也被征从军。他心里怎样想，我不好问，他也不好说。看来是默默地忍受痛苦。他预定了剧院的票，到了冬天，剧院开演，他不在家，每周一次陪他夫人看戏的任务，就落到我肩上。深夜，演出结束后，我要走很长的道路，把师母送到他们山下林边的家中，然后再摸黑走回自己的住处。在很长的时间内，他们那一座漂亮的三层楼房里，只住着师母一个人。

他们的处境如此，我的处境更要糟糕。烽火连年，家书亿金。我的祖国在受难，我的全家老老小小在受难，我自己也在受难。中夜枕上，思绪翻腾，往往彻夜不眠。而且头上有飞机轰炸，肚子里没有食品充饥。做梦就梦到祖国的花生米。有一次我下乡去帮助农民摘苹果，报酬是几个苹果和五斤土豆。回家后一顿就把五斤土豆吃了个精光，还并无饱意。

大概有六七年的时间，情况就是这个样子。我的学习、写论文、参加口试、获得学位，就是在这种情况下进行的。教授每次回家度假，都听我的汇报，看我的论文，提出他的意见。今天我会的这一点点东西，哪一点不包含着教授的心血呢？不管我今天的成就还是多么微小，如果不是他怀着毫不利己的心情对我这一个素昧平生的异邦的青年加以诱掖教导的话，我能够有什么成就呢？所有这一切我能够忘记得了吗？

现在我们又会面了。会面的地方不是在我所熟悉的那一所房子里，而是在一所豪华的养老院里。别人告诉我，他已经把房子赠给哥廷根大学印度学和佛教研究所，把汽车卖掉，搬到这一所养老院里来了。院里富丽堂皇，应有尽有，健身房、游泳池，无不齐备。据说，饭食也很好。但是，说句不好听的话，到这里来的人都是七老八十的人，多半行动不便。对他们来说，健身房和游泳池实际上等于聋子的耳朵。他们不是来健身，而是来等死的。头一天晚上还在一起吃饭、聊天，第二天早晨说不定就有人见了上帝。一个人生活在这样的环境中，心情如何，概可想见。话又说了回来，教授夫妇孤苦零丁，不到这里来，又到哪里去呢？

就是在这样一个地方，教授又见到了自己几十年没有见面的弟子。他的心情是多么激动，又是多么高兴，我无法加以描绘。我一下汽车就看到在高大明亮的玻璃门里面，教授端端正正地坐在圈椅上。他可能已经等了很久，正望眼欲穿哩。他瞪着慈祥昏花的双目瞧着我，仿佛想用目光把我吞了下去。握手时，他的手有点颤抖。他的夫人更是老态龙钟，耳朵聋，头摇摆不停，同三十多年前完全判若两人了。师母还专为我烹制了当年我在她家常吃的食品。两位老人齐声说："让我们好好地聊一聊老哥廷根的老生活吧！"他们现在大概只能用回忆来填充日常生活了。我问老教授还要不要中国关于佛教的书，他反问我："那些东西对我还有什么用呢？"我又问他正在写什么东西。他说："我想整理一下以前的旧稿；我想，不久就要打住了！"从一些细小的事情上来看，老两口的意见还是有一些矛盾的。看来这相依为命的一双老人的生活是阴沉的、郁闷的。在他们前面，正如鲁迅在《过客》中所写的那样："前面？前面，是坟。"

我心里陡然凄凉起来。老教授毕生勤奋，著作等身，名扬四海，受人尊敬，老年就这样度过吗？我今天来到这里，显然给他们带来了极大的快乐。一旦我离开这里，他们又将怎样呢？可是，我能永远在这里呆下去吗？我真有点依依难舍，尽量想多呆些时候。但是，千里凉棚，没有不散的筵席。我站起来，想告辞离开。老教授带着乞求的目光说："才十点多钟，时间还早嘛！"我只好重又坐下。最后到了深夜，我狠了狠心，向他们说了声："夜安！"站起来，告辞出门。老教授一直把我送下楼，送到汽车旁边，样子是难舍难分。此时我心潮翻滚，我明确地意识到，这是我们最后一面了。但是，为了安慰他，或者欺骗他，也为了安慰我自己，或者欺骗我自己，我脱口说了一句话："过一两年，我再回来看你！"声音从自己嘴里传到自己耳朵，显得空荡、虚伪，然而却又真诚。这真诚感动了老教授，他脸上现出了笑容："你可是答应了我了，过一两年再回来！"我还有什么话好说呢？我噙着眼泪，钻进了汽车。汽车开走时，回头看到老教授还站在那里，一动也不动，活像是一座塑像。

过了两天，我就离开了哥廷根。我乘上了一列开到另一个城市去的火车。坐在车上，同来时一样，我眼前又是面影迷离，错综纷杂。我这两天见到的一切人和物，一一奔凑到我的眼前来；只是比来时在火车上看到的影子清晰多了，具体多了。在这些迷离错乱的面影中，有一个特别清晰、特别具体、特别突出，它就是我在前天夜里看到的那一座塑像。愿这一座塑像永远停留在我的眼前，永远停留在我的心中。

1980 年 11 月在西德开始

1987 年 10 月在北京写完

梦萦未名湖

北京大学正在庆祝九十周年华诞。对一个人来说，九十周年是一个很长的时期，就是所谓耄耋之年。自古以来，能够活到这个年龄的只有极少数人。但是，对一个大学来说，九十周年也许只是幼儿园阶段。北京大学肯定还要存在下去的，两百年，三百年，一千年，甚至更长的时期。同这样长的时间相比，九十周年难道还不就是幼儿园阶段吗？

我们的校史，还有另外一种计算方法，那就是从汉代的太学算起。这决非我的发明创造，国外不乏先例。这样一来，我们的校史就要延伸到两千来年，要居世界第一了。就算是两千来年吧，我们的北大还要照样存在下去的，也许三千年，四千年，谁又敢说不行呢？同将来的历史比较起来，活了两千年也只能算是如日中天，我们的学校远远没有达到耄耋之年。

一个大学的历史存在于什么地方呢？在书面的记载里，在建筑的实物上，当然是的。但是，它同样也存在于人们的记忆中。相对而言，存在于人们的记忆中，时间是有限的，但它毕竟是存在，而且这个存在更具体、更生动、更动人心魄。在过去九十年中，从北京大学毕业的人数无法统计，每个人都有自己的对母校的回忆。在这些人中，有许多在中国近代史上非常显赫的名字。离开这一些人，中国近代史的写法恐怕就要改变。这当然只是极少数人。其他绝大多数的人，尽管知名度不尽相同，也都在自己的工作岗位上，对祖国的建设事业作出了自己的贡献。他们个人的情况错综复杂，他们的工作岗位五花八门。但是，我相信，有一点却是共同的：他们都没有忘记自己的母校北京大学。母校像是一块大磁石吸引住了他们的心，让他们那记忆的丝缕永远同母校挂在一起：挂在巍峨的红楼上面，挂在未名湖的湖光塔影上面，挂在燕园的四时不同的景光上面：春天的桃杏藤萝，夏天的绿叶红荷，秋天的红叶黄花，冬天的青松瑞雪；甚至临湖轩的修篁，红湖岸边的古松，夜晚大图书馆的灯影，绿茵上飘动的琅琅书声，所有这一切无不挂上校友们回忆的丝缕，他们的梦永远萦绕在未名湖畔。《沙恭达罗》里面有一首著名的诗：

　　　你无论走得多么远也不会走出了我的心，

　　　黄昏时刻的树影拖得再长也离不开树根。

　　北大校友们不完全是这个样子吗！

　　至于我自己，我七十多年的一生（我只是说到目前为止，并不想就要做结论），除了当过一年高中国文教员，在国外工作了几年以外，唯一的工作岗位就是北京大学，到现在已经四十多年了，占了我一生的一半还要多。我于1946年深秋回到故都，学校派人到车站去接。汽车行驶在十里长街上，凄风苦雨，街灯昏黄，我真有点悲从中来。我离开故都已经十几年了，身处万里以外的异域，作为一个海外游子经常给自己描绘重逢的欢悦情景。谁又能想到，重逢竟是这般凄苦！我心头不由自主地涌出了两句诗："西风凋碧树，落叶满长安（长安街也）。"我心头有一个比深秋更深秋的深秋。

　　到了学校以后，我被安置在红楼三层楼上。在日寇占领时期，红楼驻有日寇的宪兵队，地下室就是行刑杀人的地方，传说里面有鬼叫声。我从来不相信有什么鬼神。但是，在当时，整个红楼上下五层，寥寥落落，只住着四五个人，再加上电灯不明，在楼道的薄暗处真仿佛有鬼影飘忽。走过长长的楼道，听到自己的足音回荡，颇疑非置身人间了。

但是，我怕的不是真鬼，而是假鬼，这就是决不承认自己是魔鬼的国民党特务，以及由他们鸠集来的当打手的天桥的地痞流氓。当时国民党反动派正处在垂死挣扎阶段。号称北平解放区的北大的民主广场成了他们的眼中钉、肉中刺。红楼又是民主广场的屏障，于是就成了他们进攻的目标。他们白天派流氓到红楼附近来捣乱，晚上还想伺机进攻。住在红楼的人逐渐多起来了。大家都提高警惕，注意动静。我记得有几次甚至想用椅子堵塞红楼主要通道，防备坏蛋冲进来。这样紧张的气氛颇延续了一段时间。

延续了一段时间，恶魔们终于也没能闯进红楼，而北平却解放了。我于此时真正是耳目为之一新。这件事把我的一生明显地分成了两个阶段。从此以后，我的回忆也截然分成了两个阶段：一段是魑魅横行，黑云压城；一段是魍魉现形，天日重明。二者有天渊之别、云泥之分。北大不久就迁至城外有名的燕园中，我当然也随学校迁来，一住就住了将近四十年。我的记忆的丝缕会挂在红楼上面，会挂在截然不同的两个世界上，这是不言自喻的。

一住就是四十年，天天面对未名湖的湖光塔影。难道我还能有什么回忆的丝缕要挂在湖光塔影上面吗？别人认为没有，我自己也认为没有。我住房的窗子正面对未名湖畔的宝塔。一抬头，就能看到高耸的塔尖直刺蔚蓝的天空。层楼栉比，绿树历历，这一切都是活生生的现实，一睁眼，就明明白白能够看到，哪里还用去回忆呢？

然而，世事多变。正如世界上没有一条完全平坦笔直的道路一样，我脚下的道路也不可能是完全平坦笔直的。在魑魅现形、天日重明之后，新生的魑魅魍魉仍然可能出现。我在美丽的燕园中，同一些正直善良的人们在一起，又经历了一场群魔乱舞、黑云压城的特大暴风骤雨。这在中国人民的历史上是空前的（我但愿它也能绝后）！我同一些善良正直的人们被关了起来，一关就是八九个月。但是，终于又像"凤凰涅槃"一般，活了下来。遗憾的是，燕园中许多美好的东西遭到了破坏。许多楼房外面墙上的"爬山虎"，那些有一二百年寿命的丁香花、在北京城颇有一点名气的西府海棠、繁荣茂盛了三四百年的藤萝，都坚决、彻底、干净、全部地被消灭了。为什么世间一些美好的花草树木也竟像人一样成了"反革命"，成了十恶不赦的罪犯呢？我百思不得其解。

我自己总算侥幸活了下来。但是，这一些为人们所深深喜爱的花草树木，却再也不能见到了。如果它们也有灵魂的话（我希望它们有！），这灵魂也决不会离开美丽的燕园。月白风清之夜，它们也会流连于未名湖畔湖光塔影中吧！如果它们能回忆的话，它们回忆的丝缕也会挂在未名湖上吧！可惜我不是活神仙，起死无方，回生乏术。它们消逝了，永远消逝了。这里用得上一句旧剧的戏词："要相会，除非是梦里团圆。"

到了今天，这场恶梦早已逍逝得无影无踪。我又经历了一次魑魅现形，天日重明的局面。我上面说到，将近四十年来，我一直住在燕园中、未名湖畔，我那记忆的丝缕用不着再挂在未名湖上。然而，那些被铲除的可爱的花草时来入梦。我那些本来应该投闲置散的回忆的丝缕又派上了用场。它挂在苍翠繁茂的爬山虎上，芳香四溢的丁香花上，红绿皆肥的西府海棠上，葳蕤茂密的藤萝花上。这样一来，我就同那些离开母校的校友一样，也梦萦未名湖了。

尽管我们目前还有这样那样的困难，但是我们未来的道路将会越走越宽广。我们今天回忆过去，决不仅仅是发思古之幽情。我们回忆过去是为了未来。愿普天之下的北大校友：国内的、海外的、男的、女的、老的、少的，什么时候也不要割断你们对母校的回忆的丝缕，愿你们永远梦萦未名湖，愿我们大家在十年以后都来庆祝母校的百岁华诞。"但愿人长久，千里共婵娟！"

1988 年 1 月 3 日

我与百花

我一向对百花文艺出版社怀着一种说不出的好感。至于什么原因，我却没有去仔细分析过。

百花出过我一本小书，这是不是原因呢？当然是的。可这并不是主要原因。过去我看过一些百花出版的书，特别是那一些小本子的散文集，这给我留下了难以磨灭的印象。从装帧到内容，都给人以清新俊逸之感。这大概就是我在潜意识中蕴藏着好感的原因。

这样的原因是现在才分析出来的，过去连这样的分析也没有过，只是朦朦胧胧地有一些感觉而已。首先，"百花"这两个字就能给人以启示、以感染、以幻想的余地。试想一想，一花已可能是美妙绝伦了，何况是百花？看到"百花"二字，人们立刻就会联想三春胜景，姹紫嫣红，花团锦簇，令人无限神往。但是，百花的情况是各种各样的，不用说颜色不同，就连形状也悬殊之至。百花文艺出版社让我联想到的究竟是什么花呢？肯定不是"国色朝酣酒，天香夜染衣"的富贵名花牡丹。那太富丽堂皇，有点浓得化不开了。也不是桃花、杏花。这又太纤细、单薄，有点小家子气了。只有西府海棠差堪相比。它既不过浓，又不过淡，艳丽而又典雅，媚人而不刺目。我内心深处的百花文艺出版社，就正是这个样子。

花，当然还不限于春花。夏天的荷花，秋天的菊花，用来比百花文艺出版社，也是恰如其分的。到了冬天，只有梅花才有比拟的资格。"疏影横斜水清浅，暗香浮动月黄昏"，多么奇妙的情景！用来为百花文艺出版社写照，不也正是恰到好处吗？

多少年来，我读百花的书，得到的印象就是这样。把这些印象归纳起来，就是清新俊逸。更多的印象我说不出来。有了"清新俊逸"四个字，难道还用再说更多的话吗？

我从来没有想到过，清新俊逸的百花竟然已经到了而立之年。在我心目中，百花永远年轻，永远充满了青春活力，永远清新俊逸，在今天出版社林立的情况下，保持这样的风格是并不容易的。我祝愿，而且我也相信，百花会长久保留这种风格。现在我谨把我的一点印象写下来，为百花寿。

1988 年 1 月 15 日

悼念姜椿芳同志

我认识姜老已经三十多年了。最初我们接触非常少，记得只谈过马恩著作的翻译问题。恩格斯的《英国工人阶级状况》，我曾有过一个初译草稿，后来编译局要了去加工出版了。他给我的第一个印象是：温文尔雅，恂恂然儒者风度。

但是，我对他了解得并不多，也可以说是根本没有了解。只不过觉得，这个人还不错，可以交往而已。

只是到了最近一些年，姜老领导《中国大百科全书》的编纂工作，我也应邀参加，共同开了不少的会，我才逐渐加深了对他的认识。我对大百科全书的意义不能说一点认识也没有，但是，应该承认，我最初确实认识很不够。大百科出版社成立时，我参加了许多与大百科没有直接关系的学术会议。我记得在昆明，在成都，在重庆，在广州，在杭州，当然也在北京，我参加的会内容颇为复杂，宗教、历史、文学、语言都有。姜老是每会必到，每到必发言，每发言必很长。不管会议的内容如何，他总是讲大百科，反复论证，不厌其详，苦口婆心，唯恐顽石不点头。他的眼睛不好，没法看发言提纲，也根本没有什么提纲，讲话的内容似乎已经照相制版，刻印在他的脑海中。我在这里顺便说一句，朱光潜先生曾对我讲过：姜椿芳这个人头脑清楚得令人吃惊。姜老就靠这惊人的头脑，把大百科讲得有条有理，头头是道，古今中外，人名书名，一一说得清清楚楚。

但是，说句老实话，同样内容的讲话我至少听过三四次，我觉得简直有点厌烦了。可是，到了最后，我一下子"顿悟"过来，他那种执著坚韧的精神感动了我，也感动了其他的人。我们仿佛看到了他那一颗为大百科拼搏的赤诚的心。我们在背后说，姜老是"百科迷"，后来我们也迷了起来。大百科的工作顺利进行下去了。

姜老不但为大百科呕心沥血，他对其他文化事业也异常关心。搞文化事业离不开知识分子。他自己是知识分子，他了解知识分子，他爱护团结知识分子，他关心知识分子的遭遇和心情。他曾多次对我谈到在中国出版学术著作困难的情况，以及出书难但买书也不易的情况。他有一套具体的解决办法，可惜没能实现。他还热心提倡中国的优秀剧种昆曲，硬是拉了我参加他倡导的一个学会，多次寄票给我，让我这个没有多少艺术细胞的人学会了欣赏。他对中国传统的绘画和书法也表现出极大的兴趣，他是一个有很高文化修养的人。

拿中国目前的标准来衡量，姜老还不能算是很老。他的身体虽然不算很好，但是原来也并没有什么致命的病。我原以为他还能活下去的，我从来没有把他同死亡联系在一起，他还有很多很多工作要去做啊！对我个人来说，我直觉地感到，他还有不少的打算要拉我共同去实现。我在默默地期待着，期待着；我幻想，总有一天，他会对我讲出来的。然而，谁人能料到，他竟遽尔归了道山。我的直觉落空了，好多同我一样的老知识分子失掉了一位知心朋友。我们能不悲从中来吗？

最近几年，师友谢世者好像陡然多了起来，我心中受到了极大的震动。我一方面认为，这是自然规律，无法抗御，也用不着去抗御。另一方面，我又觉得自己大概也真正是老了，不免想到一些以前从没有想到的事情。生死事大，古人屡屡讲到。古代有一些人对于生死貌似豁达，实则是斤斤计较，六朝的阮籍等人就属于这一类。我个人认为，过分计较大可不必，装出豁达的样子也有点可笑。但是，人非木石，孰能无情？师友一个个离开人间，能不有动于衷吗？我只是想，一个人只能有一次生命，我从来不相信轮回转生。既然如此，一个人就应该在这短暂的只有一次的生命中努力做一些对别人有益、也无愧于自己的良心的事情，用一句文绉绉的话来说，就是实现自己生命的价值。能做到这一步，一生再短暂，也算是对得起这仅有的一次生命了。可惜的是，并不是每个人都能想到这一点，更不用说做到了。我认为，姜椿芳同志是真正做到了这一点的，他真正实现了自己生命的价值。椿芳同志可以问心无愧地安息了，永远安息了。

1988 年 1 月 22 日

回忆梁实秋先生

我认识梁实秋先生，同他来往，前后也不过两三年，时间是很短的。但是，他留给我的回忆却是很长很长的。分别之后，到现在已经四十年了。我仍然时常想到他。

1946 年夏天，我在离开了祖国十一年之后，受尽了千辛万苦，又回到了祖国怀抱，到了南京。当时刚刚打败了日本侵略者，国民党的劫收大员正在全国满天飞，搜括金银财宝，兴高采烈。我这一介书生，"无条无理"，手里没有几个钱，北京大学还没有开学，拿不到工资，住不起旅馆，只好借住在我小学同学李长之在国立编译馆的办公室内。他们白天办公，我就出去游荡，晚上回来，睡在办公桌上。早晨一起床，赶快离开。国立编译馆地处台城下面，我多半在台城上云游。什么鸡鸣寺、胭脂井，我几乎天天都到。再走远一点，出城就到了玄武湖。山光水色，风物怡人。但是我并没有多少闲情逸致，观赏风景。我的处境颇像旧戏中的秦琼，我心里琢磨的是怎样卖掉黄骠马。

我这样天天游荡，梦想有朝一日自己能安定下来，有一间房子，有一张书桌。别的奢望，一点没有。我在台城上面看到郁郁葱葱的古柳，心头不由地涌出了古人的诗：

江雨霏霏江草齐，

六朝如梦鸟空啼。

无情最是台城柳，

依旧烟笼十里堤。

这里讲的仅仅是六朝。从六朝到现在，又不知道有多少朝多少代过去了。古柳依然是葱茏繁茂，改朝换代并没有影响了它们的情绪。今天我站在古柳面前，一点也没有觉得它们"无情"，我觉得它们有情得很。我天天在六月的炎阳下奔波游荡，只有在台城古柳的浓荫下才能获得片刻的清凉，让我能够坐下来稍憩一会儿。我难道不该感激这些古柳而还说三道四吗？

又过了一些时候，有一天长之告诉我，梁实秋先生全家从重庆复员回到南京了。梁先生也在国立编译馆工作。我听了喜出望外。我不认识梁先生，论资排辈，他大我十几岁，应该算是我的老师。他的文章我在清华大学读书时就读过不少，很欣赏他的文才，对他潜怀崇敬之情。万万没有想到竟在南京能够见到他。见面之后，立刻对他的人品和谈吐十分倾倒。没有经过什么繁文缛节，我们成了朋友。我记得，他曾在一家大饭店里宴请过我。梁夫人和三个孩子：文茜、文蔷、文骐，都见到了。那天饭菜十分精美，交谈更是异常愉快，给我留下了深刻的印象，至今忆念难忘。我自谓尚非馋嘴之辈，可为什么独独对酒宴记得这样清楚呢？难道自己也属于饕餮大王之列吗？这真叫做没有法子。

解放前夕，实秋先生离开了北平，到了台湾，文茜和文骐留下没有走。在那极"左"的时代，有人把这一件事看得大得不得了。现在看来，也没有什么了不起的。一个人相信马克思主义，这当然很好，这说明他进步。一个人不相信，或者暂时不相信，他也完全有自由，这也决非反革命。我自己过去不是也不相信马克思主义吗？从来就没有哪一个人一生下就是马克思主义者，连马克思本人也不是，遑论他人。我们今天知人论事，要抱实事求是的态度。

至于说梁实秋同鲁迅有过一些争论，这是事实。是非曲直，暂作别论。我们今天反对对任何人搞"凡是"，对鲁迅也不例外。鲁迅是一个伟大人物，这谁也否认不掉。但不能说凡是鲁迅说的都是正确的。今天，事实已经证明，鲁迅也有一些话是不正确的，是形而上学的，是有偏见的。难道因为他对梁实秋有过批评意见，梁实秋这个人就应该永远打入十八层地狱吗？

实秋先生活到耄耋之年。他的学术文章，功在人民，海峡两岸，有目共睹，谁也不会有什么异辞。我想特别提出一点来说一说。他到了老年，同胡适先生一样，并没有留恋异国，而是回到台湾定居。这充分说明，他是热爱我们祖国大地的。至于他的为人毫无架子，像对我和李长之这样年轻一代的人，竟也平等对待，态度真诚和蔼，更令人难忘。这种作风，即使不是绝无仅有，也总算是难能可贵。对我们今天已经成为前辈的人，不是很有教育意义吗？

去年，他的女儿文茜和文蕾奉父命专门来看我。我非常感动，知道他还没有忘掉我。这勾引起我回忆往事。回忆虽然如云如烟，但是感情却是非常真实的。我原期望还能在大陆见他一面，不意他竟尔仙逝。我非常悲痛，想写点什么，终未果。去年，他的夫人从台湾来北京举行追思会。我正在南京开会，没能亲临参加，只能眼望台城，临风凭吊。我对他的回忆将永远保留在我的心中，直至我不能回忆为止。我的这一篇短文，他当然无法看到了。但是，我仿佛觉得，而且痴情希望，他能看到。四十年音问未通，这是仅有的一次也是最后一次通音问了。悲夫！

1988 年 3 月 26 日

虎门炮台

从小学起，学中国历史，就知道有一次鸦片战争，而鸦片战争必与林则徐相联系，而林则徐又必与虎门炮台相联系。

因此，虎门炮台就在我脑筋里生了根。

可是虎门炮台究竟是什么样子呢？我说不出。正如世界上其他事物一样，倘还没见到实物，往往以幻想填充。我的幻想并不特别有力，它填充给我的不过是一片荒凉的海滩，一个有雉堞的小城堡，上面孤零零地架着一尊旧式的生铁铸成的大炮，前面是大海，汪洋浩瀚，水天渺茫，微风乍起，浊浪拍岸，如此而已。

今天由于一个偶然的机会，我竟然来到了这里。我眼前看到的实际情况与我的幻想不同，这是意中事，我丝毫不感到奇怪。但是，这个不同竟然是这样大，却不能不使我大吃一惊了。炮台在海滩上，这用不着奇怪，也不可能有别的可能。但是，这海滩却与荒凉丝毫也不沾边，却是始料所不及。这里杂花生树，绿木成荫。几棵粗大的榕树挺立着，浓荫匝地，绿意扑人。从树干的粗细来看，它们已经很老很老了。当年海战时，它们必已经站立在这里，亲眼看了这一场激烈的搏斗。它们必然也随着搏斗的进行，时而欢欣鼓舞，时而怒发冲冠，最终一切寂静下来。当年活着的人早已不在了，只有它们年复一年地守候在这里，跟着季节的变化而变化，一直守候到现在。现在到处是一片生机，一片浓绿，雉堞犹存，大炮还在，可无论如何也令人无法把当前情况与一百五十多年以前的残酷的战争联系在一起。这个古战场我实在无法凭吊了。

可是我的回忆还是清楚的。当年外国的侵略者凭其坚船利炮，想在这一块弹丸之地的海滩上踏上我们神圣的国土。他们挥舞刀枪，惨杀我们的士兵。我们的士兵义愤填膺，奋起抵抗，让一批批的入侵者陈尸滩头，最后不得不夹着尾巴逃掉。我们的士兵也伤亡惨重。统率我军杀敌的关天培将军以身殉国。至今还有七十五位忠勇将士的尸体合葬在山坡上，让后人永远凭吊。当时林则徐以钦差大臣的身份在后面不远的山头上督战。这一场搏斗申正义于海隅，振大汉之天声，是我们中华民族永不磨灭的伟业，是我们全民族的骄傲。今天虽然已经时过境迁，当年的事情早已成为历史陈迹，然而我们今天来到这里，又有哪一个人不觉得我们阵亡的将士仍虎虎有生气，而缅怀往事，感到无限振奋呢？

当我们走出炮台去参观林则徐销毁鸦片烟池的时候，我们又为另一种情景而无限振奋。林则徐把从殖民主义强盗手中没收来的两百多万公斤之多的鸦片烟，倒入一个大水池中，先用海水把鸦片泡成糊状，然后再倾入石灰，借石灰的力量把鸦片烟销毁，最后放出海水把残渣冲入海中。据说，他当时邀请了不少的外国人来参观。外国老爷大概怀疑这销烟的行动，也乐意来亲眼看一看。当他们看到林则徐是真销毁，而销毁的数量又是如此巨大时，都大为吃惊。他们哪会想到，在清代末叶贪官污吏横行霸道之时，竟然还有林则徐这样的硬骨头，他们对中华民族不得不油然起尊敬之心。那么，林则徐以一介书生，凛然代表了民族正气，功业彪炳青史，直至百多年之后的今天，还让我们感佩敬仰，不是完全可以理解的吗？

时间是一种非常古怪的东西。有忧伤之事，它能让你慢慢地渐渐地忘掉，否则你会活不下去的。有欢乐之事，它也能让你慢慢地渐渐地忘掉，否则永远处在快乐兴奋之中，血压也难免升高，你也会活不下去的。这一慢一渐，既可感，又可怕，人们必须警惕。独有英雄业绩、民族正气，却能让你永志不忘，而且弥久弥新。这才真正是民族历史的脊梁，一个民族能生存下去，靠的就是这个脊梁。我们在山顶上林则徐的塑像下看到镌刻着的他的两句诗：

苟利国家生死以

岂因祸福避趋之

真可以说是掷地作金石声。这一位世间巨人的形象在我眼前立刻更高大了起来，他不是值得我们全体炎黄子孙恭恭敬敬地、诚诚恳恳地学习一辈子吗？

1988 年 5 月 30 日下午于广州

北京忆旧

我不是北京人，但是先后在北京住了四十六年之久，算得上一个老北京了。讲到回忆北京旧事，我自觉是颇有一些资格的。

可是，回忆并不总是愉快的。俗话说："一部二十四史，不知从何处说起。"我遇到的也是这个困难，不是无可回忆，而是要回忆的东西实在太多了。一想到四十六年

239

的北京生活，脑海里就像开了幻灯铺，一幕一幕，倏忽而过。论建筑则有楼台殿阁，佛寺尼庵，阳关大道，独木小桥，无穷无尽的影像。论人物则有男女老幼，国内国外，黑眼黑发，碧眼黄发，无穷无尽的面影。再加上自然风光，春花秋月，夏雨冬雪，延庆密林，西山红叶，混搅成一团，简直像是七宝楼台，海市蜃楼，五光十色，迷离模糊。到了此时，我自己几乎不知置身何地了。

现在先从小事回忆起吧。

我想回忆一下中关村电子一条街。

在我居京的四十六年中，有四十年我住在清华园和燕园，都同今天的电子一条街是近邻。自从我国政府决定在海淀区成立一种经济特区以来，电子一条街就名扬四海。今天，在这里，几乎日夜车水马龙，熙熙攘攘，街两旁店铺鳞次栉比，如雨后春笋，经营的几乎都是先进技术。敏感之士已经感到，将来仅有的几家不是经营先进技术的铺子，比如说饭馆、服装店之类，将会逐渐被挤走，而代之以有能力付特高租金的店铺，将来在海淀区吃饭穿衣都要遇到困难了。我佩服这些人的先见之明。我这个人虽然也还算敏感，但还没有达到这样高的水平，我还没有这样的杞忧。我只是有时候回忆起几十年前的这个地方，心中憬然若有所悟。可惜今天有我这种感觉的人恐怕很少很少了。今天的青年，甚至中年，看到的只是眼前的繁华景象，他们想的是跃跃欲试，逐鹿于电子战场，成为胜利者，手挥微机，头戴桂冠。至于此地过去如何，确实与他们无关，何必去伤这一份脑筋呢？

我生也早，现在已近耄耋之年。早生有早生的好处，但也有早生的包袱。我现在背的就是这样的包袱。我看电子一条街，同中青年们不完全一样。我既看到现在热闹的一面，又看到过去与热闹截然相反的一面。有时候这两面在我眼前重叠起来，我很自然地就起流光如驶之感，不禁大为慨叹。这种慨叹有什么用处吗？我说不出，看来恐怕不会有多大用处。明知没有多大用处，又何苦去回忆呢？我是身不由己，无能为力。既然生早了，亲眼看到这个地方原先的情况，就无法抑制自己不去回忆。这就是我现在的包袱。

将近六十年前，当我住在清华园读书的时候，晚饭之后，有时候偕一两友好漫步出校南门，边走边谈，忘路之远近，间或走得颇远。留给我印象最深的是在深秋时分，我们往往走到一处人迹罕至的地方，衰草荒烟，景象萧森，举目四望，不见人家，但见野坟数堆，暮鸦几点，上下相映，益增荒寒，回望西天，残阳如血，余晖闪熠在枯草叶上。此时我感到鬼气森森，赶快收住脚步，转身回到清华园，仿佛又回到了人间。

计算地望，我当年到的那个地方，应该就是今天的中关村、电子一条街一带。这一点我认为是可以肯定的。我离开清华以后，再也没有到这里来过。1946年回到北京，也没有来过。1952年从城里搬到燕园，时过境迁，我对这个地方，早已忘得干干净净了。我在蓝旗营一公寓住了十年。初来时，门前的马路还没有。现在电子一条街修马路更在以后。这里修马路时，我当时的想法是，修这样宽的马路干嘛呀！到了今天，马路扩展了一倍，仍然时有堵塞。仅仅三十几年，这里的变化竟如此巨大，我们的脑筋跟上时代的步伐竟如此困难。古人说沧海桑田，确有其事；论到速度，又是昔非今比了。

我从前读杨衒之《洛阳伽蓝记》、唐段成式《寺塔记》、刘肃《大唐新语》等等书籍，常做遐想。书中描绘洛阳、长安等城市升沉衍变的情况，作者一腔思古之幽情，流露于楮墨之间，读来异常亲切感人。我原以为这是古人的事，于今渺矣茫矣。但是，现在看来，我自己亲身经历的类似电子一条街这样的变迁，岂非同古人一模一样吗？唯一的区别只在于，我只经历了六七十年，而古人经历的比较长而已。六七十年在人类历史上不能算太长；但也不能说太短，中国历史上有一些朝代也不过如此。我个人的经历应该算得上一部短短的历史了。

人是非常容易怀旧的，怀旧往往能带来某一种愉快。但是，到了我这样的年龄，我看到的经历过的已经太多太多了，"悲欢离合总无情"，有时候我连怀旧都有点懒愰了。今天写这一篇短文，一非想怀旧，二非想思古。不过偶尔想到，觉得别人未必知道，所以就写了下来。这决不会影响电子一条街的人士发财致富，也不会帮助他们财运亨通。当他们饱饮可口可乐之余，对他们来说，这样琐细的回忆足资谈助而已。

1988 年 6 月 11 日

梦萦水木清华

离开清华园已经五十多年了，但是我经常想到她。我无论如何也忘不掉清华的四年学习生活。如果没有清华母亲的哺育，我大概会是一事无成的。

在三十年代初期，清华和北大的门坎是异常高的。往往有几千学生报名投考，而被录取的还不到十分甚至二十分之一。因此，清华学生的素质是相当高的，而考上清华，多少都有点自豪感。

我当时是极少数的幸运儿之一，北大和清华我都考取了。经过了一番艰苦的思考，我决定入清华。原因也并不复杂，据说清华出国留学方便些。我以后没有后悔。清华和北大各有其优点，清华强调计划培养，严格训练；北大强调兼容并包，自由发展。各极其妙，不可偏执。

在校风方面，两校也各有其特点。清华校风我想以八个字来概括：清新、活泼、民主、向上。我只举几个小例子。新生入学，第一关就是"拖尸"，这是英文字 toss 的音译。意思是，新生在报到前必须先到体育馆，旧生好事者列队在那里对新生进行"拖尸"。办法是，几个彪形大汉把新生的两手、两脚抓住，举了起来，在空中摇晃几次，然后抛到垫子上，这就算是完成了手续，颇有点像《水浒传》上提到的杀威棍。墙上贴着大字标语："反抗者入水！"游泳池的门确实在敞开着。我因为有同乡大学篮球队长许振德保驾，没有被"拖尸"。至今回想起来，颇以为憾：这个终生难遇的机会轻轻放过，以后想补课也不行了。

这个从美国输入的"舶来品"，是不是表示旧生"虐待"新生呢？我不认为是这样。我觉得，这里面并无一点敌意，只不过是对新伙伴开一点玩笑，其实是充满了友情的。这种表示友情的美国方式，也许有人看不惯，觉得洋里洋气的。我的看法正相反。我上面说到清华校风清新和活泼，就是指的这种"拖尸"还有其他一些行动。

我为什么说清华校风民主呢？我也举一个小例子。当时教授与学生之间有一条鸿沟，不可逾越。教授每月薪金高达三四百元大洋，可以购买面粉二百多袋，鸡蛋三四万个。他们的社会地位极高，往往目空一切，自视高人一等。学生接近他们比较困难。但这并不妨碍学生开教授的玩笑。开玩笑几乎都在《清华周刊》上。这是一份由学生主编的刊物，文章生动活泼，而且图文并茂。现在著名的戏剧家孙浩然同志，就常用"古巴"的笔名在《周刊》上发表漫画。有一天，俞平伯先生忽然大发豪兴，把脑袋剃了个净光，大摇大摆，走上讲台，全堂为之愕然。几天以后，《周刊》上就登出了文章，讽刺俞先生要出家当和尚。

第二件事情是针对吴雨僧（宓）先生的。他正教我们"中西诗之比较"这一门课。在课堂上，他把自己的新作十二首《空轩》诗印发给学生。这十二首诗当然意有所指，究竟指的是什么？我们说不清楚。反正当时他正在多方面地谈恋爱，这些诗可能与此有关。他热爱毛彦文是众所周知的。他的诗句:"吴宓苦爱(毛彦文),三洲人士共惊闻",是夫子自道。《空轩》诗发下来不久,校刊上就刊出了一首七律今译,我只记得前一半:

一见亚北貌似花,

顺着秫秸往上爬。

单独进攻忽失利,

跟踪钉梢也挨刷。

最后一句是:"椎心泣血叫妈妈。"诗中的人物呼之欲出,熟悉清华今典的人都知道是谁。

学生同俞先生和吴先生开这样的玩笑,学生觉得好玩,威严方正的教授也不以为忤。这种气氛我觉得很和谐有趣。你能说这不民主吗?这样的琐事我还能回忆起一些来,现在不再啰唆了。

清华学生一般都非常用功,但同时又勤于锻炼身体。每天下午四点以后,图书馆中几乎空无一人,而体育馆内则是人山人海,著名的"斗牛"正在热烈进行。操场上也挤满了跑步、踢球、打球的人。到了晚饭以后,图书馆里又是灯火通明,人人伏案苦读了。

根据上面谈到的各方面的情况,我把清华校风归纳为八个字:清新、活泼、民主、向上。

我在这样的环境中生活、学习了整整四个年头,其影响当然是非同小可的。至于清华园的景色,更是有口皆碑,而且四时不同:春则繁花烂漫,夏则藤影荷声,秋则枫叶似火,冬则白雪苍松。其他如西山紫气,荷塘月色,也令人忆念难忘。

现在母校八十周年了。我可以说是与校同寿。我为母校祝寿，也为自己祝寿。我对清华母亲依恋之情，弥老弥浓。我祝她长命千岁，千岁以上。我祝自己长命百岁，百岁以上。我希望在清华母亲百岁华诞之日，我自己能参加庆祝。

1988 年 7 月 22 日

晨　趣

一抬头，眼前一片金光：朝阳正跳跃在书架顶上玻璃盒内日本玩偶藤娘身上，一身和服，花团锦簇，手里拿着淡紫色的藤萝花，都熠熠发光，而且闪灼不定。

我开始工作的时候，窗外暗夜正在向前走动。不知怎样一来，暗夜已逝，旭日东升。这阳光是从哪里流进来的呢？窗外一棵高大的梧桐树，枝叶繁茂，仿佛张开了一张绿色的网。再远一点，在湖边上是成排的垂柳。所有这一些都不利于阳光的穿透。然而阳光确实流进来了，就流在藤娘身上……

然而，一转瞬间，阳光忽然又不见了，藤娘身上，一片阴影。窗外，在梧桐和垂柳的缝隙里，一块块蓝色的天空。成群的鸽子正盘旋飞翔在这样的天空里，黑影在蔚蓝上面划上了弧线。鸽影落在湖中，清晰可见，好像比天空里的更富有神韵，宛如镜花水月。

朝阳越升越高，透过浓密的枝叶，一直照到我的头上。我心中一动，阳光好像有了生命，它启迪着什么，它暗示着什么。我忽然想到印度大诗人泰戈尔，每天早上对着初升的太阳，静坐沉思，幻想与天地同体，与宇宙合一。我从来没达到这样的境界，我没有这一份福气。可是我也感到太阳的威力，心中思绪腾翻，仿佛也能洞察三界，透视万有了。

现在我正处在每天工作的第二阶段的开头上。紧张地工作了一个阶段以后，我现在想缓松一下，心里有了余裕，能够抬一抬头，向四周，特别是窗外观察一下。窗外风光如旧，但是四季不同：春花，秋月，夏雨，冬雪，情趣各异，动人则一。现在正是夏季，浓绿扑人眉宇，鸽影在天，湖光如镜。多少年来，当然都是这个样子。为什么过去我竟视而不见呢？今天，藤娘身上一点闪光，仿佛照透了我的心，让我抬起头来，以崭新的眼光，来衡量一切，眼前的东西既熟悉，又陌生，我仿佛搬到了一个新的地方，把我好奇的童心一下子都引逗起来了。我注视着藤娘，我的心却飞越茫茫大海，飞到了日本，怀念起赠送给我藤娘的室伏千津子夫人和室伏佑厚先生一家来。真挚的友情温暖着我的心……

窗外太阳升得更高了。梧桐树椭圆的叶子和垂柳的尖长的叶子，交织在一起，椭圆与细长相映成趣。最上一层阳光照在上面，一片嫩黄；下一层则处在背阴处，一片黑绿。远处的塔影，屹立不动。天空里的鸽影仍然在划着或长或短、或远或近的弧线。再把眼光收回来，则看到里面窗台上摆着的几盆君子兰，深绿肥大的叶子，给我心中增添了绿色的力量。

多么可爱的清晨，多么宁静的清晨！

此时我怡然自得，其乐陶陶。我真觉得，人生毕竟是非常可爱的，大地毕竟是非常可爱的。我有点不知老之已至了。我这个从来不写诗的人心中似乎也有了一点诗意。

　　此身合是诗人未？

　　鸽影湖光入目明。

我好像真正成为一个诗人了。

1988 年 10 月 13 日晨

悼念沈从文先生

去年有一天，老友肖离打电话告诉我，从文先生病危，已经准备好了后事。我听了大吃一惊，悲从中来。一时心血来潮，提笔写了一篇悼念文章，自诩为倚马可待，情文并茂。然而，过了几天，肖离又告诉我说，从文先生已经脱险回家。我心里一块石头落了地，又窃笑自己太性急，人还没去，就写悼文，实在非常可笑。我把那一篇"杰作"往旁边一丢，从心头抹去了那一件事，稿子也沉入书山稿海之中，从此"云深不知处"了。

到了今年，从文先生真正去世了。我本应该写点什么的。可是，由于有了上述一段公案，懒于再动笔，一直拖到今天。同时我注意到，像沈先生这样一个人，悼念文章竟如此之少，有点不太正常，我也有点不平。考虑再三，还是自己披挂上马吧。

　　我认识沈先生已经五十多年了。当我还是一个大学生的时候，我就喜欢读他的作品。我觉得，在所有的并世的作家中，文章有独立风格的人并不多见。除了鲁迅先生之外，就是从文先生。他的作品，只要读上几行，立刻就能辨认出来，决不含糊。他出身湘西的一个破落小官僚家庭，年轻时当过兵，没有受过多少正规的教育。他完全是自学成家。湘西那一片有点神秘的土地，其怪异的风土人情，通过沈先生的笔而大白于天下。湘西如果没有像沈先生这样的大作家和像黄永玉先生这样的大画家，恐怕一直到今天还是一片充满了神秘的 terra incognita（没有人了解的土地）。

　　我同沈先生打交道，是通过一件不大不小的事情。丁玲的《母亲》出版以后，我读了觉得有一些意见要说，于是写了一篇书评，刊登在郑振铎、靳以主编的《文学季刊》创刊号上。刊出以后，我听说，沈先生有一些意见。我于是立即写了一封信给他，同时请郑先生在《文学季刊》创刊号再版时，把我那一篇书评抽掉。也许是就由于这一个不能算是太愉快的因缘，我们就认识了。我当时是一个穷学生，沈先生是著名的作家。社会地位，虽不能说如云泥之隔，毕竟差一大截子。可是他一点名作家的架子也不摆，这使我非常感动。他同张兆和女士结婚，在北京前门外大栅栏撷英番菜馆设盛大宴席，我居然也被邀请。当时出席的名流如云。证婚人好像是胡适之先生。

从那以后，有很长的时间，我们并没有多少接触。我到欧洲去住了将近十一年。他在抗日烽火中在昆明住了很久，在西南联大任国文系教授。彼此音问断绝。他的作品我也读不到了。但是，有时候，不知是出于什么原因，我在饥肠辘辘、机声嗡嗡中，竟会想到他。我还是非常怀念这一位可爱、可敬、淳朴、奇特的作家。

一直到1946年夏天，我回到祖国。这一年的深秋，我终于又回到了别离了十几年的北平。从文先生也于此时从云南复员来到北大，我们同在一个学校任职。当时我住在翠花胡同，他住在中老胡同，都离学校不远，因此我们也相距甚近。见面的次数就多了起来。他曾请我吃过一顿相当别致、毕生难忘的饭，云南有名的汽锅鸡。锅是他从昆明带回来的，外表看上去像宜兴紫砂，上面雕刻着花卉书法，古色古香，虽系厨房用品，然却古朴高雅，简直可以成为案头清供，与商鼎周彝斗艳争辉。

就在这一次吃饭时，有一件小事给我留下了深刻的印象。当时要解开一个用麻绳捆得紧紧的什么东西。只需用剪子或小刀轻轻地一剪一割，就能开开。然而从文先生却抢了过去，硬是用牙把麻绳咬断。这一个小小的举动，有点粗劲，有点蛮劲，有点野劲，有点土劲，并不高雅，并不优美。然而，它却完全透露了沈先生的个性。在达官贵人、高等华人眼中，这简直非常可笑，非常可鄙。可是，我欣赏的却正是这一种劲头。我自己也许就是这样一个"土包子"，虽然同那一些只会吃西餐、穿西装、半句洋话也不会讲偏又自认为是"洋包子"的人比起来，我并不觉得低他们一等。不是有一些人也认为沈先生是"土包子"吗？

还有一件小事，也使我忆念难忘。有一次我们到什么地方去游逛，可能是中山公园之类。我们要了一壶茶。我正要拿起壶来倒茶，沈先生连忙抢了过去，先斟出了一杯，又倒入壶中，说只有这样才能把茶味调得均匀。这当然是一件微不足道的小事，然而在琐细中不是更能看到沈先生的精神吗？

小事过后，来了一件大事：我们共同经历了北平的解放。在这个关键时刻，我并没有听说，从文先生有逃跑的打算。他的心情也是激动的，虽然他并不故做革命状，以达到某种目的，他仍然是朴素如常。可是恶运还是降临到他头上来。一个著名的马列主义文艺理论家，在香港出版的一个进步的文艺刊物上，发表了一篇长文，题目大概是什么《文坛一瞥》之类，前面有一段相当长的修饰语。这一位理论家视觉似乎特别发达，他在文坛上看出了许多颜色。他"一瞥"之下，就把沈先生"瞥"成了粉红色的小生。我没有资格对这一篇文章发表意见。但是，沈先生好像是当头挨了一棒，从此被"瞥"下了文坛，销声匿迹，再也不写小说了。

一个惯于舞笔弄墨的人，一旦被剥夺了写作的权利，他心里是什么滋味，我说不清，他有什么苦恼，我也说不清。然而，沈先生并没有因此而消沉下去。文学作品不能写，还可以干别的事嘛。他是一个精力旺盛的人，他是一个闲不住的人，他转而研究起中国古代的文物来，什么古纸、古代刺绣、古代衣饰等等，他都研究。凭了他那一股惊人的钻研的能力，过了没有多久，他就在新开发的领域内取得了可喜的成绩。他那一本讲中国服饰史的书，出版以后，洛阳纸贵，受到国内外一致的高度的赞扬。他成了这方面权威。他自己也写章草，又成了一个书法家。

有点讽刺意味的是，正当他手中的写小说的笔被"瞥"掉的时候，从国外沸沸扬扬传来了消息，说国外一些人士想推选他做诺贝尔文学奖金的候选人。我在这里着重声明一句，我们国内有一些人特别迷信诺贝尔奖金，迷信的劲头，非常可笑。试拿我们中国没有得奖的那几位文学巨匠同已经得奖的欧美的一些作家来比一比，其差距简直有如高山与小丘。同此辈争一日之长，有这个必要吗！推选沈先生当候选人的事是否进行过，我不得而知。沈先生怎样想，我也不得而知。我在这里提起这一件事，只不过把它当做沈先生一生中一个小小的插曲而已。

我曾在几篇文章中都讲到，我有一个很大的缺点（优点？），我不喜欢拜访人。有很多可尊敬的师友，比如我的老师朱光潜先生、董秋芳先生等等，我对他们非常敬佩，但在他们健在时，我很少去拜访。对沈先生也一样。偶尔在什么会上，甚至在公共汽车上相遇，我感到非常亲切，他好像也有同样的感情。他依然是那样温良、淳朴，时代的风风雨雨在他身上，似乎没有留下什么痕迹，说白了就是没有留下伤痕。一谈到中国古代科技、艺术等等，他就喜形于色，眉飞色舞，娓娓而谈，如数家珍，天真得像一个大孩子。这更增加了我对他的敬意。我心里曾几次动过念头：去看一看这一位可爱的老人吧！然而，我始终没有行动。现在人天隔绝，想见面再也不可能了。

有生必有死，是大自然的规律。我知道，这个规律是违抗不得的，我也从来没有想去违抗。古代许多圣君贤相，聪明一世，糊涂一时，想方设法，去与这个规律对抗，妄想什么长生不老，结果却事与愿违，空留下一场笑话。这一点我很清楚。但是，生离死别，我又不能无动于衷。古人云：太上忘情。我是一个微不足道的凡人，无论如何也做不到忘情的地步，只有把自己钉在感情的十字架上了。我自谓身体尚颇硬朗，并不服老。然而，曾几何时，宛如黄粱一梦，自己已接近耄耋之年。许多可敬可爱的师友相继离我而去。此情此景，焉能忘情？现在从文先生也加入了去者的行列。他一生安贫乐道，淡泊宁静，死而无憾矣。对我来说，忧思却着实难以排遣。像他这样一个有特殊风格的人，现在很难找到了。我只觉得大地茫茫，顿生凄凉之感。我没有别的本领，只能把自己的忧思从心头移到纸上，如此而已。

1988 年 11 月 2 日写于香港中文大学会友楼

室伏佑厚先生一家

　　这篇文章我几年前就已经动笔写了。但是只起了个头，再也没有写下去，宛如一只断了尾巴的蜻蜓。难道是因为我没有什么可写的吗？难道说我没有什么激情吗？都不是，原因正相反。我要写的东西太多，我的激情也太充沛，以致我踟蹰迟疑，不知如何下笔。现在我由于一个偶然的机会，又来到了香港，住在山顶上的一座高楼上，开窗见海，混混茫茫，渺无涯际。我天天早晨起来，总要站在窗前看海。我凝眸远眺，心飞得很远很远，多次飞越大海，飞到东瀛，飞到室伏佑厚一家那里，我再也无法遏止我这写作的欲望了。

　　我认识室伏佑厚先生一家，完全是一件偶然的事，约在十年前，室伏先生的二女儿法子和他的大女婿三友量顺博士到北大来参观，说是要见我。见就见吧。我们会面了。我的第一个印象是异常好的：两个年轻人都温文尔雅，一举一动，有规有矩。当天晚上，他们就请我到北海仿膳去，室伏佑厚先生在那里大宴宾客。我这是第一次同室伏先生见面，我觉得他敦厚诚恳，精明内含，印象也是异常好的。从此我们就成了朋友。其实我们之间共同的东西并不多，各人的专行也相距千里，岁数也有差距。这样两个人成为朋友，实在不大容易解释。佛家讲究因缘，难道这就是因缘吗？

实事求是的解释也并非没有。1959年，日本前首相石桥湛山先生来中国同周恩来总理会面，商谈中日建交的问题。室伏佑厚先生是石桥的私人秘书。他可以说是中日友谊的见证人。也许是在这之前他已经对中国人民就怀有好感，也许是在这之后，我无法也无须去探讨。总之，室伏先生从此就成了中国人民的好朋友。在过去的三十年内，他来中国已经一百多次了。他大概是把我当成中国人民某一方面的一个代表者。他的女婿三友量顺先生是研究梵文的，研究佛典的。这也许是原因之一吧。

不管是出于什么原因，我们从此就往来起来。1980年，室伏先生第一次邀请我访问日本。在日本所有的费用都由他负担。他同法子和三友亲自驱车到机场去迎接我们。我们下榻新大谷饭店。我在这里第一次会见了日本梵文和佛学权威、蜚声世界学林的东京大学教授中村元博士。他著作等身，光是选集已经出版了二十多巨册。他虽然已是皤然一翁，但实际上还小我一岁。有一次，在箱根，我们笔谈时，他在纸上写了四个字"以兄事之"，指的就是我。我们也成了朋友。据说他除了做学问以外，对其他事情全无兴趣，颇有点书呆子气。他出国旅行，往往倾囊购书，以致经济拮据。但是他却乐此不疲。有一次出国，他夫人特别叮嘱，不要乱买书。他满口应允。回国时确实没有带回多少书。他夫人甚为宽慰。然而不久，从邮局寄来的书就联翩而至，弄得夫人哭笑不得。

我们在万丈红尘的东京住了几天以后，室伏先生就同法子和三友亲自陪我们乘新干线特快火车到京都去参观。中村元先生在那里等我们。京都是日本故都，各种各样的寺院特别多，大小据说有一千五百多所。中国古诗："南朝四百八十寺，多少楼台烟雨中。"一个城中有四百八十寺，数目已经不算小了。但是同日本京都比较起来，仍然是小巫见大巫。我们在京都主要就是参观这些寺院，有名的古寺都到过了。在参观一座古寺时，遇到了一位一百多岁的老和尚。在谈话中，他常提到李鸿章。我一时颇为吃惊。但是仔细一想，这位老人幼年时正是李鸿章活动的时期，他们原来是同时代的人，只是岁数相差有点悬殊而已。我们在这里参加了日本国际佛教讨论会，会见了许多日本著名的佛教学者。还会见日本佛教一个宗派的门主，一个英姿飒爽的年轻的东京大学的毕业生，给我留下了深刻而亲切的印象。

在参观佛教寺院时，我的第一个想法就是：在日本当和尚实在是一种福气。寺院几乎都非常宽敞洁净，楼殿巍峨，佛像庄严，花木扶疏，曲径通幽，清池如画，芙蕖倒影，幽静绝尘，恍若世外。有时候风动檐铃，悠扬悦耳，仿佛把我们带到了另外一个世界去，西方的极乐世界难道说就是这个样子吗？

中村元先生在大学里是一个谨严的学者，他客观地研究探讨佛教问题。但是一进入寺院，他就变成了一个信徒。他从口袋里掏出念珠，匍匐在大佛像前，肃穆虔诚，宛然另外一个人了。其间有没有矛盾呢！我看不出。看来二者完全可以和谐地结合起来的。人生的需要多矣，有一点宗教需要，也用不着大惊小怪。只要不妨碍他对于社会和国家做出贡献，可以听其自然的。

在日本期间，最让我难以忘怀的是箱根之行。箱根是日本，甚至世界的旅游胜地。我也久仰大名了。室伏先生早就说过，要我们到箱根去休养几天。我们从京都回到东京以后，又乘火车到了一个地方，下车换成缆车，到了芦湖边上，然后乘轮船渡芦湖来到箱根。记得我们到的时候，天已经黑下来了。街灯也不是很亮。在淡黄的灯光中，街上寂静无人。商店已经关上了门，但是陈列商品的玻璃窗子仍然灯火通明。我们看不清周围的树木是什么颜色，但是苍翠欲滴的树木的浓绿，我们却能感觉出来。这浓绿是有层次的，从淡到浓，一直到浓得漆黑一团，扑上我们眉头，压上我们心头。此时，薄雾如白练，伸手就可以抓到。我有一种奇异的感觉，仿佛遨游在阆苑仙宫之中。这一种感觉我从来没有过，从那以后也没有过。至今回忆，当时情景，如在眼前。

旅馆的会客厅里则是另一番景象，灯火辉煌，华筵溢香。室伏先生把他的全家人都邀来了。首先是他的夫人千津子，然后是他的大女儿、三友先生的夫人厚子，最后是他的外孙女——才不过一岁多的朋子。我抱过了这一个小女孩儿，她似乎并不认生，对着我直笑。室伏先生等立刻拍下了这个镜头，说是要我为他的外孙女儿祝福。这个小孩子的名字来自中国的一句话：我们的朋友遍天下。据说还是周总理预先取下来的。这无疑是中日友好的一桩佳话。到了 1986 年，室伏先生第二次邀请我访日时，我们又来到了箱根，他又把全家都找了来。此时厚子已经又生了一个小女孩：明子。朋子已经三四岁了。岁数大了，长了知识，见了我反而不像第一次那样坦然了。这也是很自然的事情，人生本来就是这样。我同室伏先生一家两度会面，在同一个地方——令人永远忘不掉的天堂乐园般的箱根。这是否是室伏先生有意安排的，我不知道。但是我个人却觉得，这真是再好不过的安排。在这样一个地方，会见一家这样的日本朋友，难道这不算是珠联璧合吗？难道说这不是非常有意义吗？我眼前看到这一个祖孙三代亲切和睦的日本家庭，脑筋里却不禁又回忆起第一次见面时的情景。我简直想把这两幅情景连结在一起，又觉得它们本来就是在一起的。除了增添了一个小女孩外，人还是那一些人，地方还是那个地方，虽然实际上不是一回事，但看上去又确乎像是一回事。我一时间真有点迷离恍惚，然而却满怀喜悦了。

这一次在箱根会面，同上次有一点不同之处，就是，中村元先生也参加了。这一位粹然儒雅又带有一点佛气的日本大学者，平常很少参加这样的集会。这次惠然肯来，对我们来说，实在是一种幸福。我们虽然很少谈论佛教和梵学问题，但是谈的事情却多与此有关。我们有共同的爱好，所以很容易谈得来。他曾对我说，日文中的“箱根”，实际上就是中文的“函谷（关）”。我听了很感兴趣。在箱根这个人间胜境，同这样一位日本学者在一起生活了几天，确实令我永远难忘。这两件事情：一件是能来到箱根，第二件是能同中村元先生在一起，都出于室伏佑厚先生之赐。因此，只要我想到室伏一家，就会想到中村元先生；只要想到中村元先生，就会想到室伏一家。对我来说，这两者真有点难解难分了。

我最近越来越感觉到，佛家说人生如电光石火，中国古人说人生如白驹过隙，这两句话意思一样，确是都非常正确的。我从前很少感觉到老，从来也不服老。然而，一转瞬间，蓦地发现，自己已垂垂老矣。室伏先生也已届还历之年，也算是初入老境了。当我在他这个年龄时，我自认为还是中年。他的心情怎么样，我没有问过他。但是，我想，他也会有同样的心情吧。遥望东天，我潜心默祷，祝他长寿超过百岁！

我同几乎所有的人一样，忙忙碌碌了几十年，天天面对实际，然而真正抓得到的实际好像并不多。一切事物几乎都如镜花，似水月，如轻梦，似白云，什么也抓不住。对待人生，我自认为态度是积极的，唯物的。我觉得，人有生、老、病、死，是自然规律，用不着伤春，也用不着悲秋，叹老不必，嗟贫无由。将来有朝一日离开这个世界时，我也决不会饮恨吞声。但是，如果能在一切都捉不住的情况下，能捉住哪怕是小小的一点东西，抓住一鳞半爪，我将会得到极大的安慰。同室伏佑厚先生一家的交往，我个人认为，就属于这种极难捉到的东西之一，是异常可贵的。但愿在十年以后，当我即将进入期颐之年，而室伏先生庆祝他的古稀华诞时，我们都还能健壮地活在人间，那时我将会再给他的一家写点什么。

1988 年 11 月 3 日写于香港中文大学会友楼

寿寿彝

寿彝同志行年八十了。我认识他已经将近半个世纪，超过了他现在年龄的一半，时间不能算短了。但是我们的友情却是与日俱浓。其中也并没有什么奥秘。中国古人说："人之相知，贵相知心。"在这样漫长的时间内，我越来越明确地感觉到，寿彝同志的心是淳朴的、开朗的、正直的、敦厚的。我们俩的共同老友臧克家同志经常同我谈到寿彝，谈起来总是赞不绝口。他的看法同我没有什么差别。可见我的感觉是实事求是的，并非个人偏见。

作为一个人，一个朋友，寿彝同志是这样子。作为一个学者，他同样对我有极大的吸引力。二十多年前，我们俩共同奉使到伊拉克去参加巴格达建城一千五百周年庆典，转道赴埃及开罗。我们天天在一起，参观金字塔，拜谒狮身人面像，除了用眼睛外，还要用嘴。我们几乎是无所不谈，但是谈学问之事居多。我们共同的爱好是历史，历史就成了我们谈话的主题。我是野狐谈禅，他是巍然大家，我们俩不在一个水平上。他曾长时间地向我谈了他对中国史学史的看法，我大有茅塞顿开之感。中国是世界上最重视历史的国家，史籍之多，浩如烟海；名家辈出，灿如列星。史学理论当然也如百花齐放，在世界上堪称独步。治中国史学史必能丰富世界史学理论，为世界史苑增添奇花异卉。这是中国史学界义不容辞的责任。然而在目前中国，中国史学史这一门学问却给人以凋零衰颓的印象。这不能不说是极大的憾事。寿彝同志是一个有心人，他治中国史学史有年矣。他对几千年中国史学，其中也包括史学理论，有深刻、细致、系统的看法。但是他做学问一向谨严，决不肯把自己认为还不成熟的看法写成文章，公诸于世。如果换一个人，早已经大文屡出，著作等身了。我们在开罗逍遥期间，他对我比较详细地谈了他对中国史学史的看法，我受到很大的启发，自认是闻所未闻。回国以后，我们见面，我经常催问他：中国史学史写得怎样了？可见我对此事之关切。

在中国目前社会上对三教九流人等的分类上，寿彝和我都应归入"社会活动家"这一流的。我们同跻文山之上，同没会海之中。这样一来，我们见面的机会反而多起来了，真所谓"塞翁失马，焉知非福"。每次见面，我们都从内心深处感到异常亲切。这样的感觉，历久而不衰，实在是难能可贵的。

现在寿彝八十岁了。按照旧日的说法，他可以说是已经"寿登耄耋"了。但是，今天的情况已经大大地改变，老皇历查不得了。前几天，我招待南朝鲜的一位大学校长。

我们开玩笑说：古人说，六十花甲；我们现在应该改成八十花甲，九十古稀。那么，寿彝现在刚刚达到花甲之年，距古稀还有十年之久，从年龄上来说，他还大有可为。就算是九十古稀吧，今天也并不太稀。我的老师就颇有几位达到九十高龄的，我的一位美国老师活到一百零几岁。我常说，今天我们再也不能祝人"长命百岁"了。因为这似乎有限制的意味，限制人家只能活到百岁。因此，我现在祝寿彝长命一百岁以上，祝他再为中国史学史工作二十年以上。

1988 年 12 月 3 日

我爱北京

我爱北京！

我不是北京生人，但是前后在北京居住了将近五十年，算得上一个老北京了。六十年前，当我第一次从山东老家来北京的时候，我是一个不满十九岁的乡下人，没有见过大世面。一下火车，听到那些手里拿着布掸子给旅客掸土藉以讨得几枚铜元的老妇人那一口抑扬顿挫嘹亮圆润的京片子，仿佛听到仙乐一般，震撼了我内心深处。我觉得北京真是一个奇妙的好地方，一个有文化有教养的城市。我从此学会了一件事：我爱北京。

在清华园里住了四年，然后回到故乡的一个高级中学里教了一年国文，就到欧洲去了。在那里一住就是将近十一年。1946年深秋，我终于倦鸟归林，又回到了北京。从那时到现在一住又是四十多年，没有迁移到任何别的城市去。今后我大概也不会移家他处，我要终老于斯了。

我爱北京！

在解放前的二十年中，北京基本上没有变，城垣高耸，宫阙连云，红墙黄瓦，相映生辉，驼铃与电车齐鸣，蓝天共碧水一色，一种古老的情味，弥漫一切。这是北京美的一方面。"无风三尺土，有雨一街泥"，这是北京并不怎样美的一方面。不管美与不美，北京在我心中总是美的。在我离开北京远处异域的那十多年中，我不但经常想到北京，而且经常梦到北京，我是多么想赶快回到北京的怀抱里来呀！

中华人民共和国成立以后，北京，同全国人民一样，走上了一个崭新的发展阶段。城市面貌日新月异，真正达到了一天等于二十年的速度。我记得曾读过老舍先生的一篇文章（也许是亲自听他说的），他说，他这老北京，只要几天不出门，出门就吃一惊：什么地方又起了一座摩天高楼，什么地方街道变了样子，他因此甚至迷路，走不回家来。

变化不是坏事，而是好事。可是人们的思想往往跟不上。五十年代的前一半，有几年我是北京市人大代表。我记得最清楚的一件事，是拆除天安门前东西两座牌楼引起了风波。在人大全体会议上，代表们争论激烈，各不相让。

最后请出了北京市主管交通的一个处长，到大会上来汇报，历数这两座牌楼造成的交通恶性事故，也举出了伤亡人数。在事实面前，大家终于统一了思想，举手通过拆除方案。市府立即下令执行。我是一个保守思想颇浓的人，我原来也属于反对拆除派。到了今天，天安门广场已经完全变了样子，成为世界上最大的广场。如果当年不拆除那两座牌楼，今天摆在那里，最多像两个火柴盒，在车水马龙中，不但影响交通，而且不也显得十分滑稽吗？

我们常说，看问题要有预见性。但是，说起来容易，做起来难。我们往往囿于眼前的情况，不能自拔。及至时过境迁，才豁然开朗，恍然大悟，狠狠地吃上一服后悔药。我自己不知吃了多少后悔药，头脑才比较清醒一点。我深深知道，今之视昔，亦犹后之视今。但前者易而后者难。我们不应该害怕变化，否则将来还要吃后悔药的。

但是，是不是所有的变化都是好事呢？也不见得。以北京为例。北京不是没有变，而是有的地方变得过了头，在大变中应该保留一点不变，那就好多了。比如北京城内的核心地区，以故宫为中心，就应该比较完整地保留下来。然而这一点我们并没能做到。新建的一些摩天大楼破坏了这个地区的完整性，实在很可惜。从前人们登上景山最高处或者北海白塔，纵目南望，在红墙中的黄琉璃瓦屋顶，在阳光中闪出金光，仿佛在那里波动，宛如一片黄色的海洋。这种景色世界上任何地方都是看不到的，然而现在已经遭到一些破坏，回天无术了。

又比如北京的城墙，完全可以像西安那样，有选择地保留几段，修成城垣公园，供国内外的游人登临欣赏，岂非天下乐事！现在却是完全、彻底、干净、全部地拆掉了。同样是回天无术了。

建设首都，可以允许同建设其他大城市有所不同。这种做法世界上不乏先例。比如说联邦德国的首都波恩，是一座相当小的城市。城内不允许建立重工业，连轻工业据说也只有一个小小的玻璃厂（？）。城内既无污染，也没有噪音，街道洁净，空气新鲜，交通不拥挤，整个城市宛如一座安静的花园。我们为什么一定要把北京建成一座所谓"生产的"城市呢？我觉得，这也是一个走极端的例子。联邦德国有一个"消费城市"首都波恩，美国有一个"消费城市"首都华盛顿，难道影响了他们生产力的发展吗？

我上面谈到，我初到北京时，觉得北京真是一个有文化的城市，北京人待人接物都彬彬有礼。到了今天，这种风气似乎有点变样了。有一些人，特别是青年人，似乎没有为这种风气所感染，有点"异化"了。我只希望，这只是局部的现象。我希望，所有的新老北京人都想到自己所处的地位，努力把那种优良的风气发扬光大，使我们这个泱泱大国的首都真正成为一个有文化有教养的城市，不但能为全国各族人民的表率，而且能给国际友人以良好的印象。只有这样，我们才对得起这一个千年古都。

我始终认为，北京不仅是中国人民的北京，而且是世界的北京。我曾多次站在天安门广场上，浮想联翩，上天下地，觉得脚下踏的这一块土地，内联五湖，外达四海，上凌牛斗，下镇大地，呼吸与日月相通，謦笑与十亿共享，真是一块了不起的地方。我国各族人民对北京的爱，就是对祖国的爱。世界各国人民来访中国，必须先访北京。北京，在全国人民心中，在全世界人民心中，就占有这样特殊的位置。

今天，北京似乎返老还童了。北京已经变化了，正在变化着，而且还将继续变化下去。我以垂暮之年，能生活在这个城市里，真是莫大的幸福。

我爱北京！

1989 年 2 月 28 日

回忆雨僧先生 [1]

雨僧先生离开我们已经十多年了。作为他的受业弟子，我同其他弟子一样，始终在忆念着他。

雨僧先生是一个奇特的人，身上也有不少的矛盾。他古貌古心，同其他教授不一样，所以奇特。他言行一致，表里如一，同其他教授不一样，所以奇特。别人写白话文，写新诗；他偏写古文，写旧诗，所以奇特。他反对白话文，但又十分推崇用白话写成的《红楼梦》，所以矛盾。他看似

---

[1] 本文为《回忆吴宓先生》一书的序言。

严肃、古板，但又颇有一些恋爱的浪漫史，所以矛盾。他能同青年学生来往，但又凛然、俨然，所以矛盾。

总之，他是一个既奇特又矛盾的人。

我这样说，不但丝毫没有贬意，而且是充满了敬意。雨僧先生在旧社会是一个不同流合污、特立独行的畸人，是一个真正的人。

当年在清华读书的时候，我听过他几门课："英国浪漫诗人"、"中西诗之比较"等。他讲课认真、严肃，有时候也用英文讲，议论时有警策之处。高兴时，他也把自己新写成的旧诗印发给听课的同学，十二首《空轩》就是其中之一。这引得编《清华周刊》的学生秀才们把他的诗译成白话，给他开了一个不大不小而又无伤大雅的玩笑。他一笑置之，不以为忤。他的旧诗确有很深的造诣，同当今想附庸风雅的、写一些根本不像旧诗的"诗人"，决不能同日而语。他的"中西诗之比较"实际上讲的就是比较文学。当时这个名词还不像现在这样流行。他实际上是中国比较文学的奠基人之一，值得我们永远怀念的。

他坦诚率真，十分怜才。学生有一技之长，他决不掩没，对同事更是不懂得什么叫忌妒。他在美国时，邂逅结识了陈寅恪先生。他立即驰书国内，说："合中西新旧各种学问而统论之，吾必以寅恪为全中国最博学之人。"也许就是由于这个缘故，他在清华作为西洋文学系的教授而一度兼国学研究院的主任。

他当时给天津《大公报》主编一个"文学副刊"。我们几个喜欢舞笔弄墨的青年学生，常常给副刊写点书评一类的短文，因而无形中就形成了一个小团体。我们曾多次应邀到他那在工字厅的住处藤影荷声之馆去做客，也曾被请在工字厅的教授们的西餐餐厅去吃饭。这在当时教授与学生之间存在着一条看不见但感觉到的鸿沟的情况下，是非常难能可贵的。至今回忆起来还感到温暖。

我离开清华以后，到欧洲去住了将近十一年。回到国内时，清华和北大刚刚从云南复员回到北平。雨僧先生留在四川，没有回来。其中原因，我不清楚，也没有认真去打听。但是，我心中却有一点疑团：这难道会同他那耿直的为人有某些联系吗？是不是有人早就把他看做眼中钉了呢？在这漫长的几十年内，我只在六十年代初期，在燕东园李赋宁先生家中拜见过他。以后就再没有见过面。

在"十年浩劫"中，他当然不会幸免。听说，他受过惨无人道的折磨，挨了打，还摔断了什么地方，我对此丝毫也不感到奇怪。以他那种奇特的特立独行的性格，他决不会投机说谎，决不会媚俗取巧，受到折磨，倒是合乎规律的。反正知识久已不值一文钱，知识分子被视为"老九"。在黄钟毁弃、瓦釜雷鸣的时代，我们又有什么话好说呢？雨僧先生受到的苦难，我有意不去仔细打听，不知道反而能减轻良心上的负担。至于他有什么想法，我更是无从得知。现在，他终于离开我们，走了。从此人天隔离，永无相见之日了。

雨僧先生这样一个奇特的人，这样一个不同流合污特立独行的人，是会受到他的朋友们和弟子们的爱戴和怀念的。现在编集的这一本《回忆吴宓先生》就是一个充分的证明。

他的弟子和朋友都对他有自己的一份怀念之情，自己的一份回忆。这些回忆不可能完全一样，因为每一个人都有自己观察事物和人物的角度和特点。但是又不可能完全不一样。因为回忆的毕竟是同一个人——我们敬爱的雨僧先生。这一部回忆录就是这样一部既不一样又不不一样的汇合体。从这个一样又不一样的汇合体中可以反照出雨僧先生整个的性格和人格。

我是雨僧先生的弟子之一，在贡献上我自己那一份回忆之余，又应编者的邀请写了这一篇序。这两件事都是我衷心愿意去做的。也算是我献给雨僧先生的心香一瓣吧。

1989 年 3 月 22 日

怀念丁声树同志

声树同志研究的范围，我甚少通解，因而不敢赞一辞。但是，对于他作为一个人，作为一个学者，我却是十分敬佩，觉得颇有一些话要说。

在初解放的一段时间内，我住在城内沙滩红楼和翠花胡同，在沙滩一个小饭铺里经常同他在一起吃饭。又有许多机会同他一起开会。他给我的印象是淳朴、诚恳，蔼然儒者气象。后来听许多人讲到，声树同志极俭，而待人极厚；对自己要求极严，处处以最高标准要求自己。这方面的事迹，如果搜集起来，可以写成一本书。他的道德水平达到了很高的境界。在今天社会上道德准则不断滑坡的情况下，他的举动真可以振聋发聩，可以给人以针砭，给人以策励。

作为一个学者，他的著述虽然不算多。但是，据真正的内行说，他的每一篇文章都是千锤百炼的产品，达到了很高的水平。在这方面，他对自己要求很严格，对别人要求也同样很严格。在今天学术道德也不见得很令人满意的情况下，他也可以给我们以针砭，给我们以策励。

总之，从为人和为学两个方面来看，声树同志都可以成为我们的楷模。他会永远活在我们心中，我们会永远向他学习。

1989 年 4 月 10 日

月是故乡明

每个人都有个故乡，人人的故乡都有个月亮。人人都爱自己故乡的月亮。事情大概就是这个样子。

但是，如果只有孤零零一个月亮，未免显得有点孤单。因此，在中国古代诗文中，月亮总有什么东西当陪衬，最多的是山和水，什么"山高月小"、"三潭印月"等等，不可胜数。

　　我的故乡是在山东西北部大平原上。我小的时候，从来没有见过山，也不知山为何物，我曾幻想，山大概是一个圆而粗的柱子吧，顶天立地，好不威风。以后到了济南，才见到山，恍然大悟：山原来是这个样子呀。因此，我在故乡里望月，从来不同山联系。像苏东坡说的"月出于东山之上，徘徊于斗牛之间"，完全是我无法想象的。

　　至于水，我的故乡小村却大大地有。几个大苇坑占了小村面积一多半。在我这个小孩子眼中，虽不能像洞庭湖"八月湖水平"那样有气派，但也颇有一点烟波浩渺之势。到了夏天，黄昏以后，我在坑边的场院里躺在地上，数天上的星星。有时候在古柳下面点起篝火，然后上树一摇，成群的知了飞落下来。比白天用嚼烂的麦粒去粘要容易得多。我天天晚上乐此不疲，天天盼望黄昏早早来临。

　　到了更晚的时候，我走到坑边，抬头看到晴空一轮明月，清光四溢，与水里的那个月亮相映成趣。我当时虽然还不懂什么叫诗兴，但也顾而乐之，心中油然有什么东西在萌动。有时候在坑边玩很久，才回家睡觉。在梦中见到两个月亮叠在一起，清光更加晶莹澄澈。第二天一早起来，到坑边苇子丛里去捡鸭子下的蛋，白白地一闪光，手伸向水中，一摸就是一个蛋。此时更是乐不可支了。

　　我只在故乡呆了六年，以后就离乡背井，飘泊天涯。在济南住了十多年，在北京度过四年，又回到济南呆了一年。然后在欧洲住了近十一年，重又回到北京，到现在已经四十多年了。在这期间，我曾到过世界上将近三十个国家。我看过许许多多的月亮。在风光旖旎的瑞士莱芒湖上，在平沙无垠的非洲大沙漠中，在碧波万顷的大海中，在巍峨雄奇的高山上，我都看到过月亮，这些月亮应该说都是美妙绝伦的，我都异常喜欢。但是，看到它们，我立刻就想到我故乡中那个苇坑上面和水中的那个小月亮。对比之下，无论如何我也感到，这些广阔世界的大月亮，万万比不上我那心爱的小月亮。不管我离开我的故乡多少万里，我的心立刻就飞来了。我的小月亮，我永远忘不掉你！

我现在已经年近耄耋。住的朗润园是燕园胜地。夸大一点说，此地有茂林修竹，绿水环流，还有几座土山，点缀其间。风光无疑是绝妙的。前几年，我从庐山休养回来，一个同在庐山休养的老朋友来看我。他看到这样的风光，慨然说："你住在这样的好地方，还到庐山去干嘛呢！"可见朗润园给人印象之深。此地既然有山，有水，有树，有竹，有花，有鸟，每逢望夜，一轮当空，月光闪耀于碧波之上，上下空，一碧数顷，而且荷香远溢，宿鸟幽鸣，真不能不说是赏月胜地。荷塘月色的奇景，就在我的窗外。不管是谁来到这里，难道还能不顾而乐之吗？

然而，每值这样的良辰美景，我想到的却仍然是故乡苇坑里的那个平凡的小月亮。见月思乡，已经成为我经常的经历。思乡之病，说不上是苦是乐，其中有追忆，有惆怅，有留恋，有惋惜。流光如逝，时不再来。在微苦中实有甜美在。

月是故乡明。我什么时候能够再看到我故乡里的月亮呀！我怅望南天，心飞向故里。

1989 年 11 月 3 日

忆念胡也频先生

胡也频，这个在中国近代革命史上和文学史上宛如夏夜流星一闪即逝但又留下永恒光芒的人物，知道其名者很多很多，但在脑海中尚能保留其生动形象者，恐怕就很少很少了。

我有幸是其中的一个。

我初次见到胡先生是六十年前在山东济南省立高中的讲台上。我当时只有十八岁，是高中三年级的学生。他个子不高，人很清秀，完全是一副南方人的形象。此时日军刚刚退出了被占领一年的济南。国民党的军队开了进来，教育有了改革。旧日的山东大学附设高中改为省立高中。校址由绿柳红荷交相辉映的北园搬到车水马龙的杆石桥来，环境大大地改变了，校内颇有一些新气象。专就国文这一门课程而谈，在一年前读的还是《诗经》、《书经》和《古文观止》一类的书籍，现在完全改为读白话文学作品。作文也由文言文改为白话文。教员则由前清的翰林、进士改为新文学家。对于我们这一批年轻的大孩子来说，顿有耳目为之一新的感觉。大家都兴高采烈了。

高中的新校址是清代的一个什么大衙门，崇楼峻阁，雕梁画栋，颇有一点威武富贵的气象。尤其令人难忘的是里面有一个大花园。园子的全盛时期早已成为往事。花坛不修，水池干涸，小路上长满了草。但是花木却依然青翠茂密，浓绿扑人眉宇。到了春天，夏天，仍然开满似锦的繁花，把这古园点缀得明丽耀目。枝头、丛中时有鸟鸣声，令人如入幽谷。老师们和学生们有时来园中漫步，各得其乐。

胡先生的居室就在园门口旁边，常见他走过花园到后面的课堂中去上课。他教书同以前的老师完全不同。他不但不讲《古文观止》，好像连新文学作品也不大讲。每次上课，他都在黑板上大书："什么是现代文艺？"几个大字，然后滔滔不绝地讲了起来，直讲得眉飞色舞，浓重的南方口音更加难懂了。下一次上课，黑板上仍然是七个大字："什么是现代文艺？"我们这一群年轻的大孩子听得简直像着了迷。我们按照他的介绍买了一些当时流行的马克思主义文艺理论书籍。那时候，"马克思主义"这个词儿是违禁的，人们只说"普罗文学"或"现代文学"，大家心照不宣，谁也了解。有几本书的作者我记得名叫弗里茨，以后再也没见到这个名字。这些书都是译文，非常难懂。据说是从日文转译的俄国书籍。恐怕日文译者就不太懂俄文原文，再转为汉文，只能像"天书"了。我们当然不能全懂，但是仍然怀着朝圣者的心情，硬着头皮读下去。生吞活剥，在所难免。然而"现代文艺"这个名词却时髦起来，传遍了高中的每一个角落，仿佛为这古老的建筑增添了新的光辉。

我们这一批年轻的中学生其实并不真懂什么"现代文艺"，更不全懂什么叫"革命"。胡先生在这方面没有什么解释。但是我们的热情却是高昂的，高昂得超过了需要。当时还是国民党的天下，学校大权当然掌握在他们手中。国民党最厌恶、最害怕的就是共产党，似乎有不共戴天之仇，必欲除之而后快。在这样的气氛下，胡先生竟敢明目张胆地宣传"现代文艺"，鼓动学生革命，真如太岁头上动土。国民党对他的仇恨是完全可以想象的。

胡先生却是处之泰然。我们阅世未深，对此完全是麻木的。胡先生是有社会经历的人，他应该知道其中的利害。可是他也毫不在乎。只见他那清瘦的小个子，在校内课堂上，在那座大花园中，迈着轻盈细碎的步子，上身有点向前倾斜，匆匆忙忙，仓仓促促，满面春风，忙得不亦乐乎。他照样在课堂上宣传他的"现代文艺"，侃侃而谈，视敌人如草芥，宛如走入没有敌人的敌人阵中。

他不但在课堂上宣传，还在课外进行组织活动。他号召组织了一个现代文艺研究会，由几个学生积极分子带头参加，公然在学生宿舍的走廊上，摆上桌子，贴出布告，昭告全校，踊跃参加。当场报名、填表，一时热闹得像是过节一样。时隔六十年，一直到今天，当时的情景还历历如在眼前，当时的笑语声还在我耳畔回荡，留给我的印象之深，概可想见了。

有了这样一个组织，胡先生还没有满足，他准备出一个刊物，名称我现在忘记了。第一期的稿子中有我的一篇文章，名叫《现代文艺的使命》。内容现在完全忘记了，无非是革命、革命、革命之类。以我当时的水平之低，恐怕都是从"天书"中生吞活剥地抄来了一些词句，杂凑成篇而已，决不会是什么像样的文章。

正在这时候，当时蜚声文坛的革命女作家、胡先生的夫人丁玲女士到了济南省立高中，看样子是来探亲的。她是从上海去的。当时上海是全国最时髦的城市，领导全国的服饰的新潮流。丁玲的衣着非常讲究，大概代表了上海最新式的服装。相对而言，济南还是相当闭塞淳朴的。丁玲的出现，宛如飞来的一只金凤凰，在我们那些没有见过世面的青年学生眼中，她浑身闪光，辉耀四方。

记得丁玲那时候比较胖，又穿了非常高的高跟鞋。济南比不了上海，马路坑坑洼洼，高低不平。高中校内的道路，更是年久失修。穿平底鞋走上去都不太牢靠，何况是高跟鞋。看来丁玲就遇上了"行路难"的问题。胡先生个子比丁玲稍矮，夫人"步履维艰"，有时要扶着胡先生才能迈步。我们这些年轻的学生看了这情景，觉得非常有趣。我们就窃窃私议，说胡先生成了丁玲的手杖。我们其实不但毫无恶意，而且是充满了敬意的。在我们心中真觉得胡先生是一个好丈夫，因此对他更增加了崇敬之感，对丁玲我们同样也是尊敬的。

不管胡先生怎样处之泰然，国民党却并没有睡觉。他们的统治机器当时运转得还是比较灵的。国民党对抗大清帝国和反动军阀有过丰富的斗争经验，老谋深算，手法颇多。相比之下，胡先生这个才不过二十多岁的真正的革命家，却没有多少斗争经验，专凭一股革命锐气，革命斗志超过革命经验，宛如初生的犊子不怕虎一样，头顶青天，脚踏大地，把活动都摆在光天化日之下。这确实值得尊敬。但是，勇则勇矣，面对强大的掌握大权的国民党，是注定要失败的。这一点，我始终不知道，胡先生是否意识到了。这个谜将永远成为一个谜了。

事情果然急转直下。有一天，国文课堂上见到的不再是胡先生那瘦小的身影，而是一位完全陌生的老师。全班学生都为之愕然。小道消息说，胡先生被国民党通缉，连夜逃到上海去了。到了第二年，1931 年，他就同柔石等四人在上海被国民党逮捕，秘密杀害，身中十几枪。当时他只有二十八岁。

鲁迅先生当时住在上海，听到这消息以后，他怒发冲冠，拿起如椽巨笔，写了这样一段话："我们现在以十分的哀悼和铭记，纪念我们的战死者，也就是要牢记中国无产阶级革命文学的历史的第一页，是同志的鲜血所记录，永远在显示敌人的卑劣的凶暴和启示我们的不断的斗争。"（《二心集》）这一段话在当时真能掷地作金石声。

胡先生牺牲到现在已经六十年了。如果他能活到现在，也不过八十七八岁，在今天还不算是太老，正是"余霞尚满天"的年龄，还是大有可为的。而我呢，在这一段极其漫长的时间内，经历了极其曲折复杂的行程，天南海北，神州内外，高山大川，茫茫巨浸；走过阳关大道，也走过独木小桥，在"空前的十年"中，几乎走到穷途。到了今天，我已由一个不到二十岁的中学生变成了皤然一翁，心里面酸甜苦辣，五味俱全。但是胡先生的身影忽然又出现在眼前，我有点困惑。我真愿意看到这个身影，同时却又害怕看到这个身影，我真有点诚惶诚恐了。我又担心，等到我这一辈人同这个世界告别以后，脑海中还能保留胡先生身影者，大概也就要完全彻底地从地球上消逝了。对某一些人来说，那将是一个永远无法弥补的损失。在这里，我又有点欣慰：看样子，我还不会在短期中同地球"拜拜"。只要我在一天，胡先生的身影就能保留一天。愿这一颗流星的光芒尽可能长久地闪耀下去。

1990 年 2 月 9 日

我的老师董秋芳先生

难道人到了晚年就只剩下回忆了吗？我不甘心承认这个事实，但又不能不承认。我现在就是回忆多于前瞻。过去六七十年不大容易想到的师友，现在却频来入梦。

其中我想得最多的是董秋芳先生。

董先生是我在济南高中时的国文教员，笔名冬芬。胡也频先生被国民党通缉后离开了高中，再上国文课时，来了一位陌生的教员，个子不高，相貌也没有什么惊人之处，一只手还似乎有点毛病，说话绍兴口音颇重，不很容易懂。但是，他的笔名我们却是熟悉的。他翻译过一本苏联小说：《争自由的波浪》，鲁迅先生作序，他写给鲁迅先生的一封长信，我们在报刊上读过，现在收在《鲁迅全集》中。因此，面孔虽然陌生，但神交却已很久。这样一来，大家处得很好，也自是意中事了。

在课堂上，他同胡先生完全不同。他不讲什么"现代文艺"，也不宣传革命，只是老老实实地讲书，认真小心地改学生的作文。他也讲文艺理论，却不是弗里茨，而是日本厨川白村的《苦闷的象征》、《出了象牙之塔》，都是鲁迅先生翻译的。他出作文题目很特别，往往只在黑板上大书"随便写来"四个字，意思自然是，我们愿意写什么，就写什么；愿意怎样写，就怎样写，丝毫不受约束，有绝对的写作自由。

我就利用这个自由写了一些自己愿意写的东西。我从小学经过初中到高中前半，写的都是文言文；现在一旦改变，并没有感到有什么不适应。原因是我看了大量的白话旧小说，对五四以来的新文学作品，鲁迅、胡适、周作人、郭沫若、郁达夫、茅盾、巴金等人的小说和散文几乎读遍了，自己动手写白话文，颇为得心应手，仿佛从来就写白话文似的。

在阅读的过程中，潜移默化，在无意识中形成了自己对写文章的一套看法。这套看法的最初根源似乎是来自旧文学，从庄子、孟子、史记，中间经过唐宋八大家，一直到明末的公安派和竟陵派，清代的桐城派，都给了我不同程度、不同方式的灵感。这些大家时代不同，风格迥异；但是却有不少共同之处。根据我的归纳，可以归为三点：第一，感情必须充沛真挚；第二，遣词造句必须简炼、优美、生动；第三，整篇布局必须紧凑、浑成。三者缺一，就不是一篇好文章。文章的开头与结尾，更是至关重要。后来读了一些英国名家的散文，我也发现了同样的规律。我有时甚至想到，写文章应当像谱乐曲一样，有一个主旋律，辅之以一些小的旋律，前后照应，左右辅助，要在纷纭变化中有统一，在统一中有错综复杂，关键在于有节奏。总之，写文章必须惨淡经营。自古以来，确有一些文章如行云流水，仿佛是信手拈来，毫无斧凿痕迹。但是那是长期惨淡经营终入化境的结果。如果一开始就行云流水，必然走入魔道。

我这些想法形成于不知不觉之中，自己并没有清醒的意识。它也流露于不知不觉之中，自己也没有清醒的意识。有一次，在董先生的作文课堂上，我在"随便写来"的启迪下，写了一篇记述我回故乡奔母丧的悲痛心情的作文。感情真挚，自不待言。在谋篇布局方面却没有意识到有什么特殊之处。作文本发下来了，却使我大吃一惊。董先生在作文本每一页上面的空白处都写了一些批注，不少地方有这样的话："一处节奏"、"又一处节奏"，等等。我真是如拨云雾见青天："这真是我写的作文吗？"这真是我的作文，不容否认。"我为什么没有感到有什么节奏呢？"这也是事实，不容否认。我的苦心孤诣连自己也没有意识到的，却为董先生和盘托出。知己之感，油然而生。这决定了我一生的活动。从那以后，六十年来，我从事研究的是一些稀奇古怪的东西，与文章写作风马牛不相及。但是感情一受到剧烈的震动，所谓"心血来潮"，则立即拿起笔来，写点什么。至今已到垂暮之年，仍然是积习难除，锲而不舍。这同董先生的影响是绝对分不开的。我对董先生的知己之感，将伴我终生了。

高中毕业以后，到北京来念了四年大学，又回到母校济南高中教了一年国文，然后在欧洲呆了将近十一年，1946年才回到祖国。在这长达二十多年的时间内，我一直没有同董秋芳老师通过信，也完全不知道他的情况。50年代初，在民盟的一次会上，完全出我意料之外，我竟见到了董先生，看那样子，他已垂垂老矣。我激动得说不出话来，他也非常激动。但是我平生有一个弱点：不善于表露自己的感情。董先生看来也是如此。我们每个人心里都揣着一把火，表面上却颇淡漠，大有君子之交淡如水之概了。

我生平还有一个弱点，我曾多次提到过，这就是，我不喜欢拜访人。这两个弱点加在一起，就产生了致命的后果：我同我平生感激最深、敬意最大的老师的关系，看上去有点若即若离了。

不记得是什么时候了，董先生退休了，离开北京回到了老家绍兴。这时候大概正处在"十年浩劫"期间，我是泥菩萨过江，自身难保。自顾不暇，没有余裕来想到董先生了。

又过一些时候，听说董先生已经作古，乍听之下，心里震动得非常剧烈。一霎时，心中几十年的回忆、内疚、苦痛，蓦地抖动起来。我深自怨艾，痛悔无已。然而已经发生过的事情是无法挽回的。看来我只能抱恨终天了。

我虽然研究佛教，但是从来不相信什么生死轮回，再世转生。可是我现在真想相信一下。我自己屈指计算了一下，我这一辈子基本上是一个善人，坏事干过一点，但并不影响我的功德。下一生，我不敢，也不愿奢望转生为天老爷，但我定能托生为人，不至走入畜生道。董先生当然能转生为人，这不在话下。等我们两个隔世相遇的时候，我相信，我的两个弱点经过地狱的磨炼已经克服得相当彻底，我一定能向他表露我的感情，一定常去拜访他，做一个程门立雪的好弟子。

然而，这一些都是可能的吗？这不是幻想又是什么呢？"他生未卜此生休。"我怅望青天，眼睛里溢满了泪水。

1990 年 3 月 24 日

诗人兼学者的冯至（君培）先生

君培先生一向只承认自己是诗人，不是学者。但是众多的师友和学生，也包括我在内，却认为他既是诗人，也是学者。他把这两种多少有点矛盾的行当融汇于一身，而且达到了高度统一与和谐的境界。

他的抒情诗曾受到鲁迅先生的赞扬。可惜我对于新诗，虽然已经读了六十多年，却自愧缺少这方面的细胞，至今仍然处在幼儿园阶段，更谈不到登堂入室。因此，对冯先生的新诗，我不敢赞一辞。

可是为什么我也认为他是诗人呢？我根据的是他的抒情散文。散文，过去也一度被称作小品文，英国的所谓 familiar essay，就是这种东西。这个文学品种，同诗歌、小说、戏剧一样，也是国际性的。但又与后三者不完全相同：并不是每一个文学大国散文都很发达。过去，一讲到散文，首先讲英国，其次算是法国。这个说法基本上是正确的。英国确实出了不少的散文大家，比如兰姆（C. Lamb），G. 吉辛（G. Gissing），鸦片烟鬼德·昆西（De Quincey）等等，近代还出了像切斯特顿（Chesterton）等这样的散文作家，灿如列星，辉耀文坛。在法国，蒙田是大家都熟悉的散文大家。至于德国、俄国等文学大国，散文作家则非常稀见。我个人认为，这恐怕与民族气质和思维方式有关。兹事体大，这里不详细讨论了。

我只想指出一点，过去一讲到散文，开口必言英国的中外学者们，忘记了一个事实：中国实际上是世界上最大的散文大国。他们五体投地、诚惶诚恐地匍匐在英国散文脚下，望穿秋水，把目光转向英国。却忘记了，远在天边，近在眼前，居散文魁首地位者非中国莫属。

中国旧日把一切典籍分为四类：经、史、子、集。经里面散文比较少见；史里面则大量存在，司马迁是最著名的例子；子几乎全属于散文范畴；集比起子来更有过之。我们平常所说的"唐宋八大家"，明朝末年的公安派和竟陵派，清朝的桐城派，等等，都是地地道道的散文。我们读过的《古文辞类纂》、《古文观止》等等，不都是散文吗？不但抒情和写景的文章属于散文，连一些议论文，比如韩愈的《论佛骨表》、苏轼的《范增论》、《留侯论》以及苏洵的《辨奸论》等等，都必须归入散文范畴，里面弥漫着相当浓厚的抒情气息。我们童而习之，至今尚能成诵。可是，对我来说，一直到了接近耄耋之年，才仿佛受到"天启"，豁然开朗：这不是散文又是什么呢？古诗说："踏破铁鞋无觅处，得来全不费工夫。"岂是之谓欤？

因此，我说：中国是世界的散文大国。

而冯至先生的散文，同中国近代许多优秀的散文大家的作品一样——诸如鲁迅、郁达夫、冰心、朱自清、茅盾、叶圣陶、杨朔、巴金等的散文，是继承了中国优秀散文传统的。里面当然也有西方散文的影响，在欧风美雨剧烈的震动下，不这样也是不可能的。但其基调以及神情韵味等，则是中国的。恐怕没有人能够完全否认这一点。在这一点上，中国近代的散文，同诗歌、小说、戏剧完全不一样，其中国味是颇为浓烈的。后三者受西方影响十分显著。试以茅盾、巴金等的长篇而论，它们从形式上来看，是同《红楼梦》接近呢，还是类似《战争与和平》？明眼人一望便知，几乎没有争辩的余地。至于曹禺的戏剧，更是形式上与易卜生毫无二致，这也是一个无可争辩的事实。我这一番话丝毫没有价值衡量的意味，我并不想说孰是孰非，孰高孰低，我只不过指出一个事实而已。但是，散文却与此迥乎不同。读了英国散文家的作品，再读上面谈到的那几位中国散文家的作品，立刻就会感到韵味不同。在外国，只有日本的散文颇有中国韵味。这大概同日本接受中国文学的影响，特别中国禅宗哲学的影响是分不开的。

中国散文已经有了几千年的历史传统，各种不同的风格，各种不同的流派，纷然杂陈。中国历代的散文文苑，花团锦簇，姹紫嫣红，赛过三春的锦绣花园。但是，不管风格多么不同，却有一点是共同的：所有散文家都不是率尔而作，他们写作都是异常认真的，简练揣摩，惨淡经营，造词遣句，谋篇布局，起头结尾，中间段落，无不精心推敲，慎重下笔。这情景在中国旧笔记里有不少的记载。宋朝欧阳修写《昼锦堂记》，对于开头几句，再三斟酌，写完后派人送走，忽觉不妥，又派人快马加鞭，追了回来，重新改写，是有名的例子。

我个人常常琢磨这个问题。我觉得，中国散文最突出的特点是同优秀的抒情诗一样，讲究含蓄，讲究蕴藉，讲究意境，讲究神韵，言有尽而意无穷，也可以用羚羊挂角来做比喻。借用印度古代文艺理论家的话来说就是，没有说出来的比已经说出来的更为重要，更耐人寻味。倘若仔细分析一下近代中国散文家的优秀作品，这些特点都是有的，无一不能与我的想法相印证。这些都是来自中国传统，这一点是不容置疑的。可惜，我还没有看到过这样分析中国散文的文章。有人侈谈，散文的核心精神就在一个"散"字上，换句话说就是，愿意怎样写就怎样写，不愿意写下去了，就立刻打住。这如果不是英雄欺人，也是隔靴搔痒，没搔到痒处。在我们散文坛上，确有这样的文章。恕我老朽愚钝，我期期以为不可。古人确实有一些读之如行云流水的文章，但那决非轻率从事，而是长期锻炼臻入化境的结果。我不懂文章三昧，只不过如此感觉；但是，我相信，我的感觉是靠得住的。

冯至先生的散文，我觉得，就是继承了中国优秀传统的。不能说其中没有一点西方的影响，但是根底却是中国传统。我每读他的散文，上面说的那些特点都能感觉到，含蓄、飘逸、简明、生动，而且诗意盎然，读之如食橄榄，余味无穷，三日口香。有一次，我同君培先生谈到《儒林外史》，他赞不绝口，同我的看法完全一样。《儒林外史》完全用白描的手法，语言简洁鲜明，讽刺不露声色，惜墨如金，而描绘入木三分，实为中国散文（就体裁来说，它是小说；就个别片段来说，它又是散文）之上品。以冯先生这样一个作家而喜爱《儒林外史》完全是顺理成章的。

总之，我认为冯先生的散文实际上就是抒情诗，是同他的抒情诗一脉相通的。中国诗坛的情况，我不清楚；从下面向上瞥了一眼，不甚了了。散文坛上的情况，多少知道一点。在这座坛上，冯先生卓然成家，同他比肩的散文作家没有几个，他也是我最喜欢的近代散文作家之一。可惜的是，像我现在这样来衡量他的散文的文章，还没有读到过，不能不说是一件憾事了。

对作为学者的君培先生，我也有我个人的看法。我认为，在他身上，作为学者和作为诗人是密不可分的。过去和现在都有专门的诗人和专门的学者，身兼二者又达到相当高的水平的人，却并不多见。冯先生就是这样一个人。作为学者，他仍然饱含诗人气质。这一点在他的研究选题上就充分显露出来。他研究中西两方面的文学，研究对象都是诗人：在中国是唐代大诗人杜甫，在欧洲是德国大诗人歌德，旁及近代优秀抒情诗人里尔克（Rilke）。诗人之外，除了偶尔涉及文艺理论外，很少写其他方面的文章。这一个非常简单明了的事实，非常值得人们去参悟。研究中外诗人当然免不了要分析时代背景，分析思想内容，这样的工作难免沾染点学究气。这些工作都诉诸人们的理智，而非人们的感情，摆脱学究气并不容易。可是冯先生却能做到这一点。他以诗人研究诗人，研究仿佛就成了创作，他深入研究对象的灵魂，他能看到或本能地领悟到其他学者们看不到更领悟不到的东西，而又能以生花妙笔著成文章，同那些枯涩僵硬的高头讲章迥异其趣，学术论著本身就仿佛成了文学创作，诗意弥漫，笔端常带感情。读这样的学术论著，同读文学作品一样，简直是一种美的享受。

因此，我说，冯至先生是诗人又兼学者，或学者又兼诗人，他把这二者溶于一体。

至于冯先生的为人，我又想说：诗人、学者、为人三位一体。中国人常说："文如其人"，或者"人如其文"。这两句话应用到君培先生身上，都是恰如其分的。我确实认为，冯先生是人文难分。他为人一向淳朴、正直、坦荡、忠实，待人以诚，心口如一。我简直无法想象会有谎言从他嘴里流了出来。他说话从不夸大，也不花哨；即之也温，总给人以实事求是的印象，而且几十年如一日，真可谓始终如一了。

君培先生长我六岁。我们都是搞德文起家，后来我转了向，他却一直坚持不懈。在国内，我们虽然不是一个大学，但是我们的启蒙老师却是一个人。他就是二三十年代北大德文系主任，同时又兼任清华的德文教授。因此，我们可以说是有同门之谊，我们是朋友。但是，我一向钦佩君培先生的学识，更仰慕其为人，我总把他当老师看待；因此，也可以说是师生。我在这里想借用陈寅恪师的一句诗："风义生平师友间。"我们相交将近五十年了。解放后，在一起开过无数次的会，在各种五花八门的场合下，我们聚首畅谈，我们应该说是彼此互相了解的。给我印象最深的是他套用李后主的词口吟的两句词："春花秋月何时了，开会知多少？"我听了以后，捧腹大笑，我的第一个想法就是：实获我心！有不少次开会，我们同住一个房间，上天下地，无所不谈。这更增强了我们彼此的了解。总之，一句话：在将近半个世纪内，我们相处得极为融洽。

君培先生八十五岁了。在过去，这已经是了不起的高寿，古人不是说"人生七十古来稀"吗？但是，到了今天，时移世转，应该改一个提法："人生九十今不稀。"这样才符合实际情况。我们现在祝人高寿，常说："长命百岁！"我想，这个说法不恰当。从前说"长命百岁"，是表示期望。今天再说，就成了限制。人们为什么不能活过百岁呢？只说百岁，不是限制又是什么呢？因此，我现在祝君培先生高寿，不再说什么"长命百岁"，意思就是对他的寿限不加限制。我相信，他还能写出一些优秀的文章来的。我也相信而且期望他能活过这个限制期限。

1990 年 10 月 20 日写完

神奇的丝瓜

今年春天，孩子们在房前空地上，斩草挖土，开辟出来了一个一丈见方的小花园。周围用竹竿扎了一个篱笆，移来了一棵玉兰花树，栽上了几株月季花，又在竹篱下面随意种上了几棵扁豆和两棵丝瓜。土壤并不肥沃，虽然也铺上了一层河泥，但估计不会起很大的作用，大家不过是玩玩而已。

过了不久，丝瓜竟然长了出来，而且日益茁壮、长大。这当然增加了我们的兴趣。但是我们也并没有过高的期望。我自己每天早晨工作疲倦了，常到屋旁的小土山上走一走，站一站，看看墙外马路上的车水马龙和亚运会招展的彩旗，顾而乐之，只不过顺便看一看丝瓜罢了。

丝瓜是普通的植物，我也并没有想到会有什么神奇之处。可是忽然有一天，我发现丝瓜秧爬出了篱笆，爬上了楼墙。以后，每天看丝瓜，总比前一天向楼上爬了一大段；最后竟从一楼爬上了二楼，又从二楼爬上了三楼。说它每天长出半尺，决非夸大之词。丝瓜的秧不过像细绳一般粗。如不注意，连它的根在什么地方，都找不到。这样细的一根秧竟能在一夜之间输送这样多的水分和养料，供应前方，使得上面的叶子长得又肥又绿，爬在灰白色的墙上，一片浓绿，给土墙增添了无量活力与生机。

这当然让我感到很惊奇，我的兴趣随之大大地提高。每天早晨看丝瓜成了我的主要任务。爬小山反而成为次要的了。我往往注视着细细的瓜秧和浓绿的瓜叶，陷入沉思，想得很远，很远……

又过了几天，丝瓜开出了黄花。再过几天，有的黄花就变成了小小的绿色的瓜。瓜越长越长，越长越大，重量当然也越来越增加，最初长出的那一个小瓜竟把瓜秧坠下来了一点，直挺挺地悬垂在空中，随风摇摆。我真是替它担心，生怕它经不住这一份重量，会整个地从楼上坠了下来落到地上。

然而不久就证明了，我这种担心是多余的。最初长出来的瓜不再长大，仿佛得到命令停止了生长。在上面，在三楼一位一百零二岁的老太太的窗外窗台上，却长出来了两个瓜。这两个瓜后来居上，发疯似的猛长，不久就长成了小孩胳膊一般粗了。这两个瓜加起来恐怕有五六斤重，那一根细秧怎么能承担得住呢？我又担心起来。没过几天，事实又证明了我是杞人忧天。两个瓜不知从什么时候忽然弯了起来，把躯体放在老太太的窗台上，从下面看上去，活像两个粗大变弯的绿色牛角。

不知道从哪一天起，我忽然又发现，在两个大瓜的下面，在二三楼之间，在一根细秧的顶端，又长出来了一个瓜，垂直地悬在那里。我又犯了担心病：这个瓜上面够不到窗台，下面也是空空的；总有一天，它越长越大，会把上面的两个大瓜也坠了下来，一起坠到地上，落叶归根，同它的根部聚合在一起。

然而今天早晨，我却看到了奇迹。同往日一样，我习惯地抬头看瓜：下面最小的那一个早已停止生长，孤零零地悬在空中，似乎一点分量都没有；上面老太太窗台上那两个大的，似乎长得更大了，威武雄壮地压在窗台上；中间的那一个却不见了。我看看地上，没有看到掉下来的瓜。等我倒退几步抬头再看时，却看到那一个我认为失踪了的瓜，平着身子躺在抗震加固时筑上的紧靠楼墙凸出的一个台子上。这真让我大吃一惊。这样一个原来垂直悬在空中的瓜怎么忽然平身躺在那里了呢？这个凸出的台子无论是从上面还是从下面都是无法上去的。决不会有人把丝瓜摆平的。

我百思不得其解，徘徊在丝瓜下面，像达摩老祖一样，面壁参禅。我仿佛觉得这棵丝瓜有了思想，它能考虑问题，而且还有行动，它能让无法承担重量的瓜停止生长；它能给处在有利地形的大瓜找到承担重量的地方，给这样的瓜特殊待遇，让它们疯狂地长；它能让悬垂的瓜平身躺下。如果不是这样的话，无论如何也无法解释我上面谈到的现象。但是，如果真是这样的话，又实在令人难以置信。丝瓜用什么来思想呢？丝瓜靠什么来指导自己的行动呢？上下数千年，纵横几万里，从来也没有人说过，丝瓜会有思想。我左考虑，右考虑；越考虑越糊涂。我无法同丝瓜对话。这是一个沉默的奇迹。瓜秧仿佛成了一根神秘的绳子，绿叶子照旧浓翠扑人眉宇。我站在丝瓜下面，陷入梦幻。而丝瓜则似乎心中有数，无言静观，它怡然泰然悠然坦然，仿佛含笑面对秋阳。

1990 年 10 月 9 日

晚节善终　大节不亏
——悼念冯芝生（友兰）先生

芝生先生离开我们，走了。对我来说，这噩耗既在意内，又出意外。约摸三四个月以前，我曾到医院去看过他，实际上含有诀别的意味。但是，过了不久，他又奇迹般地出了院。后来又听说，他又住了进去。以九十五周岁的高龄，对医院这样几出几进，最后终于永远离开了医院，也离开了我们。难道说这还不是意内之事吗？

可是芝生先生对自己的长寿是充满了信心的。他在八八自寿联中写道：

何止于米？相期以茶。

胸怀四化，寄意三松。

米寿指八十八岁，茶寿指一百零八岁。他活到九十五岁，离茶寿还有十三年，当然不会满足的。去年，中国文化书院准备为他庆祝九十五岁诞辰，并举办国际学术讨论会。他坚持要到今年九十五周岁时举办。可见他信心之坚。他这种信心也感染了我们。我们都相信，他会创造奇迹的。今年的庆典已经安排妥帖，国内外请柬都已发出，再过一个礼拜，就要举行了。可惜他偏在此时离开了我们。使庆祝改为悼念。不说这是意外又是什么呢？

在芝生先生弟子一辈的人中，我可能是接触到冯友兰这个名字的最早的人。1926 年，我在济南一所高中读书。这是一所文科高中。课程中除了中外语文、历史、地理、心理、论理、《诗经》、《书经》等等以外，还有一门人生哲学，用的课本就是芝生先生的《人生哲学》。我当时只有十五岁，既不懂人生，也不懂哲学。但是对这一门课的内容，颇感兴趣。从此芝生先生的名字，就深深地印在我的心中。我认为，他是一个高不可攀的大人物。屈指算来，现在已有六十四年了。

后来，我考进了清华大学，入西洋文学系。芝生先生是文学院长。当时清华大学规定，文科学生必须选一门理科的课，逻辑学可以代替。我本来有可能选芝生先生的课，临时改变主意，选了金岳霖先生的课。因此我一生没有上过芝生先生的课。在大学期间，同他根本没有来往，只是偶尔听他的报告或者讲话而已。

时过境迁，我大学毕业后，当了一年高中国文教员，到欧洲去飘泊了将近十一年。抗日战争后，回到了祖国。由于陈寅恪先生的介绍，到北大来工作。这时芝生先生从大后方复员回到北平，仍然在清华任教。我们没有接触的机会。只是偶尔从别人口中得知芝生先生在西南联大时的情况，也有过一些议论。这在当时是难以避免的。至于真相究竟如何，谁也不去探究了。

不久就迎来了解放。据我的推测，芝生先生本来有资格到台湾去的。然而他留下没走，同我们共同度过了一段既感到光明、又感到幸福的时刻。至于他是怎样想的，我完全不知道。不管怎样，他的朋友和弟子们从此对他有了新的认识，这却是事实。他曾给毛泽东同志写过一封信，毛主席回复了一封比较长的信。"十年浩劫"期间，我听他亲口读过。他当时是异常激动的。此是后话，这里暂且不表了。

不久，我国政府组成了一个文化代表团，应邀赴印度和缅甸访问。这是新中国开国后第一个比较大型的出访代表团。团员中颇有一些声誉卓著、有代表性的学者、文学家和艺术家。丁西林任团长，郑振铎、陈翰笙、钱伟长、吴作人、常书鸿、张骏祥、周小燕等等，以及芝生先生都是团员，我也滥竽其中。秘书长是刘白羽。因为这个团很重要，周总理亲自关心组团的工作，亲自审查出国展览的图片。记得是，1951年整个夏天，我们都在做准备工作，最费事的是画片展览。我们到处拍摄、搜集能反映新中国新气象的图片，最后汇总在故宫里面的一个大殿里，满满的一屋子，请周总理最后批准。我们忙忙碌碌，过了一个异常紧张但又兴奋愉快的夏天。

那一年国庆节前，我们到了广州，参加了观礼活动。我们在广州又住了一段时间，将讲稿或其他文件译为英文，做好最后的准备工作。此时，广州解放时间不长，国民党的飞机有时还来骚扰，特务活动也时有所闻。我们出门，都有便衣怀藏手枪的保安人员跟随，暗中加以保护。我们一切都准备好后，便乘车赴香港，换乘轮船，驶往缅甸，开始了对五天竺和缅甸的长达几个月的长征。……

从此以后，我们全团十几个人就马不停蹄，跋山涉水，几乎是一天换一个新地方，宛如走马灯一般，脑海里天天有新印象，眼前时时有新光景，乘船，乘汽车，乘火车，乘飞机，几乎看尽了春、夏、秋、冬四季风光，享尽了印缅人民无法形容的热情的款待。我不能忘记，我们曾在印度洋的海船上，看飞鱼飞跃。晚上在当空的皓月下，面对浩渺蔚蓝的波涛，追怀往事。我不能忘记，我们在印度闻名世界的奇迹泰姬陵上欣赏"琼楼玉宇高处不胜寒"的奇景。我不能忘记，我们在亚洲大陆最南端科摩林海角沐浴大海，晚上共同招待在黑暗中摸黑走八十里路、目的只是想看一看中国代表团的印度青年。我不能忘记，我们在佛祖释迦牟尼打坐成佛的金刚座旁留连瞻谒，我从印度空军飞机驾驶员手中接过几片菩提树叶，而芝生先生则用口袋装了一点金刚座上的黄土。我不能忘记，我们在金碧辉煌的土邦王公的天方夜谭般的宫殿里，共同享受豪华晚餐，自己也仿佛进入了童话世界。我不能忘记，在缅甸茵莱湖上，看缅甸船主独脚划船。我不能忘记，我们在加尔各答开着电风扇，啃着西瓜，度过新年。我不能忘记的事情太多太多了，怎么说也是说不完的。一想起印缅之行，我脑海里就成了万花筒，光怪陆离，五彩缤纷。中间总有芝生先生的影子在，他长须飘胸，道貌岸然。其他团员也都各具特点，令人忆念难忘。这情景，当时已道不寻常，何况现在事后追思呢？

根据解放后一些代表团出国访问的经验，在团员与团员之间的关系方面，往往可以看出三个阶段。初次聚在一起时，大家都和和睦睦，客客气气。后来逐渐混熟了，渐渐露出真面目，放言无忌。到了后期，临解散以前，往往又对某一些人心怀不满，胸有芥蒂。这个三段论法，真有点厉害，常常真能兑现。

但是，我们的团却不是这个样子。

我们自始至终，都是能和睦相处的。我们团中还产生了一对情侣，后来有情人终成了眷属。可见气氛之融洽。在所有的团员和工作人员中，最活跃的是郑振铎先生。他身躯高大魁梧，说话声音宏亮。虽然已经渐入老境，但不失其赤子之心。他同谁都谈得来，也喜欢开个玩笑，而最爱抬杠。团中爱抬杠者，大有人在。代表团成立了一个抬杠协会，简称杠协。大家想选一个会长，领袖群伦。于是月旦群雄，最后觉得郑先生喜抬杠，而不自知其为抬杠，已经达到抬杠圣境，圆融无碍。大家一致推选他为杠协会长。在他领导之下，团中杠业发达，皆大欢喜。

郑先生同芝生先生年龄相若，而风格迥异。芝生先生看上去很威严，说话有点口吃。但有时也说点笑话，足征他是一个懂得幽默的人。郑先生开玩笑的对象往往就是芝生先生。他经常喊芝生先生为"大胡子"，不时说些开玩笑的话。有一次，理发师正给芝生先生刮脸，郑先生站在旁边起哄，连声对理发师高呼："把他的络腮胡子刮掉！"理发师不知所措，一失手，真把胡子刮掉一块。这时候，郑先生大笑，旁边的人也陪着哄笑。然而芝生先生只是微微一笑，神色不变，可见先生的大度包容的气概。《世说新语》载："王子猷、子敬曾俱坐一室，上忽发火。子猷遽走避，不惶取屐。子敬神色恬然，徐唤左右，扶凭而出，不异平常。世以此定二王神宇。"芝生先生的神宇有点近似子敬。

上面举的只是一件微末小事。但是由小可以见大。总之，我们的代表团就是在这种熟悉而不亵渎、亲切而互相尊重的气氛中，共同生活了半年。我得以认识芝生先生，也是在一段时期内的事。屈指算来，到现在也近四十年了。

对于芝生先生的专门研究领域，中国哲学史，我几乎完全是一个门外汉，不敢胡言乱语。但是他治中国哲学史的那种坚韧不拔的精神，我却是能体会到的，而且是十分敬佩的。为了这一门学问，他不知遭受了多少批判。他提倡的道德抽象继承论，也同样受到严厉的诡辩式的批判。但是，他能同时在几条战线上应战，并没有被压垮。他坚持真理，修正错误，不惜以今日之我非昨日之我，经常在修订他的《中国哲学史》，我说不清已经修订过多少次了。我相信，倘若能活到一百零八岁，他仍然是要继续修订的。只是这一点精神，难道还不值得我们认真学习吗？

芝生先生走过了九十五年的漫长的人生道路。九十五岁几乎等于一个世纪。自从公元建立后，至今还不到二十个世纪。芝生先生活了公元的二十分之一，时间够长的了。他一生经历了清代、民国、洪宪、军阀混乱、国民党统治、抗日战争，一直迎来了解放。道路并不总是平坦的，有阳关大道，也有独木小桥，曲曲折折，坎坎坷坷。然而芝生先生以他那奇特的乐观精神和适应能力，不断追求真理，追求光明，忠诚于自己的学术事业，热爱祖国，热爱祖国的传统文化，终于走完了人生长途，仰不愧于天，俯不怍于地。我们可以说是他晚节善终，大节不亏。他走了一条中国老知识分子应该走的道路。在他身上，我们是可以学习到很多东西的。

芝生先生！你完成了人生的义务，掷笔去逝，把无限的怀思留给了我们。

芝生先生！你度过漫长疲劳的一生，现在是应该休息的时候了。你永远休息吧！

1990 年 12 月 3 日

八十述怀

我从来没有想到，我能活到八十岁；如今竟然活到了八十岁，然而又一点也没有八十岁的感觉。岂非咄咄怪事！

我向无大志，包括自己活的年龄在内。我的父母都没能活过五十；因此，我自己的原定计划是活到五十。这样已经超过了父母，很不错了。不知怎么一来，宛如一场春梦，我活到了五十岁。那时正值所谓二年自然灾害。我流年不利，颇挨了一阵子饿。但是，我是"曾经沧海难为水"，在二次世界大战时，我正在德国，我经受了而今难以想象的饥饿的考验，以致失去了饱的感觉。我们那一点灾害，同德国比起来，真如小巫见大巫；我从而顺利地度过了那一场灾难，而且我当时的精神面貌是我一生最好的时期，一点苦也没有感觉到，于不知不觉中冲破了我原定的年龄计划，度过了五十岁大关。

五十一过，又仿佛一场春梦似的，一下子就到了古稀之年，不容我反思，不容我踟蹰。其间跨越了一个"十年浩劫"。我当然是在劫难逃，被送进牛棚。我现在不知道应当感谢哪一路神灵：佛祖、上帝、安拉；由于一个万分偶然的机缘，我没有走上绝路，活下来了。活下来了，我不但没有感到特别高兴，反而时有悔愧之感在咬我的心。活下来了，也许还是有点好处的。我一生写作翻译的高潮，恰恰出现在这个期间。原因并不神秘：我获得了余裕和时间。在浩劫期间，我被打得一佛出世，二佛升天。后来不打不骂了，我却变成了"不可接触者"。在很长时间内，我被分配挖大粪，看门房，守电话，发信件。没有以前的会议，没有以前的发言。没有人敢来找我，很少人有勇气同我谈上几句话。一两年内，没收到一封信。我服从任何人的调遣与指挥。只敢规规矩矩，不敢乱说乱动。然而我的脑筋还在，我的思想还在，我的感情还在，我的理智还在。我不甘心成为行尸走肉，我必须干点事情。二百多万字的印度大史诗《罗摩衍那》，就是在这时候译完的。"雪夜闭门写禁文"，自谓此乐不减羲皇上人。

又仿佛是一场缥缈的春梦，一下子就活到了今天，行年八十矣，是古人称之为耄耋之年了。倒退二三十年，我这个在寿命上胸无大志的人，偶尔也想到耄耋之年的情况：手拄拐杖，白须飘胸，步履维艰，老态龙钟。自谓这种事情与自己无关，所以想得不深也不多。哪里知道，自己今天就到了这个年龄了。今天是新年元旦。从夜里零时起，自己已是不折不扣的八十老翁。然而这老景却真如古人诗中所说的"青霭入看无"，我看不到什么老景。看一看自己的身体，平平常常，同过去一样。看一看周围的环境，平平常常，同过去一样。金色的朝阳从窗子里流了进来，平平常常，同过去一样。楼前的白杨，确实粗了一点，但看上去也是平平常常，同过去一样。时令正是冬天，叶子落尽了，但是我相信，它们正蜷缩在土里，做着春天的梦。水塘里的荷花只剩下残叶，"留得残荷听雨声"，现在雨没有了，上面只有白皑皑的残雪。我相信，荷花们也蜷缩在淤泥中，做着春天的梦。总之，我还是我，依然故我：周围的一切也依然是过去的一切……

我是不是也在做着春天的梦呢？我想，是的。我现在也处在严寒中，我也梦着春天的到来。我相信英国诗人雪莱的两句话："既然冬天已经到了，春天还会远吗？"我梦着楼前的白杨重新长出了浓密的绿叶；我梦着池塘里的荷花重新冒出了淡绿的大叶子；我梦着春天又回到了大地上。

可是我万万没有想到，"八十"这个数目字竟有这样大的威力，一种神秘的威力。"自己已经八十岁了！"我吃惊地暗自思忖。它逼迫着我向前看一看，又回头看一看。向前看，灰蒙蒙的一团，路不清楚，但也不是很长。确实没有什么好看的地方。不看也罢。

而回头看呢，则在灰蒙蒙的一团中，清晰地看到了一条路，路极长，是我一步一步地走过来的，这条路的顶端是在清平县的官庄。我看到了一片灰黄的土房，中间闪着苇塘里的水光，还有我大奶奶和母亲的面影。这条路延伸出去，我看到了泉城的大明湖。这条路又延伸出去，我看到了水木清华，接着又看到德国小城哥廷根斑斓的秋色，上面飘动着我那母亲似的女房东和祖父似的老教授的面影。路陡然又从万里之外折回到神州大地，我看到了红楼，看到了燕园的湖光塔影。令人泄气而且大煞风景的是，我竟又看到了牛棚的牢头禁子那一副牛头马面似的狞恶的面孔。

再看下去，路就缩住了，一直缩到我的脚下。

在这一条十分漫长的路上，我走过阳关大道，也走过独木小桥。路旁有深山大泽，也有平坡宜人；有杏花春雨，也有塞北秋风；有山重水复，也有柳暗花明；有迷途知返，也有绝处逢生。路太长了，时间太长了，影子太多了，回忆太重了。我真正感觉到，我负担不了，也忍受不了，我想摆脱掉这一切，还我一个自由自在身。

回头看既然这样沉重，能不能向前看呢？我上面已经说到，向前看，路不是很长，没有什么好看的地方。我现在正像鲁迅的散文诗《过客》中的那一个过客。他不知道是从什么地方走来的，终于走到了老翁和小女孩的土屋前面，讨了点水喝。老翁看他已经疲惫不堪，劝他休息一下。他说："从我还能记得的时候起，我就在这么走，要走到一个地方去，这地方就在前面。我单记得走了许多路，现在来到这里了。我接着就要走向那边去……况且还有声音在前面催促我，叫唤我，使我息不下。"那边，西边是什么地方呢？老人说："前面，是坟。"小女孩说："不，不，不的。那里有许多野百合，野蔷薇，我常常去玩，去看他们的。"

我理解这个过客的心情，我自己也是一个过客。但是却从来没有什么声音催着我走，而是同世界上任何人一样，我是非走不行的，不用催促，也是非走不行的。走到什么地方去呢？走到西边的坟那里，这是一切人的归宿。我记得屠格涅夫的一首散文诗里，也讲了这个意思。我并不怕坟，只是在走了这么长的路以后，我真想停下来休息片刻。然而我不能，不管你愿意不愿意，反正是非走不行。聊以自慰的是，我同那个老翁还不一样，有的地方颇像那个小女孩，我既看到了坟，也看到野百合和野蔷薇。

我面前还有多少路呢？我说不出，也没有仔细想过。冯友兰先生说："何止于米？相期以茶。""米"是八十八岁，"茶"是一百零八岁。我没有这样的雄心壮志。我是"相期以米"。这算不算是立大志呢？我是没有大志的人，我觉得这已经算是大志了。

我从前对穷通寿夭也是颇有一些想法的。"十年浩劫"以后，我成了陶渊明的志同道合者。他的一首诗，我很欣赏：

> 纵浪大化中，
>
> 不喜亦不惧。
>
> 应尽便须尽，
>
> 无复独多虑。

我现在就是抱着这种精神，昂然走上前去。只要有可能，我一定做一些对别人有益的事，决不想成为行尸走肉。我知道，未来的路也不会比过去的更笔直，更平坦。但是我并不恐惧。我眼前还闪动着野百合和野蔷薇的影子。

1991 年 1 月 1 日